民国
武侠小说
典藏文库

平江不肖生卷

民国
武侠小说
典藏文库

平江不肖生卷

龙虎春秋

平江不肖生

著

中国文史出版社

平江不肖生论（代序）[①]

张赣生

在民国通俗小说史上，若论起划时代的人物，便不能不提及平江不肖生，他不仅是推动中国通俗社会小说由晚清过渡到民国的一位重要作家，更是拉开中国武侠小说大繁荣序幕的开路先锋。

平江不肖生（1890—1957），原名向恺然，湖南平江人。他出生于一个富裕家庭，其祖父以经营伞店发家，其父向碧泉是个秀才，在乡里间颇有文名。向恺然五岁随父攻读，十一岁习八股，恰逢清政府废八股，改以策论取士，遂改习策论，十四岁时清政府又废科举，改办学校，于是向氏考入长沙的高等实业学堂。其时正值同盟会在日本东京成立并创办《民报》鼓吹革命，日本文部省在清政府的要求下，于1905年11月颁布"取缔清韩留日学生规则"，镇压中国留日学生的革命活动，引起留日学生界的强烈反对，同盟会发起人之一陈天华于12月8日在日本愤而投海自杀，以死激励士气。转年，陈天华灵柩运回湖南，长沙各界公葬陈天华，掀起了政治风潮，刚刚入学一年的向恺然就因积极参与这次风潮而被开除学籍，随后他自费赴日留学。

---

① 本文节选自张赣生著《民国通俗小说论稿》。

民国二年（1913），袁世凯派人刺杀了宋教仁，群情激愤。向恺然回国参加了"倒袁运动"，任湖南讨袁第一军军法官，讨袁失败后，他再赴日本，结交武术名家，精研武术，这使他成为民国武侠小说作家中真正精通武术的人；同时，他因愤慨一般亡命于日本的中国人之道德堕落，执笔写作《留东外史》。民国四年（1915），向恺然重又归国，参加了中华革命党江西支部，继续从事反袁活动。袁世凯去世后，他移居上海以撰写小说谋生，直至1927年返回湖南，他的主要通俗小说作品均在这十年间先后问世。1930年至1932年，向恺然曾再度在上海从事撰著，但这一时期所作均为讲述拳术的短篇文章。1932年"一·二八"日寇进犯上海，向恺然应何键之请返回湖南创办国术训练所。1937年，抗日战争全面展开，他随二十一集团军转战安徽大别山区，任总办公厅主任，兼安徽学院文学系教授。1947年返湖南，1957年反右斗争后患脑溢血去世。

关于"平江不肖生"这一笔名的来历，向恺然在1951年写的简短"自传"中说："民国三年因愤慨一般亡命客的革命道德堕落，一般公费留学生不努力、不自爱，就开始著《留东外史》，专对以上两种人发动攻击。……因为被我唾骂的人太多，用笔名'平江不肖生'，不敢写出我的真名实姓。"此后他发表武侠小说时也一直沿用这一笔名。

至于"平江不肖生"的含义，向氏哲嗣在回忆文章中说："当时有人问为何用这'不肖生'？父亲说：'天下皆谓道大，夫惟其大，故似不肖。'此语出自老子《道德经》。原来其'不肖'为此，并非自谦之词。"其实这是向氏本人后来提出的一种解释，不一定真是采用这笔名的初意。《老子·六十七章》曰："天下皆谓我道大似不肖。夫惟大，故似不肖；若肖，久矣其细也夫。"这里的"不肖"是"不像""不类"的意思。道是抽象的，道涵盖万物之理，而不像某一具体物，从不像、不类、不具体，引申为"玄虚""荒诞"。这用以反驳某些人后来对《江湖奇侠传》的批评，颇能说明作者的立场；但在创作《留东外史》时采用这一笔名的初意却非如此，《留东外史》第一回《述源流不肖生饶舌，勾荡妇无赖子销魂》中说："不肖生自明治四十年，即来此地，……既非亡命，又不经商，用着祖先遗物，说不读书，也曾进学堂，也曾毕过业；说是实心求学，一月倒有二十五日在花天酒地中。近年来，祖遗将罄，游兴亦阑。"这段话把"不肖"二字的含义说得很清楚，应无疑义。

向恺然从写社会小说改为写武侠小说，是应出版商之请。包天笑在《钏影楼回忆录》中说："《留东外史》……出版后，销数大佳，于是海上同文，知有平江不肖生其人。……我要他在《星期》上写文字，他就答应写了一个《留东外史补》，还有一个《猎人偶记》。这个《猎人偶记》很特别，因力他居住湘西，深山多虎，常与猎者相接近，这不是洋场才子的小说家所能道其万一的。后来为世界书局的老板沈子方所知道了，他问我道：'你从何处掘出了这个宝藏者？'于是他极力去挖取向恺然给世界书局写小说，稿资特别丰厚。但是他不要像《留东外史》那种材料，而要他写剑仙侠士之类的一流传奇小说，这不能不说是一种生意眼。那个时候，上海的所谓言情小说、恋爱小说，人家已经看得腻了，势必要换换口味，……以向君的多才多艺，于是《江湖奇侠传》一集、二集……层出不穷，开上海武侠小说的先河。"这段话有助于我们了解向恺然的武侠小说。

向恺然是由晚清的通俗小说模式向新风格过渡的作家之一。因此，在他的小说中就必然存在着新与旧的两方面因素。从他最初的成名作《留东外史》来看，晚清小说模式的痕迹十分明显。

鲁迅在《中国小说史略》中谈到《官场现形记》《二十年目睹之怪现状》等晚清"谴责小说"时，曾指出："揭发伏藏，显其弊恶，而于时政，严加纠弹，或更扩充，并及风俗。虽命意在于匡世，似与讽刺小说同伦，而辞气浮露，笔无藏锋，甚且过甚其辞，以合时人嗜好"，是此类小说的共同特征。《留东外史》不仅在内容取材和创作思想上明显地带有晚清"嫖界小说"和谴责小说的痕迹，而且在故事的组织形式上也体现着晚清小说结构松散的时风，缺乏严谨的通盘考虑。我这样说，并非要否定《留东外史》的艺术成就，而是要表明客观存在的事实，《留东外史》是具有过渡性质的民初作品，它不可能完全摆脱晚清小说模式的影响。这是很自然的，《官场现形记》发表于1902—1907年，《二十年目睹之怪现状》发表于1902—1910年，《海上花列传》发表于1892—1894年，《海上繁华梦》发表于1903—1906年，《九尾龟》刊行于1906—1910年；当向恺然在民国三年（1914）撰著《留东外史》时，正值上述诸书风行之际，相距最近者不过三四年，《留东外史》与之实属于同时代产物，假若两者之间毫无共同之处，那反倒是怪事。

从另一个方面来看，《留东外史》之所以能称为过渡性质的作品，还在于它确实提供了新的东西，甚至在某种程度上有令人耳目一新之感。首先是他如实地描绘了异国风情，中国通俗小说中的外国，向来是《山海经》式的，《西游记》《三宝太监西洋记》《镜花缘》等不必说了；林琴南的小说原是翻译，但他笔下的外国也被写得面目全非；再看看晚清的其他作品，如《孽海花》中对欧洲的描写，大都未免流于妄诞。不肖生在《留东外史》中却能把日本的风土民俗写得生动、鲜明，这正是此书出版后大受读者欢迎的重要原因。但是，这还仅是浅层的新奇；更深一层来看，不论作者是否自觉地意识到要运用西方的创作方法，实际上他已经表现出这种倾向，如上所说之照实描绘异国风情，就是西方文学的"写实主义"方法，特别是在《留东外史》的某些段落中还显示了进行"心理分析"的倾向，这些都是从旧模式向新风格过渡的重要迹象。

　　总之，就《留东外史》总体而论，旧模式的深刻痕迹还是主要的，但不能因此而忽略它所显示的新倾向之重要意义。两方面的因素杂糅在一起，是过渡时期的必然现象。处于洪宪复古浪潮中的向恺然，能做到这一步已经难能可贵，不应对他提出不切实际的过高要求。看一看《玉梨魂》《孽冤镜》等在复古浪潮中极享盛名的扭捏之作，或许更有助于认识《留东外史》的可贵之处。

　　《留东外史》使向恺然崭露头角，但他之得享盛名却是因为写了武侠小说《江湖奇侠传》。

　　《江湖奇侠传》当年所引起的轰动，今天的读者或许难以想象得到。这部作品首刊于《红》杂志第二十二期，《红》杂志为世界书局所办周刊，1922 年 8 月创刊，至年底发行二十一期，转年始连载《江湖奇侠传》。1924 年 7 月，《红》杂志出满一百期，改名为《红玫瑰》，仍为周刊，继续连载，至 1927 年向氏返湘，遂由《红玫瑰》编者赵苕狂续写，现今通行的《江湖奇侠传》一百六十回本，自一百零七回起为赵氏所续。

　　《江湖奇侠传》掀起的热潮一直持续了十年。据郑逸梅《武侠小说的通病》一文说："那个付诸劫灰的东方图书馆中，备有不肖生的《江湖奇侠传》，阅的人多，不久便书页破烂，字迹模糊，不能再阅了，由馆中再备一部，但是不久又破烂模糊了。所以直到'一·二八'之役，这部书已购到十有四次，武侠小说的吸引力，多么可惊咧。"在《江湖奇侠传》小说一版再版的同时，由它改编成的连台本戏也久演不衰，更加轰动的是明星影片公司改编拍摄的《火烧红莲寺》，由当时最著名的影星胡蝶主演。沈雁冰在《封建的小市民文艺》（作于 1933 年）一文中说："1930 年，中国的'武侠小说'盛极一时。自《江湖奇侠传》以下，模仿因袭的武侠小说，少说也有百来种吧。同时国产影片方面，也是'武侠片'的全盛时代；《火烧红莲寺》出足了风头……《火烧红莲寺》对于小市民层的魔力之大，只要你一到那开映这影片的影戏院内就可以看到。叫好、拍掌，在那些影戏院里是不禁的，从头到尾，你是在狂热的包围中，而每逢影片中剑侠放飞剑互相斗争的时候，看客们的狂呼就同作战一般，他们对红姑的飞降而喝采，并不尽因为那红姑是女明星胡蝶所扮演，而是因为那红姑是一个女剑侠，是《火烧红莲寺》的中心人物；他们对于影片的批评从来不会是某某明星扮演某某角色的表情哪样好哪样坏，他们是批评昆仑派如何、崆峒派如何的！在他们，影戏不复是'戏'，而是真实！如果说国产影片而有对于广大的群众感情起作用的，那就得首推《火烧红莲寺》了。从银幕上的《火烧红莲寺》又成为'连环图画小说'的《火烧红莲寺》，实在是简陋得多了，可是那疯魔人心的效力依然不灭。"这是一位极力反对《江湖奇侠传》者写下的实录，我认为他所描绘的这幅轰动景象是可信的。

如此轰动一时的《江湖奇侠传》，它的魅力在哪里？要说简单也简单，不过是把奇闻异事讲得生动有趣而已。

向氏初撰《江湖奇侠传》时，并无完整构思，只是随手掇拾湖南民间传说，加以铺张夸饰，以动观听，用类似《儒林外史》的那种集短为长的结构，信笔写来，可行可止。作者在此书第八回中说："说出来，在现在一般人的眼中看了，说不定要骂在下所说的，全是面壁虚造，鬼话连篇。以为于今的湖南，并不曾搬到外国去，何尝听人说过这些奇奇怪怪的事迹，又何尝见过这些奇奇怪怪的人物，不都是些凭空捏造的鬼话吗？其实不然。于今的湖南，实在不是四五十年前的湖南。只要是年在六十以上的湖南人，听了在下这些话，大概都得含笑点头，不骂在下捣鬼。至于平、浏人争赵家坪的事，直到民国纪元前三四年，才革除了这种争水陆码头的恶习惯。洞庭湖的大侠大盗，素以南荆桥、北荆桥、鱼矶、罗山几处为渊薮。逊清光绪年间，还猖獗得了不得。"就说出了此书前一部分的性质。

总之，《江湖奇侠传》有其不容忽视的长处，确实把奇闻逸事讲得生动有趣；但也有其不容忽视的短处，近乎于"大杂烩"，它之得享盛名，除了它自身确有长处之外，还与当时的环境条件有关，在晚清至民初的十多年间，中国通俗小说几经变化，公案小说和谴责小说的浪潮逐渐消退，"淫啼浪哭"的哀情小说维持不久已令人厌烦，此时向氏将新奇有趣的风土民俗引入武侠说部，道洋场才子之万不能道，自然使人耳目一新，其引起轰动也就是情理中应有之事了。

向恺然还写过一部比较现实的武术技击小说，即以大刀王五和霍元甲为素材的《侠义英雄传》，这部作品的发表与《江湖奇侠传》同时，于1923年至1924年间在世界书局出版的《侦探世界》杂志连载，全书八十回，后出单行本。或许是由于向氏想使此书的风格与《江湖奇侠传》有鲜明的区别，也或许是向氏集中精力撰写《江湖奇侠传》而难以兼顾，这部《侠义英雄传》写得不够神采飞扬，远不如《江湖奇侠传》驰名。此外，向氏还著有《玉玦金环录》《江湖大侠传》《江湖小侠传》《江湖异人传》等十余部武侠小说，成为二十年代最引人注目的武侠小说名家。

通观向氏的武侠小说创作，无论是《江湖奇侠传》或《侠义英雄传》，都还未能形成完善形态的神怪武侠小说或技击武侠小说风格。当然，对于这一点，我们不能苛求，向氏是一位过渡阶段的作家，他在民国通俗小说史上属于开基立业的先行者，他的功绩主要是开一代风气，施影响于后人。正是他的《江湖奇侠传》引起的巨大轰动，吸引了更多读者对武侠小说的关注，也推动报刊经营者和出版商竞相搜求武侠小说。后起的还珠楼主、白羽、郑证因、王度庐、朱贞木等都是在这种风气下，受报刊之约才从事武侠小说创作的，就这个意义上说，若没有向恺然开风气之先，或许也就不会有北派四大家的武侠名作。另一方面，向氏也的确给予后起的还珠、白羽、郑证因很大影响，只要看看还珠、白羽、郑证因早期的作品，就能发现其受向氏影响的痕迹。所以，向氏在民国通俗小说史上是一位重要的人物，他的功绩不容贬低，不能只从作品本身来衡量他应占的地位。

目 录

1

2

第一回

罗邦杰学艺海珠寺
甘凤池失踪枫叶村

　　自来国家政治之道，文武两途不可偏废，重文学者必修武备，修武备者必重文学，故古之三王五霸，谋臣如雨，勇将如云，南讨北伐，东荡西征，横行天下，安辑宇内，莫不恃此焉！降至后世，治乱相循，分合不常，往往有桀骜枭雄之辈，自负才力，啸聚山林，谋为不轨，揭竿聚众，酾酒插盟，借口仇雠，酿成大祸。朝廷遣将调兵，筹饷筹防，一时军书旁午，星檄飞驰，帅帜遥指，乌合逃亡，剿抚兼施，恩威并用，目为草寇，几于无代无之。唯宫闱昏浊，纲纪不明，阉竖擅权，奸臣诡贼，虽有良将贤辅，欲立功阃外，安社稷而报君上者，不其难哉！噫，可叹也夫！

　　然而忠臣孝子、节妇义夫，固莫不竭力表扬，旌奖不遑，俾使天下人民，趋于良善，至奸盗邪淫，十恶不赦，分别治罪，斩绞军流，执法森严，以警奸宄。是以一代帝王，行政虽微有不同，而定律则未尝或异也。无如设官所以安民，而有时反为民仇；养兵所以卫民，而有时反为民害。彼贪官污吏，悍卒骄兵，仅知刻剥残虐，强暴凶狠，与势恶土豪、劣绅痞棍，串通一气，无所不为，人人侧目，个个惊心。其或幸而漏网，益觉胆大妄为，侵吞钱粮，残害闾里，夤缘结交，颠倒是非，以私济公，武断乡曲，抢掠妇女，诡谋

1

毒计，暗箭伤人，为天理所不合，王法所不容，而人心所不能忍者也。

则有剑侠义士，愤然崛起，做中流之砥柱，挽既倒之狂澜。暗为访察，路见不平，拔刀相助；锄恶灭奸，除暴安良；济贫劫富，神出鬼没；飞檐走壁，来去如风，猝不及防；探囊取首，易如反掌；代人报仇，奋不顾身；仗义扶难，亲如骨肉。大功告成，然后敛迹韬形，不与世争，须眉则虬髯、昆仑，巾帼则红拂、隐娘，此其明证也。盖天子不可得而臣，诸侯不可得而友者也。

尝闻天地灵秀之气，郁久必发，山川钟毓之奇，殆有所寄，上则为日月星辰，风霜雨露；旁及江淮河汉，为怪石，为奇峰，为名花异草；至最难得者，为剑仙，为义士，游戏人间，俯仰六合，能生死，为人之所不能为，行人之所不能行。盖剑仙义士，其生固非偶然，大抵借所遇而成其名也。承平之世英雄无用武之地，虽有出类拔萃者，犹难显耀于当世，迨一朝开创杀戮必多，鼎革祚移，中原逐鹿，朝野纷纭，乃生后杰，出为抗敌。成王败寇，初难逆料，仅快其一时之意耳！若加遏制，势将横决，不可收拾。如明末清初，天下忧忧，扬州十日，嘉定三屠，人心不死，愤泪填膺，故其后演出无数之惨剧，而遗民豪侠，遂得乘间而起，以冀还我大好之河山。无如清祚正隆，天下难挽，致多少英雄豪杰抱志未伸，乃不得不求其下者，铲恶诛奸，为民除害，借以吐其胸中不平之气。呜呼，亦可哀矣！

康熙之世，去创业未久，四方归附之士，虽云集响应，咸欲攀龙附凤。然故明遗老，耿介自守而义不肯受清禄，时兴麦秀之歌，每思得当以报故主，奈力有未逮，只得于风雨晦明之地，消磨其志气；乃借杯酒以浇块垒，自适己志，相戒子孙以不仕，甘与麋鹿同游。

清室以弓矢定天下，其时拳技之术，颇知讲究。相传有少林、武当二派，冲刺纵跳，练习精微，均臻绝诣，各树一帜，互为标榜，亦互为嫉忌。且武勇习俗，气度必不宽容，每自相争相杀，酿成剽悍悖泪之风，然后出为鲁仲达，排难解纷，以是当时颇有一二高人，练胆练心，练气练识，示人以一种不可思议之剑侠，制胜而决断，惊世而骇俗，固莫不手到功成，如愿相偿。噫？斯亦奇矣！

夫豪杰之士，何地无之，惟四方为风气所推迁，民间习尚，各有不同。南中人民脆弱，与北方刚强之俗，奚啻霄壤，直隶、山东、山西、河南一带，赳赳桓桓之概，中于人心，以是好勇断狠，时有所闻。拳击之技几于无人不晓，无人不学，无人不会。

京中王公大臣之子弟，平时延师教授，讲究拳法，借以防身，不足为怪，盖当时风尚使然也。乃有多罗贝勒者，名胤禛，康熙皇帝之第四皇子也。诞生之夕，华光四照，瑞气缠绵，经久不散。其母孝恭皇后，岁月入怀，感受而孕。迨长成以来，天表亭亭，隆准颀身，双耳垂肩，目光炯炯，音唾洪亮，天性聪明，大智夙成，宏才肆应，殆由天授；识者早目为治世之伟才，一朝之贤储也。且又好学不倦，旁搜博采，儒书释典，战策兵符，诸子百家，拳经剑术，莫不精益求精，朝夕简练揣摩，期于纯熟。绝无骄傲态度，与人接物，纡尊降贵，若忘其为贝勒也者。常私自遨游各处，物色英雄，收犯豪杰，以为己用，盖此是本书缘起。缘起述明，书归正传。

却说江南地方，太湖相近有座小小山峰，名叫"伏虎山"，为太湖七十二峰之一。山峰虽小，形势非常险恶，土脉环绕，悬崖峭壁。前面一带溪水，约有二三丈宽阔，弯弯曲曲，直抵山冈之下。两旁堤岸，满种修竹，宛如绿幕。自山麓拾级以上，凡石磴百十余，方及山门，寺距山峰之巅，额为"海珠禅寺"。琳宫梵宇，复道回廊，何止千数百间，庄严气象，颇极一时之盛。闻系明代万历年间建，几经兴废，时有高人驻锡于此，重加修葺，仍复旧观。寺中僧众五百余人，其住持僧法名"昙空"，年逾六十，精神充足，一身武艺本领非凡，确是少林一派，运气凝神，变化莫测，为南中八大剑侠之领袖。宗旨纯正，立法精严，道德高超。平时教授徒众，联系拳法，不遗余力。盖造诣臻极，能身剑合一，或藏脑海，或藏指甲，圆如弹丸，细如芥末，遇敌取胜，不费反掌之劳，矫若长虹，目若激电，剑锋犀利，莫可抵御。功夫纯熟，得心应手，直堪光争日月，气吞斗牛矣！

时值深秋，落叶满山，凉风送爽，四围殿角，铃铎之声，断续不绝。塔尖矗立，高出层云。丛林中霜花遍地，景象颇觉静峭。晨光熹微，初日才升，昙空正在方丈趺坐，监寺僧趋前启白："兹有贵客，遥临相访。"昙空饬其引进。

未几，一少年随童而至，华贵雍容，服饰奢靡，腰悬宝剑，面如冠玉，龙行虎步，走入方丈。昙空起身接见，握手问询谈吐之间，激昂慷慨，深相契合，口操京腔，自述姓氏为直隶罗邦杰，自幼失学，于拳术一道，未窥门径，殊切愧悔，吾师法力无边，拳艺莫敌，如蒙不弃简陋，愿列侍门墙，追随杖履，北面称弟子，曷胜荣幸！未知吾师肯容纳否耶？

昙空听罢，踌躇一番，答道："大难，大难！檀越贵人，安能弃繁华而就岑寂，同山野匹夫游？况拳术一道，谈何容易，非得三五年勤苦之功，不能得其效果。是以剑侠一方面初入手，第一须清心寡欲；第二须练气养神；第三须心无邪念；第四须见义勇为；第五须捐弃一切，然后加以循序功夫，自能渐臻上乘。断非立谈之顷，所能望其项背者也。老衲徒众济济，除小徒慈化、慈因外，实无出类拔萃者。今公子富贵中人，恐道心未坚，勉求进取，适足以偾事，公子幸三思之。"

邦杰曰："吾师所言，虽属至理，然弟子一念至诚，生平最喜拳剑，吾师如不吝教诲，必不肯半途而废，吾师慎无过虑。"昙空无奈，只得应允。邦杰随唤家人奉上白璧一双，黄金百两，袈裟一领，云履一对，以做进见之礼。于是邦杰遂拜昙空为师，在海珠寺用心学习剑术，每日熬炼精神，运气吐纳。昙空授以种种秘诀，心领神会，其法于平坦宽广之地，指定一棵极大树木，或塔顶所在，向之吸气一口，喷出一缕绝细光线，剑光即随之而出，能收能放，宛同鹰隼之疾。光着树上，自能将其枝叶斩尽。初时难以及远，久则渐能神妙；少林拳法，亦复同时并进。暇时至山前山后闲游，以荡涤其胸襟，且得与许多高人逸士，谈论今古，讲究武艺，殊不寂寞。

时光迅驶，倏已三年，竟练成一种不可思议之剑法，平时藏于指甲缝内，令人不知不觉。若遇劲敌，用时随心所欲，只须吹气一口，剑即化为白光一缕缠绕人身，头即坠地。收回之后，仍归原处，取之不穷，用之无尽，无形无踪，最为便捷，此诚防身绝精绝奇之法术也。至邦杰学成之后，如何功用，及其家世，究属何等之人，诸君似未明了；至昙空日后结果，是正是邪，后文自有交代。

著者考其事实，当清兵入关，定鼎燕京，虽寰宇清平，四海晏如，然版图辽阔，不无草莽流寇，时思蠢动，未免为癣疥之疾，而非心腹之患也。况其时欧美诸邦，绝未挤入中华，不闻有夷务通商之可言，诚所谓闭关自守者矣。惟国内多高人奇士，借练拳术，往往形容武勇一道，彼此比较优劣；且剑侠一流，都系明代子孙，时怀故国河山之感，每欲乘时崛起，以冀恢复其邦基。岂知满清宫中，早料天下趋势，近于游侠，念创业之匪易，因亦偏重武勇，以角力为尚，遍访名师，厚其糈禄，教授天潢支派，俾得保存疆土，巩固国基。故彼时定律非常严重，用以压服人心，施恩又极其宽厚，借以拉拢豪杰，则此数十年中，可称为乱后之一治也。

先是台湾嗣王朱克爽驾前，典礼官谢品山，为此书中八大剑侠之末，甘凤池之舅父也。年近花甲，老成持重，性情朴实，固极有道德之人。台湾乱时乘间逃出，渡海至镇江，以时局纷扰，不愿出仕。因见谢村风景秀逸，山绕水环，颇合隐居志愿，故遂挈眷寓此。伊姐嫁于凤池之父甘英。这甘英为赐姓，延平王麾下，官中军提督，爵授崇明伯，甘辉之子。永历末年，甘辉殁于金陵，甘英确为将门之子，武艺超群，智勇兼备，嗣王倚之如左右手，深相契重。

康熙二十二年，清兵袭台湾，甘英奋勇当先，冲破突浪而出，纵火焚烧敌船，将前锋敌军，挫尽锐气，休想驶入湾内。后经清水师提督施琅，亲率大小战船八百余艘，随带火箭喷筒，适值大雾迷漫，对面不睹眉目，金鼓乱鸣，喊声震天，掀波触浪，拼命抢入湾来。甘英一时寡不敌众，遂至力战身死。士大夫咸怜惜之，至今甘国公父子庙貌犹存焉。

甘氏一门，猝遭变故，心胆俱碎，细弱何以图存？清兵乘胜残杀，奸淫掳掠，到处无幸脱者。谢夫人遇此惨酷，痛丈夫之为国捐躯，半生只留此一块肉，才及三龄，呱呱者何辜。适令同殉国难，不将使甘氏无后乎？于心何忍？倘使徼天之福，日后此子成人，或能继起家声，克承父志，则吾心滋慰。于是毅然决然，将怀中所抱凤池，递与奶娘，泣嘱曰："汝能将吾之凤儿，带往他处避难，不为敌兵所得，留斯一条宗桃，异日光荣门楣，则汝之惠赐吾者深矣！吾在九原之下，当护汝行。或寻觅得舅老爷家，妥为安置，吾更瞑目矣。"

奶娘受命，泪流满面曰："太太殉节，大义昭然，非奴婢所敢谗言。但大乱之时，清浊不分，与其惨死于此，曷不同行？苟得安然内渡，别寻藏身之处，岂非老爷在天之灵乎？"正在计议不定，清兵已由前门杀进。一时内外鼎沸，婢仆逃亡殆尽。夫人挥手令奶娘出，自己飞奔后园，投入荷花池内。

奶娘心慌无措，急出后门，紧紧将凤池抱定，匿于竹林深处；又恐凤池哭叫，一面百般诱骗。岂知小孩子并无戚容，似亦知晓大难临头，但默默而已。闻四面哭喊不休，兵刃接触之声，盈于耳鼓吓得魂不附体。候至天明，始敢出现，一片荒凉，衙署残破，墙塌壁倒，器物都已损坏，远远尚闻呼救之音，移时始静。惊魂甫定，才打算抱公子，设不幸为贼所获，奚可对夫人于地下？思前痛后，不禁泪涔涔下，独自一人，坐于地上，叹息一回，觉遍身筋力酸麻异常。休憩片时，寻得遗弃食物，将公子喂饱，自己反不觉饥饿。濒行四处，寻视一周，忽见厨房柴草堆内，瑟瑟乱动，一时毛发皆竖，疑有鬼魅作祟。

其时天方微明尚带黑暗，不甚了了，乃战战兢兢，拨开柴堆注视清楚，几乎狂叫。不料老爷之妹彤玉小姐蜷伏在内，云鬟散乱，花容惨淡，娇喘微微，星眸蕴泪。看其惊骇光景，殆将去死不远耶！

奶娘低言曰："小姐醒来，此时贼已去矣，小姐毋再惊恐。"遂俯身将彤玉扶至厅上。彤玉询悉兄嫂殉难，竟一晕而绝。奶娘在旁徐徐救醒，且复极力劝解一番，然后共议逃避之策。

彤玉正色曰："吾年十八，父母早弃我而逝，依兄嫂长成。今兄嫂又亡，吾之命已可知矣！即生于世上，谁为怜我爱我，而痛养相关者，虽死亦何足惜！独是此子襁褓，即遭家难，吾兄骨血，只此一人，关系非轻。甘氏一门，全靠于此，必不令其失所，当与奶娘共任保护之责也。"于是相扶相挽，步出园门。

路途迢远，伶仃难行，满目尸骨，横于瓦砾之上，殊而未绝，叫哭呻吟，奚忍逼视？河水尽赤，渴则取饮，虽铁石心肠，亦当下泪，况彼深闺弱质乎？

奶娘抱凤池于怀，恐其怕冷，将衣紧紧裹定。夜晚困乏宿于古庙，或僻静山麓，鼓凄惨切，极人世之无复再加矣。幸一路绝少人见，忍饥耐冷，挨度残喘，小孩无知，仅与以干粮吞啖，尚嘻嘻自若，并不知有何苦楚者也。安知苍昊神祇，对此遗雏，早安排位置，具无穷之希望，先令其身遭奇冤，然后玉汝于成，为一代之伟人奇女，天心固至仁者也。奈未来之境，前途如漆，人苟能预知者，则必多所趋避，畏首畏尾，谁复肯冒险径行而不知顾忌耶！

一日傍晚，行至闽浙交界，天将昏暮，意欲觅店宿歇，四顾茫茫，忧不见人。忽远远见一队游骑，约百余人，风驰电掣而来。行至相近，马上少年将军，瞥见彤玉，颇具姿色，即命手下骑兵，将彤玉横躺上军马上，一声呼啸，仍由原路而去。

奶娘此时跪于地上，叩头求饶，迨至少年去远，尚未知晓，后来觉得耳边并无人声，凤池在怀啼哭，方将惊魂收回躯壳，复其知觉之力，只得缓缓立起，坐于路旁石上休憩。是夜孤身在旅馆中，反复无眠。寻思小姐花容月貌，我见犹怜，断不忍丧其生命，持恐誓节不从，而强暴心肠，又难逆料，此时未知作何形状，生死尚悬贼手，今生未必再见。一面流泪，一面强为欢笑，喂凤池之乳，移时蒙眬睡去。

翌日依旧赶路，趱行四十余日，川资将尽，愁急万状，将近丹徒，过一小镇，名枫叶村，地形虽小，市面尚盛，店铺林立。当时奶娘择一家稍大旅店居住，打算明日雇舟赴镇江，计程已不远，颇自欣慰。岂知绝巨风波，即在此夜发生，为奶娘所万不及料也。

一觉睡醒，五更将彻，残月之光，照于窗上，仅留微微一线，景象十分惨切，似乎怀中虚若无物，不觉骇极，乃急将身坐起，疑是梦境。遍索床内，而凤池已不知去向矣。心中骤然一急，则眼前漆黑，猝然晕倒，片时渐渐苏醒，哭喊狂呼。店中人不知何故，趋来看视，询悉门户未开，忽尔丢失小孩，群称奇事，议论纷纷。

于是枫叶村，一人传十，十人传百，都知旅店无端丢失孩子，剩下奶娘一人，寻死觅活。因此噪扰，引出一奇女子来，姓何名玉凤，即《儿女英雄传》之十三妹，才破能仁寺，保全安龙媒之命，在此经过。

当时，听此奇事，动了一片侠义心肠，按捺不下，径至旅店访着奶娘，用言安慰，赠送十两银子，俾作盘缠，并又担任代为寻找，倘有实在消息，定赴谢村送信。奶娘千恩万谢，感激涕零，独自一人，向谢品山家报信去也。

欲知甘凤池究竟被何人劫去，且听下回分解。

第二回

路民瞻远走麒麟岛
狄士雄初射鸳鸯箭

　　却说十三妹姓何，名玉凤，何协统之爱女也。幼承庭训，长娴武艺，凡诗词歌赋，潜心力学，均能贯通。喜习拳棒，十八般兵器，莫不精绝巧妙。复得异师传授剑术，路见不平，拔刀相助，白日杀人于市，如探囊取物。生平最恨淫僧恶尼，疾之如仇。一部《儿女英雄传》中，为之铲除者，不知凡几，诚巾帼之英雄，而须眉实有所不逮焉。盖见之者均谓其婀娜娇姿，憨痴形态，宛然一朵名花，倾国倾城之好女子也。岂知其一身义侠，烈烈轰轰做一番惊天动地之事哉！

　　玉凤当芳龄时代，即抱奇冤，君父之仇，固有不共戴天者也。历险阻艰难之境，适足以成其勇敢刚毅之气，百折不回，求逞其志，然后可告无罪于天地，而乃翻然变计，即此锦天秀地之中，仍复还其玉貌花容之奇女子，相彼夫子，温和贤淑，以享其一生固有之幸福，如十三妹者可以矣。

　　那日，十三妹刚从枫叶村路过，打算掰挡一件事务，忽听有人谈论，前面旅店中，忽于半夜三更，丢失一个孩子，剩下奶娘一人在彼啼哭，又说是由南方来的。十三妹听了，不胜诧异，以为此刻朗朗乾坤，光天化日之下，岂有睡梦中无端劫去小孩之理？此中定别有缘故。触动她一片侠义心肠，定欲知其底细，乃寻至店中，见了奶娘，问起根由。

奶娘将从台湾一路逃难而来，这个小孩，正是甘国公甘英之子，唤作凤池，不料昨在睡梦中丢失，找寻不着，自己欲觅死地等语道出。十三妹方知是忠良之后，大加爱惜，于是劝慰了奶娘，赠了些银两，并任代为探访，俟有消息，约定来谢村你舅老爷家送信，你今好好前往，不必哭泣。

这枫叶村离丹徒不远，是个小镇，人烟稀少，风景十分旷野。当夜奶娘领了凤池，来此宿歇，却并无人知晓。岂知江南有个大侠，姓路名民瞻，年纪五十余岁，瘦骨峻嶙，须发苍白，形容怯弱，而精神满足。他一身武艺非常熟练，飞墙走壁，蹿跳跐纵，件件出人头地，与伏虎山昙空和尚及曹仁父、周浔、吕元、白泰官等，均结为兄弟，确是剑侠中之杰出者也。渠自思一生落落风尘，未尝遇着知音，一旦填沟壑，生平技术，埋没不传，未免可惜，起了一个薪传的念头。真是无巧不成话，刚刚探听得甘凤池，落在这枫叶村上，是个忠良之后裔，孤儿孽子，可算得天缘迎合也。是以路民瞻打听着实，起了这个念头。候至半夜三更，独自一人，静悄悄地扎束停当，着了夜行衣靠，头戴毡笠，将面门遮蔽，脚蹬踢山虎靴，背插倭刀一柄，身边随带薰香盒子，一路行来，街坊绝无人影。

乡村房屋朴陋，并不高大，走近客寓，前后左右，细细看了一面，然后慢慢飞身上屋，侧耳一听绝无人声，瞧见东廊一间客房，灯光掩映，照于窗上，十分黯淡。乃于屋上轻轻跳下，一个剪步，蹿至窗前，将窗纸戳破，腰间取出薰香盒子，将火点着，放进窗孔。约五分钟光景，然后取出，用刀拨开窗户，跳入房内，摸至床前，揭起帐子，依稀一个女人，怀抱着小孩，呼呼睡着。连忙双手将小孩捧定，仍旧跨出窗口，在院内借着月光一看，好个粉妆玉琢的孩子，面白唇红，头圆脑满，尚自沉沉未醒。随将带来绒绦挽缚在背上，仍由原路越墙而出。

天甫黎明，雾色苍茫，路民瞻来去如风，霎时已至下处，即将驴子牵出，跨上驴背，趁无人查问，加上一鞭，向山僻小路趱行。一口气走了二三十里，沿途领受新鲜空气，颇觉爽快。两岸草色，渐带枯黄，霜华遍地，绝少板桥足迹，仅闻驴蹄嘚嘚之声。过一小桥，旁边一棵大松树，靠在一座小小石亭之上，溪边流水潺潺。路民瞻跳下驴来，那时凤池才醒，两只小眼珠儿，怕见生人面，不觉"哇"地啼哭起来，要寻奶娘。

民瞻连忙把他放下，怀中取出所带干粮喂他，一面嘴里百般骗哄，一面慢慢喂他。凤池虽然三岁小孩，究属英雄之种，片时之间，即无恐吓之状，面带笑容，依依膝下。路民瞻不胜喜悦，着实温存了一回。

当下路民瞻想道："我路民瞻觥觥男子，遭时不造，至为亡国之奴隶，目睹清廷之酷虐吾民，而手无寸柄，则只于须发苍苍之际，搔首问天，挥剑研地，徒呼负负而已。终日东飘西荡，身如萍寄，勤王乏策，兴义无师，则对此残破之山河，洒几点英雄之泪耳。今者劫此忠良之小儿，继起有人，未知尚能及我身，而见此快意之举，则为死亦瞑目矣。但此子尚未离襁褓，我孑然一身，安能抚养此孤难，以度岁月耶？"低头踌躇，计无所出。蓦然间想起自己甥儿狄士雄来。

原来这狄士雄，字季良，亦系功臣之子，人谓其系唐朝狄梁公之嫡派。当他祖父及父，均仕明季时武职，镇守边廷，功在国家。其父单讳一个"方"字，即路民瞻之姨丈也。狄方一身武艺，有万夫不当之勇，专使双枪，世名狄家枪，无人能敌。又有一手绝技，名为"鸳鸯箭"，是从连珠箭内化出，发时两箭并发，一先一后，连接而出，即使第一箭被人躲过，而第二箭万万躲不了，则不死于鸳箭，必死于鸯箭也，犹之剑之有雌雄也；且利害处箭簇用毒药煮炼过，因此发时并无箭风，弓弦不响，人不闻声，难以躲避，见血丝缕，即无救治，一身麻木，立时昏晕而死。虽天下英雄好汉，遇之莫不骨软而筋酥，故又称之为"雌雄箭"。如世界上雄不敌雌，以其柔媚手段，足以束缚刚强之气，而往往为之制服也。

溯狄士雄幼稚时代，束发受书而外，究属将门之子孙，不求甚解，而偏能得其大者、远者，性好骑射，赳赳桓桓之概溢于眉表。狄方溺爱之余，教授各种武技，家学渊源，容易精进，然督责颇严，并不姑息。

迨至长成，学得件件功夫纯熟，天生奇力，似有青出于蓝之誉。不幸狄方逝世，士雄以为世局纷纭莫定，时移代易，不愿为官，潇洒出尘，遍游南洋各岛，借以消遣，卜居于麒麟岛内，优游自得，独霸一方。

伊母路氏夫人，年华虽临衰迈，然颐养林泉，殊堪坦逸。士雄之妻，系出名门，是台湾林氏之女公子，咏絮才高，簪花格备，妍媚之姿，亦带侠义之气，以故伉俪之间，十分相得，式好无尤，相敬如宾，平时闺房之乐，有甚于画眉者也。惟士雄躯干伟硕，全身武勇，胆魄过人，自谓生不逢辰，遂令英雄无用武之地，徒郁郁于此山僻之中，将终老以无闻耶！无当书空咄咄，腹有牢骚，仅借朝夕定省慈帏，一叙其家庭之乐，渐忘其不平之心。然则路民瞻不得见者，已将二十余年矣。

夫一代兴亡，豕突狼奔，流离颠覆，人民莫不有流血之祸，无论亲戚故旧，值此时事，隐避无踪，音讯不通，生死不知，往往如是。路、狄两家，于此危亡之秋，各已离散东西南北，任意迁徙。况路民瞻更无定向，虽后来访问狄家避居南洋，尚未细审地址，南北相隔，固懒于跋涉也。然无事时，每耿耿在心，未必十分急欲寻觅。兹因携此孤雏，实一时无地安置；且此子年幼，在在需人照料，计非妇人不可，故于匆促之中，突然忆念，所谓急则智生也。并料甥儿年龄已大，必已娶妻生子，正好付托得人，关系非轻，除此一条路，殊乏完全之计划耳！

这麒麟岛为南洋名岛之巨擘也，三面环水，港汊纷歧，一面通大陆，盘陀曲折，鸟道羊肠，森林丛密，多孕奇禽异兽，产竹木之地。居民依山麓为堡，群聚而居，辟为市场，风俗勇悍，贱老重少，天气晴暖日多。岛主乃波斯国人，流落至此，以生以长，历数代遂成家焉。每逢秋季，岛中举行赛会，各岛临近，咸相庋止，互通交易，非常热闹。大抵货品以米、麦、竹、木、布定为大宗，及奇技淫巧等物，莫不争炫斗胜毕竟智能。间有航海从远方来者，平日居民，好围猎，讲究枪法，射生落肉，视若常事。男女初不避忌，因之往往多野合，且有渔利，水族更盈，鱼鲜海味，得之极易，业此多致豪富。妇子嬉笑，家人喧哗，中原逐鹿，战乱兴亡之事，久已置之度外，真一世外桃源也。

一日晨起，士雄弯弓插矢，骑一匹黄骠劣马，带了几个勇健家人，身穿一件紫绸箭袍，头戴绿色扎巾，腰悬宝剑，脚蹬薄底皂靴，先在官道上驰骋一回，然后一路望着深林菁密之处围猎去也。其兴高采烈，逐走擒飞，少年心性，好胜恃强，不怕高峰险峻，歧涉风尘，仅恃一己奇力，大有拿龙攫虎之气概；况有家传绝技，未尝敢轻于一试。故一入围场，所获必多，家人争相赶逐，士雄左右逢源，箭不虚发，枪不落空，虽鹰隼之疾，亦难避其锋镝。直至日落崦嵫，始兴尽而返，则骑后必枪挑肩负，麋獐鹿兔熊雉山鸡之属，烹鲜割庖，一家团聚，羔羊美酒，缓带轻裘，虽南面称尊，亦不易此乐也。

一连三日，大开围场，侍从等众，奔走杂沓，驰逐茸茸短草地上，赶出竹鸡一群，约有八九只。士雄右发箭而左发枪，莫不应声而倒。正在扬扬得意之际，忽见围场旁边，立一老人，仰首观望，连声喝彩。士雄侧目而视，只见老人身材瘦削，骨耸肩拱，形状似甚枯槁，而精神又十分满足，手携一个小孩，年可三四龄，面貌清秀，气宇轩昂，小小身躯，竟有珠圆玉润之概，不觉胸中诧异，以为我岛中无此等人物，且亦未见有此等人物到我岛中也。此子果何为乎来哉？

正在忖度，远远见有两只山羊跑过，士雄把缰一掷，那马拨剌剌地追逐如飞，两只马蹄在草地上翻盏撒钹相似。那时从侍家人，背后窃窃私议，谓我们狄爷，总是这种脾气，身入围场，凡飞禽走兽，一入他眼，无论大小，断不肯轻轻放过一命，必欲尽残之而后快心也。老者听得此言，心中一动，私想："原来甥儿就是此人，真是无意中得之甚易，渠已长成得一表人才，殊不愧将门种子，我的姐妹，可算得有子克家矣。可喜，可喜！"想罢，随即偷偷查询仆侍人等，方知果然是狄士雄，一毫不错，打算俟士雄跑回马来，再上前相见。片时之间，只见士雄缓缓地跑回来，枪尖上挑着一对野味，小羊已另有一人取来。

那老者点头赞叹，遂携了小孩，上前打了一个问讯，曰："甥儿别来无恙耶？我路民瞻在此久候，甥儿犹能认得老夫否？"

当时士雄一怔，慌忙跳下马来，躬身致敬曰："舅舅，想煞甥儿了。舅舅一向在何处贵干？今日天幸，舅舅下降，甥儿有失迎接，幸乞恕罪！"民瞻道："老夫萍踪无定，兹因有一事累人，欲求甥儿援助，故一路寻觅到此。"士雄道："蜗居不远，请就移步，光顾蓬门，容再慢慢诉述。"于是吩咐撤了围场，家人牵马伺候，两人并马而行，一路甥舅闲谈。

未几，抵士雄家中，先让至客厅坐定，士雄然后进去禀告老母出见。姐弟相逢，悲喜交集，离散二十余载，一旦把袂聚首，虽有千言万语，一时亦无从说起。并令甥妇出谒尊长，请至后堂，备酒洗尘。

席间民瞻将自己所历之境遇，一一诉述出来。路夫人亲谊攸关，代感身世，泣数行下。说至慷慨激昂处，连士雄亦几击唾壶，大有闻歌而思将帅之概。后来渐渐说到甘凤池如何从台湾逃难内渡，一门殉节，如何确是忠良之后裔，如何奶娘单身领出，如何宿歇在枫叶村上，半夜三更被我劫走，如何既劫了出来，一时无从摆布，想起这儿甥儿来，可以托付寄养成人，日后必有大用。一般情节，尽情吐露无遗。

路夫人听了一番言语，点头赞叹，欣然乐从。一面将凤池拉至身旁，抚摩怜惜，问长问短，且敬他是甘国公之子孙，厥后必昌，当时即令媳妇担其责任，保抱提携，充保姆之职，借卜自己他日梦熊之兆。一堂至戚相聚，分外亲热，直至更深，尚未散席。自此路民瞻带了凤池，留住在士雄家内，韬光匿彩，不闻世局，倒也逍闲自在，嗣经路夫人做主，令凤池拜民瞻为师。

星移物换，寒暑迭更，路民瞻自任麒麟岛内，不知不觉，过了五六个年头，外面至交朋友，虽有音信相通，绝无见面时候。那时甘凤池已届十龄光景，生得一表人才，临风玉树，无人不欣羡也。复由路、狄两姓，尽心抚养，知识渐开，文武两途，均得有门径可通，诚青年中之翘楚也。士雄亦经生有子女各一人，牙牙学语，异地风光，虽不同于乡里，然得此天伦之乐事，而到处为家，亦算人间天上矣。

每日士雄无事时，仍去围猎游戏。一日，正在高冈追逐一只斑鹿，两箭一齐放出，即狄家之鸳鸯箭也，极其厉害。哪知这只鹿中了一箭，负痛飞跑，竟将这支箭带了去了。士雄不舍，奋力追逐，

16

刚刚转过一处小山坳，那鹿却又寻不见了。不料劈面转出一个女子来，骑着一头黑驴，矫健雄俊，是个神物；只见装束离奇，一望而知为有本领之人。然风情月貌，于娇丽之中，隐隐露出一种凛若冰霜之态度。

士雄一看，四野无人，然亦不敢相犯，将缰绳收往，让她过去。这女子对士雄看了一眼，然后再回头一盼，骑着黑驴，缓缓转向山后去了，士雄十分疑惑，不知此女何人。

欲知后事如何，且看下回分解。

第三回

袭台湾清兵得胜
避镇江谢官埋名

却说罗邦杰自拜昙空为师，在伏虎山学艺，三年之内，学得一身本领，凡一切吐纳导引之法，及龙虎降伏，内功外功，均精熟无伦，固无论拳棒等事，至最厉害者，能化剑为气，藏于指甲内，杀人不觉，取首领于俄顷，真剑侠中之别开生面者也。

惟邦杰天潢贵胄，享用繁华，自小生辰于妇人女子之手，不知稼穑艰难，视珠玑如粪土，等罗绮若布帛。此次耳濡目染，全系佛门清净之地，暮鼓晨钟，梵经贝叶，未免格格不入。且于螟晦风雨之时，往往引领神州，屡发慨叹，而两地相悬，是以身虽在南，而心常在北也。

一日午后无事，蝉噪庭前，燕栖梁上，而塔尖之影，偕日光以俱移，似花骢之停骖于此，虽晷刻数动，而日光则未尝稍移寸步也。邦杰拔出双剑，独自舞了一回，又练了一回拳棒，困倦起来。此时昙空正在方丈趺坐，悄无人声，未便走去缠扰。百无聊赖，究竟作何消遣，随唤了几个仆从，步至后山。只见隔岸山光水色，一碧无涯，环绕回抱，层峦耸翠，风景十分奇特。游赏了一番，慢慢转至山前来，绿险匝地，碧幕遮天，奇石危峰，到处即是。过了堤岸一道，下临石磴数十级，一片平坦，田畦纵横，农人负锄带笠，手骈足胝。再行数十步，迎面一座白石牌坊，上题"如来胜景"四字，旁刊一副对联：不二法门为我佛，大千世界此正宗。都是万历年代御笔所题也。

邦杰踱过牌坊，五色彩石砌路，颇觉宽广，两边短树婆娑，清风拂拂，游人至此，往往流连不忍去。邦杰与从人等立在长堤，赏览野外风景，悠然意远，如身入画图中矣。于是邦杰仰视天空，俯眺小麓，旁及古今上下，纵横世界之内，思潮涌溢，摆脱不开。自忖："我到此山，假托罗邦杰名义，白龙鱼服，昙空虽被瞒过，而手下严守秘密，为他日保持邦基，振兴国政，甘为此冒险之举。恐一旦败露，则困龙有厄，奚得救星遥临此处耶？况父皇春秋虽富，未知圣躬近日何？若藐予小子，宫闱之间，为我敌者，不知凡几。设果蒙不讳，不争则屈辱臣僚，争则萧墙祸起矣。且迢递南北，京读无通，何日方能作返家之计耳！"

正在自嗟自叹，忽闻远远天际啼叫数声，嘹亮悲恻，抬起头来，则见一行斜掠而过，约有八九只飞雁。邦杰一时触动心机，连忙腰间拔出一支雕翎箭，左右提过画角弓，口中默默祷祝："孤如能早日回京，将来或有九五之分，当以国利民福为前提，箭到处第三只飞雁落地。"一箭而空射去，不偏不倚，正中第三只飞雁头上，贯脑而坠。从人连忙拾起，趋前道："四爷神箭，世所罕有，奴才敬献上。"邦杰道："隔垣有耳，汝等宜谨慎。"刚刚说罢，侧首转过一人来道："公子此游乐乎？"

邦杰听了一怔，迨至细看，方才笑道："原来是监寺僧，罗某因日长无事，在此散步，许久未顽箭，适射得一雁落，亦无足为奇。"了然道："公子大才，自多绝技，小僧当谨聆教益。如公子不弃，那边有山亭一座，屈移玉趾一谈。"邦杰道："好极！当如大师之命。"两人遂慢慢走到亭上，分宾主坐定，家人站立一旁递上香茗。

了然道："公子自到此山，小僧格于长老规犯，未克尽地主之情，实深愧赧。"邦杰道："好说。罗某以学艺未精，久居宝地，然白云亲舍，未免动离乡之感。大师朝经暮典，入圣超凡，罗某俗尘万斛，诚甘拜下风矣！"了然道："公子太谦，荒山岑寂，长老又脱略为怀，简慢公子之处，尚希包含一切。"邦杰道："哪有此事，罗某一身之外，仆从又众，殊已叨扰不浅耳。"

两人又谈论一回拳术，讲究些兵法，慢慢说到目今时局。了然曰："公子亦知台湾为清兵所袭破乎？"邦杰曰："某自到此间，大师谅亦知我留心武艺，平日无所事事，而不越雷池半步，安能知晓外事耶？"了然曰："公子如此认真，将来文武全才，足为国家栋梁之器，小僧亦与有荣焉。"邦杰曰："诚如大师所言，幸甚，幸甚！"一面说，随即立起身来，与了然相让下亭。家人跟随后面，缓缓踏月而归。

原来台湾自从被施琅打进，甘英阵亡，刘国轩尚率精兵三千与之对敌。无如清兵势大，连日炮火连天，相争相杀，分三路进攻，到处残破，一片焦土，奸淫掳掠，无所不至。刘国轩究属兵力单薄，难以抵御，相持一月有余，看看粮储不继，只得由后门逸去。

主将逃亡，众兵溃散，弄成一败涂地，嗣王朱克爽立即投降，做了清朝俘虏。而一班官僚，唇亡齿寒，亦均愿随驾归顺，所有败残兵卒，悉令编入队伍，出榜安民，甘家因此遭了灭门大祸。古人有言曰:怨毒之于人甚矣哉！然惟感恩报德，为千载不生纤尘也。大之为一家一国之事，小之为一己一身之事，豫让吞炭漆身，子胥掘尸鞭墓，范睢受袍恋旧，鲍叔分金全交，莫不恩怨分明，求达其目的而后已，盖其初未尝无百折不回之心也！

是故明季失政，阉寺擅权，天下汹涌，人心思逞。蜀川糜烂，吴师借蒙古兵入关，欲借以抵定邦畿。不料胡虏乘势直抵神京，八

20

旗飘扬，见朝廷无人主政，遂窃据宝位，竟乃不费一矢，不折一兵，而然奄有天下矣！致使崇祯以英明之主，惨为失国之君，缢死煤山。洪承畴不降，清廷不惜后妃之尊，蛊惑以媚元勋，虽成大事者，不拘小节，然后世议者，谓其得国已出于不正当之计划，即使予以正统，亦未免大伤国体矣！

鸣呼！一朝开创，鼎革祚移，朝野往往有流血之祸，独清禅明代，除扬州、嘉定，大加屠戮，其余地方，各得晏然无恙，嗟彼小民，亦云幸矣。惟遗臣孤孽，负气填膺，痛君父之摧残，伤山河之惨失，社稷沦亡，无所依归，故遂微行出走，远避荒岛，静观时局。每欲乘间以兴义师，奈天心早属，大数已莫可挽回，只得郁结所成，变而为义侠之举，惊人骇俗，以泄其不平之物，亦为亡明留一线之生机。是以上数十年中，尚不能十分底定，低首下心，束缚于满清国旗之下也。

闲话少叙，书归正传。谢品山自台湾逃至镇江，因见谢村山明水秀，柳暗花娇，环绕二三百人家居住，都系谢姓。妇女嬉笑，家人喧哗，黄童白叟，藜杖竹马以相迎，绿荫匝地，老树参天，竹篱茅舍，曲岸小桥，颇似桃源避秦之地。品山之屋在村之中间，庄前一片广场，约二三亩，旁通小河，长堤蜿蜒，阡陌纵横，左邻右舍，栉比鳞次。靠小山叠石为磴，可以眺远。村梢有小小酒帘，荡漾于屋角，一轮残日，疾走平地线上，暮色苍茫，正是豆棚闲话时也。

这谢村地方，虽是乡村，却离镇江近在咫尺，风气并不十分窒塞，尚多知诗识礼之家。品山初来此地，皆不知其为何许人，群以老先生称之，品山亦安然顺受，不敢说出他的历史。后来渐渐熟悉，东邻西舍，都怂恿设一村馆，教授村上小孩子读书。品山即与夫人商量，收拾一间书房，聚十数村童，咿咿哑哑，吟诵之声，嗫嗫盈耳，居然一堂济济之士矣。然在品山之意，并不在束脩之计较，只以身闲无事，坐拥皋比，亦不过聊慰寂寥之晚境而已。

自此谢品山在谢村教授蒙童，安居适性，日复一日，殊觉光阴易度。夫人吴氏，系出名门，恭俭温淑，可称为四德无亏。生有一男一女，小姐年已二十，貌比羞花，容可掩月，刺绣之暇，兼工吟咏，虽官宦之女，绝无豪奢习气；即饰为裙布荆钗，而顾影生姿，自不能灭其天然之丰韵也。闺名芸妙，随侍有两个丫头，一名春华，一名秋实，且夕侍奉不离左右。春华年已长成，秋实尚稚。公子才七龄耳，天真烂漫，不识不知，秉性驯良，相貌魁伟，确是大家风范，亦在自己家塾中读书。品山认真教授，小小年华，居然彬彬儒雅矣。

一日，老夫妇谈论家务，因说起甘家，此时在台湾，不知作何近状，我幸而早早走脱，否则在此漩涡中，决不能安然无恙。夫人道："相公既想念殷切，想姐姐仅有凤池一子，尚在襁褓，台湾已被清兵袭破，兵荒世乱，人多累赘，相公何不写封书信寄去，探问探问？倘得回音，免得时常牵挂。"

品山道："夫人有所不知，此刻台湾已为清廷所得，即使交通不断，恐须检查之后，方肯投递，且有许多说话，不宜妄言，是以辗转思维，只索付之无可如何耳！"公子在旁听见，笑嘻嘻谓品山曰："爹爹勿忧，俟孩儿出去，寻我表兄来与爹爹见面。"品山笑曰："我儿如此年纪，安能去远？尔知台湾离此有多少路程乎？"公子曰："不妨，孩儿可以坐船去，可以骑马去，不愁不到。"

老夫妇一齐笑将起来，品山曰："我儿今日闲暇无事，工课已完，为父领你到街坊上去，游玩一回。"小孩子听得，快活异常，跟了品山一同出门，慢慢行走。

走至村梢一片小小茶铺啜茗，品山买些果品，让公子吃食。父子二人，正在游目骋怀，逍遥自在，看村上往来之人，都在那里歇足，忽听得路旁有一妇人啼哭，声甚凄恻，并有许多人围绕，问她说话，口音又不是本地，只听得她要问姓谢的，住在何处；又隐约听得"舅老爷"三字，直刺入耳朵来。品山不觉一怔，连忙立起身来走出茶铺，向人丛中走去，问曰："你一妇人，到此何干？究竟要寻何人，你且说来。"

妇人含泪答曰："我三年前是在台湾甘家做奶娘，不料那年被清兵破了城池，我与小姐公子，逃走出来。夫人吩咐到此地来寻舅老爷，哪里晓得……"品山道："你不必说了，跟我家去再说。"于是领了公子，带了奶娘，急急归家而去。

迨到了家中，即唤妇人叩见夫人，然后令她将前后情节，细细说来。那妇人道："哪里晓得清兵袭破城池，打了进来，杀戮之惨，鸡犬不留。我家老爷太太，是有官职在身，当时尽忠殉难。我抱了公子，与彤玉小姐一同逃走，吓得魂不附体。到了闽浙交界，彤玉小姐竟被一个马上少年将军抢去，小姐哭喊救命，我跪于草地上求饶，这贼强盗非惟不肯放下，连睬也不睬，飞马去了。我只得战战兢兢，抱了公子，依旧赶路。一路忍饥受饿，吃尽苦楚，行到丹徒相近，地名叫作'枫叶村'，夜晚间宿于旅馆。哪知一觉睡醒，遍寻公子不得，我当时急得哭叫连天，屡次想要自寻死地，以对老爷太太在天之灵。忽然来了一个女子，标致非凡，劝我不要啼哭寻死，你的公子丢不了，将来定会见面，他的命中注定要落劫，赠我十两银子做盘缠，说了一番说话，临行时又担任代为寻觅，倘有风声，我自会到你舅老爷家送信去了。"

品山与夫人听了奶娘一番说话，止不住泪流满面，不胜伤痛。

想甘家自甘国公受封以来，本是前明一个重臣，弄得家破人亡，现在凤池又不知去向，岂非一线宗眺，亦将斩绝。想罢又哭，叹曰："目今如何是好！"小姐在旁，恐老人家伤心过度，竭力劝解，慢慢将老爷夫人劝住，小姐亦暗暗流泪。

品山向奶娘道："你这几年在哪里，何以不早来寻我？"奶娘道："我自在台湾，目睹炮火连天，杀人如草，一路回来，受了惊吓，竟大病起来。病了一场，差不多半年光景，又乏钱用，没有法想。"幸亏镇江城内一家乡绅，好容易由人介绍进去帮佣，直到如今，每天积凑些盘川，时常想念我家太太莫大恩典，实在抛撇不下；临死又对我跪下，托付公子与我身上。我受人之托，不能终人之事，心中每每抱愧，恐怕公子或有人送到舅老爷处，故此我想见一面，所以辞歇出来，重新寻问到此。"

品山听了，称赞她甚有恩义，即令就在我家夫人身边服役，充了一名仆妇。于是品山朝夕思念甥儿凤池，意欲派人出动寻访，又无从着手，只得罢休。然花晨月夕，酒后茶余，每每不免临风慨嗟，对月徘徊，痛姐之亡，悲甥儿之走失，一念至此，潸然泪下。只得于课余，以诗酒自遣，借以消愁破闷已耳！奶娘所遇之女子，未知究属何人，此中有无关系？然就这飘忽状态，必是一个义侠女子，好为人家不平之人出力，渠竟肯担任寻我报信，殊令人委决不下，难道她真会寻到我家送信耶？

兔走鸟飞，星移物换，韶华迅驶，冬尽春来，不觉又是一年矣。迨过了元宵佳节，又是开学日期，晨起盥漱毕，步入书房，为时尚早，学生均未到来，明窗净几，纤尘不生。忽见案头有信笺一函，封志甚固，急发视之，只见铁画银钩，书法十分飞舞，又极妩媚，寥数行云："顷探得甘凤池被江南大侠路民瞻劫去，带至麒麟岛内，教授武艺，珠还有日，幸毋注念。"下署十三妹启，是个女子的笔意。

翻来覆去，看了几回，不觉惊异失色，查问家人仆妇，都云不知，且亦无人进来，大门尚未开放。谢品山心中明白，这十三妹必即是奶娘所遇之奇女子也，她能来送信，一身本领可知，但不知凤儿究竟何日能回来，转身将信入内，与夫人小姐阅看。

要知甥舅如何会面，且看下回分解。

第四回

白泰官赤心除恶霸
曹仁父黑夜斩妖魔

却说江南八大剑侠，他们平时散处四方，各干各事，路见不平，拔刀相助，或济人钱财，或救人性命，并不肯留姓名，亦不受人谢仪，忽然而来，忽然而去，有飘忽之形，无胶滞之迹。每年约期他们自己人相会一次，大抵在庵观寺院，极为秘密。痛饮一番，且历述各人经过事情，再约后会之期。但是到了约期之时，虽万里之遥，亦必亲到，从无失信。

如今白泰官正从会后散出，慢慢行来，独自一人走到扬州地方，只见人烟辏集，风景繁华，是个最热闹的所在。昔人有诗云：二分明月下扬州，十年一觉扬州梦。可见维扬古郡，是个名胜之区，骚人逸士，往往驻足于此而不忍去。

白泰官到此佳境，高兴异常，就在城隍庙门前，摆下一个相面测字摊子，桌上文房四宝俱全，盘中堆满纸卷，旁竖招牌一方，标书命相百文，测字三分，以及善观气色，流年终身，君子问灾不问福等江湖话头。其实他醉翁之意不在酒，不过借此为由，隐逸己身，留心他们道中朋友，有无在此遇见，都有暗号，一方面访访当地的风俗如何，以长游识。然在他们如此行径，以为不足为奇，且不嫌为微贱之事，个个如是。相传君平卖卜，伍子吹箫，固属英雄本色，亦非独白泰官一人而已也!

忽一天,白泰官正在高谈阔论,说他的寿夭穷通,彭殇一致,耳中听得女了哭声,甚为惨切,并杂着众人叱咤之音。白泰官霍地立起身来,走了过去一看这般形景,分明是青天白日,劫抢人家妻小。白泰官怒从心起,见这种横行不法,恃强欺弱,岂还可恕?今日管教你晦气星进了命门,正是恶贯满盈,自招其殃。当时走上前去,一把将众人拖开道:"且慢动手!我且问你,你们是哪里来的,所为何事?把这始末根由说来我听。"

只见似教师模样的人,走过来说道:"客人有所不知。"随手指着旁边一人,"只因这人欠我们主人银子,图赖不还,所以把他妻子领去做押质,并无别故。他还不知进退,追来呼喊。"

白泰官道:"既然欠你主人银子,也好经官审理,当堂追缴,安可无端强抢人家妻子,作为押质之理?"随即向旁边的人问曰:"你姓甚名谁,究因何事而起?"那旁边的人,一眼看见白泰官英雄气概,一表非凡,知必是一个仗义扶危的豪杰,便一五一十、原原本本告诉出来。

原来这人姓袁名恩林,住在城内鹤阳楼侧首小弄之内,年纪二十八岁,是府学中秀才,家况平常,三年前娶个妻子,乃傅朝奉之女,名巧凤,身材婀娜,面貌姣好如花,可称小家碧玉。伉俪间爱情甚炽,并无子女,郎才女貌,相得甚欢,安然度日,何物书生,享受艳福不浅。岂知闭门家里坐,祸从天上来,一日早晨,恩林正起身未久,打算出门买物,忽见一人闯进门来,仔细一看,认得是好友计多才,随即说道:"计兄光降,实为难得⋯⋯"话未说完,只见背后跟进一人却不认得,是刘文彪。

当时多才道:"袁兄,今日小弟非无因造府,只为你娶亲那年,借了我们主人三百两银款,至今本利全无,今日我们主人同小弟亲自来讨，幸即见还。"一面用手指道："这位就是。"恩林曰："计兄恐怕弄错，小弟从未向人借贷，哪有银款上门取讨？"

刘文彪接口道："胡说！现有凭据在此，你敢图赖否？计多才即是中人。"随将借券取出，交与多才，多才道："不妨！凭中讨债，岂怕袁兄不还。"恩林气得开口不得，只得说道："清平世界，朗朗乾坤，捏造假券，诬害平民，真真反了！"一面向内打算要走，即被刘文彪一把拖住不放。多才假意相劝，门外走进来四个人来，不问情由，闯入房中，竟将巧凤如抢亲一般抢了就走。

刘文彪见人已得手，丢个眼色，计多才即做好做歹，趁势走出大门，发话道："尔既不肯还钱，且权把你妻子押抵，即便将三百两银子来取赎可也。"恩林哪里肯舍，一直追将出来。远远见轿子抬着，如飞而去，恩林一面喊，一面追，那巧凤在轿内听得背后丈夫声音，胆子便壮，更哭喊连天。看看将近城隍庙前，忽从轿中滚将出来，跌得满身鲜血淋漓，真不像个美人了。

抑知这祸究竟因何而起？是以大家闺秀，绣阁名姝，大抵入庙烧香，游山玩景，为家长者理应禁止，正所以防微杜渐也。然世风不古，淫靡之习，中于人心，甚至冶容诲淫，矫揉造作，装饰离奇，而花香粉腻，令人心醉，浪蝶狂蜂到处沾惹，则男妇之藩篱尽撤矣！恩林以中落之家，芹香虽撷，然称不起诗礼传家，乌识礼义之防，必基于闺阃耶！以为家有艳妻，未必即足以致祸也，平时并不十分防范。巧凤是日与邻伴姐妹乘烧香之便，赴附近花园中游玩，正在出园之时，在园门口竟遇见了这个花花太岁。

且说刘文彪正在勾栏中李楚楚家出来，摇摇摆摆，却从花园门口经过，一眼看见了巧凤，蓦然间见了五百年风流孽冤，站住双足，恨不得一口水吞下肚去。只见她眼含秋水，脸若朝霞，体态轻盈，风情送荡，虽荆钗裙布，自胜于珠围翠绕多多矣。当时上上下下，看个不住。巧凤亦不知进退，偏偏觉得他只个呆子，真呆得紧了，无意中对他回头一笑。哪知这一笑，而绝大风波即日平地起矣。

文彪本来是当地恶霸，无所不为，乡里侧目，敢怒而不敢言。家住南门外，养着一班狐群狗党，助桀为虐，闹得一方不得安靖。今既见了这个绝色美人，岂肯放过？随即回到家中，唤进门下一班恶人，即将巧凤如何身材，如何标致，妆扮得如何出色，定欲弄她到手，一一说将出来。计多才道："大爷所遇之人，门下倒知些首尾，恐怕就是袁秀才之妻，名叫巧凤姑娘，门下向来认识，做过贴邻，确有十二分姿色。若果是她，只须门下使些见识，管教这雌儿与大爷成此一段良缘。"

文彪听得，满身麻木了，拉了多才问计。计多才道："用软不如用强，大爷告他一状，不怕他不将妻子送来。"文彪道："胡说！无缘无故，岂能告他？"多才道："大爷有所不知，这袁秀才家境平常，我们捏作假券，只说他曾欠大爷的银子，今日来取讨，他必无钱还债。大爷预备几个得力打手，把他妻子强抢过来。女子杨花水性，看见大爷这等富厚，岂有不从？及至秀才赶来理论，就叫生米已煮成熟饭了。"

文彪听罢，不禁连呼曰："好计，好计！你真不愧称为计多才，我们就照此行事可也。"故鹤阳楼前，发现此等事实，均当时多才所定了计也。哪知无巧不成话，刚刚遇见对头，被白泰官平空阻住，一场扫兴。

文彪恼羞成怒，叱曰："你这蠢贼，毋溷乃公事，我们欠债还钱，干你甚事？"白泰官亦不肯相让，你言我语，两个竟在当街放起对来。文彪即向腰中摸出一条七节钢鞭，使得呵呵地响。这钢鞭是纯钢打就，每节五六寸长，各有铁环连络。束在腰间，仿佛带子，又名软鞭，打在身上，骨断筋折。

白泰官手无寸铁，运起内功，遍身尽成栗肉，此功名为"换骨功"，即上回表明"龙虎锦身法"，刀枪尚不能入其皮肉，何论钢鞭耶？

白泰官一时性起，少林拳术，自是不同。上一手"金龙探爪"，下一手"猛虎下山林"，左打"黄莺圈掌"，右打"猴子献蟠桃"，身轻如燕，进退若猿。这等人岂是白泰官敌手，片时间正如风卷残荷，东倒西歪，逃的逃了，独有文彪尚在对敌，仅能招架，绝无还手之隙。

忽然白泰官一个"雀地龙"，蹿将过去，趁势就是一脚"扫堂腿"，扑的一声正着。文彪仰面跌出二丈多远，钢鞭丢在一旁，白泰官一脚踩住，提起拳头，打个不住手。打得文彪少气不接下气，只叫："饶命……好汉……饶命！"街上看的人同声喝彩。这只一声彩，反提醒了袁恩林，想道："我幸遇这位英雄，出力相救。但是如今恶霸已败，祸根总由我而起，必定不肯干休。他有钱有势，我如何对付得他，岂非祸不旋踵而至。"左思右想，若要保全生命，还是走为上着，于是招呼妻子，趁人闹里一溜烟偷偷走得不知去向也。

独有街上看热闹的人，逢着打架，最为起劲，尚是团团围住，一方面都在那里议论道："这个相面先生，真有本领，一双空手，竟把这出名害人如狼似虎的刘文彪，打得一佛出世，二佛涅槃，且他带来的恶党，均是教师，亦逃跑得不知踪影，真真孽由自作，'强人还有强人收'，这句话是不错了。如果把他打死，倒替一方除害。"

白泰官看看文彪，动弹不得，直躺躺的，晓得再打几拳，必定要送他上路了，于是对着众人抱拳道："诸位！在下是过往人氏，偶然来贵地，胡乱糊口，不意遇见这个恶贼，横行不法，强抢良家妻女，在下路见不平，拔刀相助，并无别样意思，倘有差池，烦诸位做个见证。"一面说，一面站起身来，意欲打发袁恩林走路。四面寻找，不见踪迹，谅想他们已去，随即自言道："这恶贼做此伤天害理之事，必非一日，今日被我打得爽快，始出我胸中的恶气。且权寄这颗驴头，他日来取。"不禁呵呵大笑，也不去收摊子，便自一直扬长而去。

著者一支笔，难说两处话。如今再说清朝开创之初，天下人心，反侧未定，四方豪杰，往往乘机鼓吹思欲达其勤王之目的而后已，是以政府不得不有以笼络之也。夫笼络之法，其惟爵禄动人之心，富贵溺人之志乎？故朝廷设科举取士，推其用意，直将使天下人才束缚于八股之下，别无进身之阶。夫然后人才苦矣，每见喧哗终身，至白头而不获一衿者，比比皆是。即欲奋发有为，变易其初心，而墓木拱矣。此所以八股之磨炼人才，实足与妓女之挫伤豪侠异辙而同功也。噫？岂不毒哉！

每值会试之期，三年大比，煌煌功令森严，中国二十二行省，公车北上，络绎于途而不绝，群向京师进发。当时轮舶未通，凡贡举赴考，只得就清江浦起旱，按站由大道而行。沿途驿递，代人雇车备骑，忙碌异常。于是打尖歇宿，饭店客栈，可获利市三倍。但因此而发生种种之黑幕，虽罄南山之竹，书之亦不能尽也。故镖师勇仆，莫不担负保护之任，而北路响马，凶犷无匹，遇之者无幸免。尚有念秧者流，软骗计取攻，人之不备，弄得他乡作客囊中尽空，穷途末路，无日生还，一时旅行者莫不咸有戒心矣。

浙江萧山县有个举人，姓魏名光国，年甫及冠，才华卓越，一家温饱，颇堪自给。上有寡母，下有弱妹，娶妻王氏，名门淑媛，如花似玉，可称一对璧人。惟光国自幼稚时代，因独子单丁，未免溺爱，失于教育，养成惰志，性情佻巧，边幅不修，拈花惹草，家中侍婢，送暖偷寒，固为寻常事耳。盖天资敏捷，学即便能，是以恃才傲物，视取青紫如拾芥，果绕入泮宫，即登蕊榜。戚党邻里，引以为荣，即光国自命，亦不作凡想。平时凌轹侪辈，以为雀诚不知鸿鹄志也。

是年春，光国束装就道，向北进发。盖南北相离，路途迢隔，其时渡海轮舶，并未盛行，又无邮电，交通不便，信息阻滞，是以须早期起身，于正月间即行首途。濒行亲戚交游，祖饯馈程，络绎不断，预为称贺，共祝其状元归来也。光国少年得意，玉影翩翩，风流自赏，颇觉睥睨一世，未免足高趾扬，以为此次果夺得锦标，方遂男儿之愿。当日祭祀祖先，拜别老母，闺中娇妻，叮咛再三，随身带一个俊仆，在旁人观之，此去班生，无异登仙，而天涯游子，梦魂长驰逐家乡也。

初春天气，行之重行行，一路山光水色，到处玩赏，借以开豁胸襟，惟旱路较水路为艰，车尘马迹，困顿不堪，且北方胡匪响马，时时出没，令人防不胜防，沿途相遇，无非都是公车，联纵结队而至。独光国目空一切，不与人同伴，故尚踽踽，一主一仆，相依为命。岂知初次出门，有未谙客地情形，即蹈危机而尚不知也。

一日行至山东相近地方，因贪走路程，忘找宿处，夕阳西坠，暮色崔嵬，始觉心慌意急，欲寻觅施舍，以冀暂息征尘耳。前不见人家，后不见来者，猛抬头忽向森林浓翳中，隐约露红墙一角，于是加鞭疾驰，斜行一箭地，靠山有古庙一所，泥垩剥蚀，年久失修，山门破旧，额上金字模糊，似乎"轩辕"两字，匆忙间不去理会。走入里面，大殿上尘埃满地，蛛丝屋角遍张，神像黯淡，仿佛如在暖阁。随即寻至西厢，只见无人居住，且在此权宿一宵，借着初出月光，仆人整理被褥，席地而铺，两人坐在地上，倦极思睡。那驴夫将驴子牵进，系于一棵树上，即在廊下打盹。

未已，只听得风声怒吼，山木皆号，景象十分惨切。山门外走进一人，径自走入东厢去了。光国在行囊中取出干粮，分与驴夫仆人啖食，自己亦吃了些，打算要睡，偏睡不着。将近三更，忽然间一声怪啸，哀如巫峡之猿，惨若寡妇之泣，吓得毛发都竖，不敢动弹。意欲唤醒仆人壮胆，乃似睡非睡，竟于破窗孔隙间，依稀看见一个绝色女子，走入东厢中去，曷胜诧异？原来东厢这人，姓燕，单名一个"白"字，南通州人氏，是个学道的人。他云游天下，访闻此处有鬼魅作怪，有心前来收伏，然但恐术浅，制它不下，已来了几夜。那时刚从外面走入，向自己铺上坐定，闭息调神，蓦然见一个女子，站立面前，明眸皓齿，雾鬟云鬟，柳腰款摆，莲步轻移，举止淫浪，对着燕生敛衽下拜。

燕生道："不必拜我，有话请讲。"那女子低头弄带，半响不答。燕生道："快讲！"女子慢慢地道："小女子系前村童媳，屡被恶姑虐打，趁深夜逃出，幸君子垂爱援救也。"

燕生道："不必说了，我早知之。尔这女子，小小年华，不向垆墓守躯壳，公然抛头露面，蛊惑行人，尔且试我钢刀厉害否？"女子听罢，吓得倒退几步，重复翻身，袖中取出十两银锭，丢于燕生铺上就走。燕生拾起，随向窗外掷去道："谁要尔的纸灰！"这女子晓得遇着正人，迷术不售，无可奈何，只得仍缩转身来道："今日既被爷窥破行踪，实不敢瞒，小女子本不甘做此淫贱，因强被老魅所逼，如果小女子去了，老魅必然亲自来寻爷。此去东北一里外，有一书生，结庐山麓，若去求他，可以躲避。"说毕，转瞬间，影影绰绰，行了数步，傍着墙阴而没。

燕生一想，既据女鬼说有高人在此，我何不前去访他？于是走出山门，望东北找去。行不到一里，果见灯光闪烁，一带草屋，在山麓之下。随即叩门，书生出迎揖进。燕生即将方才情形告知，书生令他在榻旁坐下。

两人坐甫定，正欲展问邦族，怪声又起，渐啸渐近，霎时间天昏地黑，月色无光，窗外碎石飞沙打在屋上，淅历有声。书生回顾燕生微笑，燕生面无人色，只见一个一丈多高的妖魔，口如巨豁，头若栲栳，狞目狰齿，奇形怪状，奋然直扑进来。只见书生不慌不忙，将桌上一个小小匣儿，揭开匣盖，即飞出一道白光，就这白光飞出时候，忽闻门外大声轰发，有如山崩岳陷一般，非常厉害。及看书生，已不知何往。

移时，白光敛影，则书生仍兀坐案上，并无移动。再瞧那鬼魅，乃全无踪影，倏忽之间，天已微明，走出门外一看，而满地斑斑点点，都是血迹矣。

那书生道："老兄见色不迷，根基已非浅薄，可惜功夫未到，尚难轻敌若辈。仆有盛剑的旧革囊一具，谨以相赠，如遇邪魔，便可将此收伏。仆曹仁父也，后会有期，今且从此别矣。"

燕生曰："闻名已久，今日幸遇剑侠，且蒙援救，曷深铭感！"于是谨谢订约而别。回至庙中，只见西厢一主一仆，均僵卧地上，细为检验，但见两人手足心都有针孔，缕缕出血，铺上遗下银锭一枚，方知必昨夜女鬼所为之事也。不禁叹息，一面只得代他掩埋，一面打开他行李查看，方知是浙江魏光国赴京会试，在此投宿，带一仆人，亦同时殒命。尚有一个驴夫，早已逃去。后来写信通知他家属前来认领，此亦燕生莫大之功德也。

欲知后事如何，且看下回分解。

第五回

述家难舅甥会面
报奇冤夫妻丧身

　　却说白泰官、曹仁父两人，一则剪除恶霸，一则扫灭妖魔，固为此书之主要人物，亦为天地间不可多得之豪杰，烈烈轰轰，如生龙活虎一般。秉山川灵秀之气以生，为斯世人民造福，是以青年子弟，始基最关紧要。自幼稚以至壮成，其间都令从正人硕德者游，含濡熏陶，无论为文为武，自必日趋于正轨，而不为邪僻之习染所移，奇才异能之辈，莫不由此养成也。然一代之中非独须眉方有杰出之才，即巾帼中亦莫不有芳史表扬者也。如今且说甘国公之后，得出类拔萃之二人，一男一女，男则甘凤池也，女则甘彤玉也。

　　甘凤池当冲龄之际，遭时不造，全家覆没，由台湾内渡，奶娘褓负而逃。未出国门，其姑氏彤玉小姐，竟被强贼抢去，幸奶娘保护，千辛万苦，一路旅行，投宿枫叶村，于夜晚睡梦中，忽失甘凤池所在，不料被大侠路民瞻劫走，带至麒麟岛，寄迹狄士雄家中。十三妹仗义相探，送信于谢氏，此一段事实，诸君谅能记得，可无烦著者重言以申明之也。

　　盖当时甘凤池自在降龙镇上，受路民瞻数年教授，将《大鸿造拳经》《龙虎锦身法》《二十四气聚散欢决》悉心绘图练习，学成运用内功，吐纳罡气，身剑合一，心剑合一的功夫，实在非同小可。

又得朝夕与毛刚、毛义、毛方、狄士雄及镇上之乐天等，互相揣摩，彼此切磋，皆有一日千里之势。

那时凤池业已成人，知识渐长，生得品格超群，相貌出众，亭亭玉树，蕴藉可儿，真是一个美少年也。

南洋岛中风俗，每逢秋末冬初，乡民循例赛会，以答神麻，祝酬一年中之阖境安谧也。盖迎赛时，凡会中点缀，穷极奢华，争奇斗胜，选择各家童男女，扮演各种故事，及古来戏剧等出，技奇淫巧，不惜资财，各出心思才力，将悲欢离合之状况，曲之传出。最足动人感触，妇孺空巷往观，兴高采烈，十分拥挤，呼声震地。

凤池少年心性，亦喜冶游，逐队在会场上游玩一番。回家之后，将日间所见所闻之事，询问民瞻。民瞻年老识多，举凡古往今来，一切形形色色，莫不洞知奥妙，口讲手画，历历如数家珍。渐渐说到江南风景，使人动家乡之感。又讲到凤池身上，髫龄即遭家难，台湾之如何被清兵打破，恍若目睹。

凤池血性男儿，听得自己，阖门殉难，恨当时一无知识，不能救此危难，不禁痛哭流涕，叹身世之畸零，举世莫与匹焉！凤池因此晓得有个舅舅，避在镇江谢村，世乱不肯出山，但想我自有生以来，从未尝见过一面，彼此面貌都不认识。呱呱坠地，即罹鞠凶，藐兹一身，几填沟壑，茫茫宇宙，托寄无所，幸被奶娘从火坑中救出，半路被师尊劫走，教养一十五年，以至今日成人，做一个顶天立地的好男子，则此后之幸福，皆为恩师所赐也，虽粉身碎骨，亦不足以报万一。但早年既失岵恃，孤苦伶仃，能无兴风木之悲？罔极之深恩未报，即异日遭逢得志，奈子欲养而亲不在也，终天抱恨，其何以堪？以为我不得见双亲，得见舅舅一面，亦足稍慰人子之心耳！于是书空咄咄，终日无欢，忧愁郁闷，梦寐间常自惊醒，饮食锐减，不知不觉，酿成一病，恹恹瘦损，不似前时潇洒风流态度。

同学逗他顽笑，终觉无精打采，民瞻见此情形，深为焦灼，计无所出。迨后探知因思念父母，欲寻觅舅氏，访问亲墓所在而起，民瞻喜道："此子天性所赋独厚，孝思不匮，少年能如此用心，真为难得。未便阻止，应俟病愈后起身前往可也。"凤池听得师父允许，快活非常，顿觉精神陡长，病已好了一半，又复养息几天，民瞻以其年华尚幼，长途跋涉，苟令一人独往，岂可放得下？不得已乃谓凤池曰："老迈久不见昙空和尚，几次寄书来招，未得闲空，今当顺便陪尔一行。我到伏虎山小做勾留，尚须赴天台、雁荡一游。"即日收拾行装，将馆中诸事，嘱狄士雄暂权，吩咐一番，师徒二人，离了降龙镇。晓行夜宿，一路直望江南而来。

正值初夏，日长宵短，渡过南洋，行了匝月光景，民瞻究属有年之人，觉得疲乏殊甚。一路行到江苏地方，市城热闹，景物幽清，雇一叶扁舟，泛入太湖，伏虎山即在望中。凤池留心瞧看，三面环水，山峰陡峻，青翠葱郁，树木森浓，胜似一幅图画。远望形同伏虎，爪牙不露，果然险恶非凡。山麓之际，一片平坦，两岸古树夹道，几蔽人行；中间羊肠曲径，窄狭处石磴百十余级。

拾级而登，蜿蜒而上，山巅海珠寺在焉，寺后悬崖峭壁，蛇藤盘绕，可通东山小路。当时师徒二人，循路上山，走得汗流浃背。走到半山，早有招待僧迎接，遣人报与昙空知道。进入山门，昙空已在等候，相晤之下，欢然握手，表示久刧乍逢之概。一面又将凤池细细审视，赞誉一番，谓此子实后起之秀也，吾道得传人矣。

民瞻在伏虎山住了十余天，终日与昙空和尚谈论剑术，有时或参讲禅机，凤池在旁反增进许多学识，私心窃喜。无如民瞻欲往天台访友，不肯久留，昙空只得备酒送行。于是师徒二人，别了昙空，迤向镇江趱行。在路上不止一日，已到丹阳，寻觅宿店住下。民瞻要与凤池在此分道，乃谓凤池曰："尔年尚轻，凡事须谨慎留心，不可疏忽。赶紧访问谢村，见了舅舅，切勿任意耽搁。约一月之后，尔务必仍回伏虎山矗空师叔处等我到来，一同回去习学功夫，无得自误前程，切记勿忘。"凤池俯首受命，挥泪叩别师尊，然后一人急急向前途趱赶去了。

未几，进了镇江城池，只见人烟稠密，百货云屯，是个商埠光景，当下找寻旅馆歇下。天气炎热，赤日当空，胸中颇觉烦闷，且在街坊上游玩一番，回到店中，向店家探询谢村路径。店家道："谢村离城仅三十里，出了东门，饭时即可到彼。"凤池不胜欣慰。

当夜无话，翌晨，算清饭钱，辞别店家出城，果然不到半日，已抵谢村。风景十分秀逸，山环水绕，村中二三百人家，都是谢姓。凤池不知品山家在何处，颇为踌躇，步过一条小小石桥，侧首有一茶铺，打算歇息歇息，再问路径。岂知无巧不成书，刚刚奶娘出来买物，看见茶铺中坐一个美少年，面如冠玉，目若点星，以为此乡并无华贵人物，留心察视。只听凤池口口声声向人问"谢品山"三字，十分疑虑，遂走上前去道："相公贵姓？"

凤池答道："我姓甘，此间谢品山是我亲戚。"奶娘惊讶道："莫非台湾甘老爷之少爷乎？"凤池曰："然也。"奶娘惊喜交集，随将十余年前之事，一一备细告诉凤池。

凤池听得，泪珠纷纷坠下，竟向奶娘作了一揖，以表感谢之心。于是奶娘领了凤池，走不多远即抵谢家。品山适在门前闲眺，瞥见奶娘领了一个少年，不胜奇异。凤池趋向前，双膝跪下道："舅舅，想煞甥儿了。"谢品山一怔，慌忙问道："台驾是谁？"凤池道："舅舅，我名玉儿，即外甥甘凤池也。"品山道："玉儿，今日见到你，真是梦想不到之事。"

品山仰着头，瞧了瞧天，瞧了瞧凤池，方才大喜，乃将凤池拉起，又携着他的手说道："我们家去讲吧！你这孩子，几乎不曾把舅舅想疯了呢，那年得着十三妹一个信，晓得你被什么大侠路民瞻劫去，究竟在什么地方？而今乃如许长成，可称甘家有后了。你且慢慢讲与我听。"一面说，一面已到里面。

凤池道："甥儿要见见舅母，并表兄表嫂。"品山道："你表兄今日恰入城去了。"原来品山之子采石，才名燥甚，已入黉庠，早与乡宦结婚。今日夫妻相将赴外家去省视。当下见过舅母，十分亲热，请了安，谈谈说说。又见表妹芸妙小姐，坐在一旁，偷看凤池，果然粉妆玉琢，人中龙凤，可见甘家世代忠良，究属不凡，暗暗羡慕。

是夜，品山宿于书房，与凤池谈论当时情事。台湾失败，甘氏阖家殉难，自己挈着先期逃避出来，到此隐逸。说得惊心动魄，如同目睹，凤池泪不能干，亦将幼稚被劫，寄在狄士雄家，及民瞻尽力教养，告于品山。嗣复告诉凤池，尔姑彤玉小姐，半途被马上少年贼将抢掳而去，如今不知存亡，闻得现在湖北襄阳做了参将，未卜确否，殊令我时刻悬于梦寐之间耳！

凤池听罢，随即说道："甥儿明日拜辞舅舅、舅母，径往湖北找寻姑姑，若得见面，天可怜我，乘机将这参将杀了，方泄胸中之怨恨！"品山道："去不得，他是朝廷命官，岂能妄杀？且尔小小年华，路径又不熟悉，倘有差池，这还了得！"凤池道："不妨，甥儿只须随机应变，即去即回，断不使舅舅担心。"品山再三相劝，凤池气闷得一夜无寐。

越日清晨，凤池见过舅母，决计要起身前往。舅母亦十分阻止，品山明知小孩子家任性，拗不过他，只得向夫人说道："我看甥儿年纪尚幼，然他的行事，很有方寸，不至一味胡闹。此去谅无妨，且由他去走一遭。但是早早回来，免我记挂。"凤池当下一一答应，欣然领命，遂将行李检出，匆匆叩别而去。

然彤玉小姐当时做出一番事情，颇足惊人骇俗。其于台湾失散时，被马上少年贼将抢劫，肜玉此际吓得魂飞魄散，失了知觉，任他横拖倒曳，迨至苏醒，已在一家小屋中，形象十分简陋。该贼将独自坐在椅上，令将肜玉唤至面前，殷勤慰问道："小姐受惊了。小将非害人者也，小姐无须惊怕。"

肜玉玉颜惨淡，如雨洗海棠，于凄绝中露出香艳来。该贼将见此光景，通身酥软，直欲拜到石榴裙下，向肜玉道："小将虽身为武职，然亦属旧家子弟，今日与小姐有缘，无意中得睹花容，如许我得亲芳泽，小姐如有命，即捐躯糜骨，在所不辞焉！"

诸君试想，肜玉一个贵家弱女子，既入虎口，岂能瓦全，势不至迫至委屈顺受不止，否则以一死塞责，守身为重，固亦无补于甘氏一门也；况亦安肯令其死耶？

肜玉挥泪对曰："妾幼秉庭训，颇知大义，岂肯畏锋镝，幸求苟活？唯是父母兄嫂，一门暴骨，心实不忍。将军若肯念弱质无能，许代谋窀穸之安，使魂有攸归，则妾岂敢自爱，侍将军巾栉，固妾之愿也。唯将军垂察。"于是该贼将乐得手舞足蹈，饬令手下兵丁，速即驰回原处，将甘国公一门老幼，凡死于兵刃者，妥为收殓，择地安葬。并率同肜玉小姐亲至墓上祭奠，哭拜如礼。

肜玉感恩报德，一诺千金，遂委身许之，成为夫妇。盖肜玉因为不出闺门之弱女子，仅知大义，不顾小节，安知世路崎岖，人心奸诈耶？原来该贼将姓秦名德辉，本事甘国公家一个书童，因坏了事，被甘国公赶逐出去。他孑然一身，无处可依，乃航海到施提督麾下，充当一名小卒，渐渐积功升至骑驻长。此次随征到此，素知肜玉娇艳之姿，早有非分之念。遣兵一队，先来杀戮，自己来抢小姐，果然被他哄骗到手。而肜玉处繁华富贵之境，层楼叠阁，家内僮仆，岂能一一识认，况又逃去多年，因此竟被他瞒过了。

这秦德辉自得了肜玉，心愿已足，伉俪之间，一因慕色，一因感恩，爱情十分浓溢。二三年间，已生一男一女。德辉王事驰驱，战功颇著，事定之后，论功行赏，得授游击，旋借补湖北参将，未几实授。任事以来，武职衙署，政务清简。

韶光迅驶，倏忽已十有余年。他的少爷，头角峥嵘，颇堪夸耀，小姐亦婉娈可爱。德辉觉得悠闲自在，对名花，饮醇酒，极人生之幸福。故每逢佳节良辰，必设筵后堂，偕夫人儿女辈，团坐畅饮，乐叙天伦。

有时彤玉触景伤情，想起甘家不幸，猝遭祸患，遗雏凤池，莫卜何地，往往对酒一哭，感伤不已。德辉必劝曰："夫人且尽一杯，下官年逾而立，人生行乐，会当及时，过此则年华渐长，电光石火，瞬息即逝，夫人何必长此郁郁，以自寻烦恼乎？"彤玉不得已，勉强回眸以笑答之。

且说凤池到了襄阳，找寻客寓住下，急急问明参将衙门所在，想先探访一回。不料行至那里，只见左右角门开着，兵弁人等，乱哄哄忙碌异常，似乎出了事的光景。凤池不胜疑虑，打听旁人，都说不知。后来盘问一个兵丁道："署内为何如此模样？"兵丁曰："我们大人出了事也。"

凤池道："莫非参将出缺了？"那兵丁道："不差！"凤池失惊道："哎哟！我来得不巧了。"那兵丁看了凤池一眼随笑道："你老毋庸懊悔，我们大人向来不肯照呼亲戚，谋事是不相干的。"凤池道："我并非谋事，且请问你，你们大人几时死的？"

兵丁道："昨天还好好下校场看操，尽早即没了。"凤池道："谅是急病而亡。"兵丁道："被人刺死的。"凤池吃了一惊忙问："可知被谁人刺死？"兵丁道："此刻尚不甚明白，听说还关系着夫人在内呢！"凤池便不再问，别了兵丁，慌忙赶回寓所中去也。

彤玉处心积虑，已非一日，她虽与参将十分相爱，都却胸中平日未免终怀着疑忌。这日也是合应有事，刚逢中秋之夕，合家欢饮，参将一时高兴唤丫鬟取一只绿玉杯，斟酒相劝夫人。彤玉饮毕，取杯在手，细细审观，认得是自己家中之物，查问根由，参将酒后忘情，以为夫妇恩深，毋庸隐秘，遂将从前如何图谋，有意杀害一家，如何哄骗等情节，备细缕述出来。

彤玉当下变作笑脸，并无他说，殷殷劝酒，柔媚更增，令人难禁。立刻把参将灌得稀泥烂醉，命丫头二人扶去睡了。彤玉独自思想：此时大敌当前，杀我父母之仇，不共戴天，安可不报？我隐忍一十五年，反以身事之，今日方能明我心迹，岂非列祖列宗在天之灵乎？夫彤玉舍身报仇之时期至矣，亦即彤玉之死期至矣！

挨至天将黎明时，将参将一剑刺死，自己恐怕当官问讯，辱没门楣，于是赶为写了一张含冤报仇的单子，藏在身上，然后纤纤素手，力握宝剑向自己咽喉间一勒。正是：桃花揉碎胭脂溅，一缕香魂惊上苍。

欲知后事如何，且看下回分解。

第六回

失御珍欣逢草上飞
造利器寻取云中燕

　　却说长江之中，白浪汹涌，烟波浩渺，港汊纷歧，芦苇丛杂，为枭匪之巢窟，萑苻之渊薮也。举凡剧盗悍匪，往往聚众结盟，出没其间，劫人财物，害人生命，与江苏太湖中之盐枭头目，联络声气。故官兵虽设水师，巡舰密布，然亦办不胜办，防不胜防。养虎为患，固非一日矣。

　　忽一日，燕子矶地方，停泊大号官舫十余艘，并无旗号张帜，自旁人视之，莫不知其为巨绅富贾也。当时船上水夫及仆役人号，均在船舷纳凉，形状颇露暇闲之意。

　　时当正午，一轮赤日悬空，照彻水面，波纹微漾，如万道银蛇蜿蜒，抽掣不定，煞是好看。凉风拂拂，远山如画，此情此景，殊足荡涤旅行者之愁绪耳。

　　岂知天下事有不可解者，而奇变之发生，即在此万不及防之时，是以闲暇之适人心志，早以寓变迁之惊人肺腑也。即此目不及瞬，念不易虑之时间，忽来一阵大风，吹得船桅动摇，众人反都称爽快。忽闻舱中主人传呼，仆人等进舱查问，始悉此风过后，竟失去珍珠汗衫一件，宝玉围带一条，价值连城，无踪无形，遍寻不得。

　　其主人深晓此中三昧，明知无端来此一阵怪风，必有蹊跷，果

43

然风定时，有此奇异。当时大家面面相觑，都觉骇然，猜不出其中秘奥。一面各在主人面前跪下请罪，一面只得赴地方官报案请缉。翌日，仍解缆缓缓同前途进行。

诸君试猜船中主人是谁？即学艺海珠寺之罗邦杰也。他在路民瞻与凤池到山之前，早已动身，一路担搁至今，这日始抵该处。大江中出此意外之事，虽似王侯之尊，亦莫可奈何，急切不能破案，只得恝置不究。迫船抵南京，住在利涉桥一家极大客栈，流连风景。秦淮莫愁、雨花台、桃叶渡，并紫金山各处胜迹，无不留有题咏。闻得城外报国寺为极大丛林，颇称幽雅，方丈是个有道德之人，意欲访他谈谈。即带了两个仆从，轻衣缓带，步出东城，找到报国寺中。

方丈出迎，表示欢迎，展询邦族，知为燕京人物，并从伏虎山昙空长老处来，更为起敬。且见邦杰仪容华贵，举止不凡，早料是富贵中人，对待益形谦恭，忙备素筵款接。席间谈论风土人情，考经据典，娓娓不倦。宾主十分投契，正不觉驹光之迟迟也。

正在兴会淋漓之时，忽见外面走进一人，头上扎一方青纱包巾，额上打一个英雄结，脚下缠足麻鞋，衣服极其褴褛不堪，而形状颇为雄伟，目闪有光，腿长多力，走入旁屋中去。看他将一口破钟，约有七八百斤重量，溢在地上，尘土布满，他用手轻轻将他抬起一角，向其中挖取一包东西，匆匆向外而行。

邦杰看在眼内，忍耐不住，动了爱才之念，连忙将他唤住问道："尔是何人，亦在此寺居住否？"方丈即代答道："此人前月从湖广而来，都称他焦大。因此间无熟识之人可靠，是以借宿在此。"邦杰道："尔两臂颇有奇力，年轻力壮，何故落拓至此？我姓罗，北方人氏，初到此地，住在城内利涉桥悦来栈房，尔于明日正午到位栈中，我有用尔处，尔肯去否？"

焦大垂手侍立答道："罗爷差遣，赴汤蹈火，即亦不辞，安敢有违台命？"邦杰道："好。"随唤仆人将桌上肴馔撤去一半，并赐酒与他。焦大立饮数巨觥，狼吞虎咽一番，叩头谢赏。邦杰于是告别自回城内去了。

翌日，时当正午，外面传报进来，昨日城外报国寺内姓焦的求见。邦杰听罢道："此人真信实者也。"立刻命他进见。

焦大叩头，垂侍一旁。邦杰命他坐下，焦大道："罗爷贵人，小的何敢僭抗？"邦杰道："我有话与尔讲，不妨坐下。"于是焦大斜欠着身子，坐在下面一张椅儿上。

邦杰问道："我观尔仪表不俗，且一身武艺，何至穷困若此？"焦大道："不瞒爷说，小的姓焦，名旭，绰号'草上飞'，父母双亡，孑然一身，流落江湖，形同乞丐。大江南北，足迹殆遍。小的实是一个义贼，平时济贫劫富，扶弱锄强，最恨贪官污吏，淫妇奸夫，如遇此等人，小的从未放过他。若有孝子顺孙，忠臣贤士，小的必暗中扶助，尽力保护。是以单独出马，从未犯过案。今罗爷在上，勿笑小的趋于下流，小的久欲改邪归正，恨未逢明主耳！"

邦杰道："原来是个壮士，英雄末路，大概如斯，只须抱定宗旨，不与流俗为伍，激浊扬清，亦未始非壮士之所为也。"

焦旭道："爷不加谴责，已属万幸，安敢更荷夸奖？如蒙不弃微贱，有所差遣，小的敬效微劳，唯爷鉴察之也。"

邦杰听了焦旭一番言语，十分喜悦，晓得此人颇知大义，不妨告诉他，看他如何。遂将自己那日在大江中停泊燕子矶地方，一阵风来，失去宝物，找寻无踪，现在不胜抓疑一节，细细说与焦旭，并将什么物件亦告诉他。

焦旭道："罗爷若问别人，必不能知道，小的颇识此中梗概。若论燕子矶地方，相离十里之遥，有个苇荡，深奥无比，里面有座山

45

峰，名'盘谷'。这盘谷山路，回环曲折，人不易进。此处有个著名江湖大盗，叫作窦林，手中聚有一二千人，在彼踞守，四围均密布小艇巡探。这窦林本身武艺，惊人出色，常能御风而行，往往青天白日，只须一阵风，劫人财物，如探囊取物，易如反掌。他于山东、湖北绿林，都通声气，结为党援。小的曾到过他山上，今罗爷所遭，据小的想来，除此窦林，谅无他人矣！"

邦杰道："壮士既知其处，敢烦为我一行？绿林中岂乏贤者，我生平向不反对此等人无，若果有如此手段，曷勿为国家出力？博一个封妻荫子之荣，何必沾沾于水泊哉！"

焦旭道："窦林与小的有一面之缘，此人志高气傲，不受羁勒，唯尚存忠义之心，并非一味蛮做者可比，此行谅不辱命。"

当下邦杰甚喜，即与焦旭对酌谈心，叮咛了好多话，赠以盘费。濒行目谓之曰："尔如得手之后，可径往京中寻找。我之住址，此时且不必明言之也，尔日后定能知道。"焦旭亦不敢究问，只得唯唯而别。

焦旭素性粗莽，遇事不假思索，说行就行，果是英雄本色。别了邦杰，他连夜即沿江而下，不消两日，已至燕子矶地方。随由后山寻路进去，却被芦苇中小校看见，疑是奸细，喝问："你是何人？在此窥探。"焦旭道："我与山上大王有旧，专来晋谒，烦哪位大哥带往一见。"喽兵道："你姓什么，叫甚名字？"焦旭道："我姓焦，名旭。"喽兵道："你且下船来。"焦旭于是跳在船中，船如箭一般地去，片刻即至山麓，一望遍插旌旗，刀枪林立，好不惊人。

焦旭随了喽兵，走到半山，在亭子上等候他去通报。歇了一刻，喽兵传出话来，命令进见。只见聚义厅上居中坐着的就是窦林，两旁两个头领，一个唤郝照，一个唤王天铎，都是窦林结义兄弟。焦旭走上前去，唱了两个喏，立在下面。

窦林道："你是焦旭么？"焦旭道："小的就是！"窦林道："尔到此何干？"焦旭道："小的因受了一个姓罗的客人之托，前者蒙大王在大江中青眼垂盼，其慕大王威望，特遣小的进谒麾下听命。"

　　窦林笑道："哈哈，原来如此，是燕子矶的事情。你这人好大胆，妄替人家做说客，无端来窥我水寨，意欲何为？孩儿们将他去砍了！"左右喽兵哄堂大声答应，刀斧手走了进来。

　　焦旭面不改色，徐徐答道："大王在上，容小的一言以死。"窦林道："你尚有何说？快讲来。"焦旭道："小的为江湖义气相重，并无丝毫私意，如能得报罗某之命，即所以见大王之大度汪洋也；如若不能，即请死于大王之前，以报朋友知遇之恩。"

　　窦林听了，反笑道："你这人好生糊涂，枉算我们道中人。你所说罗某，你晓得他是何等之人？他是当今皇帝的太子，现称贝勒爷，即未来之天子也。咱不念往日交谊，一口杀却；咱今将两件宝物还你，让你去报功，显得我们绿林豪杰非无人也？"焦旭听了骇了一身大汗，怪不得我看他势派，原是如此，我真枉为男子汉也！

　　当时窦林即下座慰劳，备席压惊，相叙了半日，然后将出原物还与焦旭，送下山来。焦旭、窦林至高宗时代，都效力疆场，做了将官，建立功勋，此是后话不表。

　　邦杰自遣焦旭之后，恐在南京担搁日久，不免露出马脚，故于次晨即吩咐家丁辈，收拾行李，向北进发。在路私忖道："这焦旭虽是一个义贼，却看他体相粗鲁，人实诚忠，一身奇力，可举千斤，他此去必能报我之命。但是我亦未便告诉他明白，只觉含糊住址，使他日后得知，或者此人可为我所用，亦未可知。然据他说窦林一种气概，谅必是绿林中豪侠，竟能于白日之下一阵风劫人财物，令人猝不及防，可知他的本领，又在焦旭之上也。可惜未尝遇见，不能收为己用。此时草泽间有如此盗贼，深为国家之患也，奈何，奈何!"

有话即长,无话即短,一路行程捷速,并无所事。

这日已抵山东地界,虽山东济南府尚有五里路程,其间有座法华禅院,住持僧法名静修,半路出家,实则亦是江湖上有名的豪客。少年因闯了祸,逃遁至此,削发为僧,隐居己身,借作避罪之地。本身武艺,专用弹弓,百步取飞鸟,百发百中;一应经典,全不知晓。而寺内凡经忏等,均有监寺支持,他每日使弄拳棒,习飞墙走壁之能,殊少佛门中规范。

寺内三百多僧人,却被他薰然得都有武艺,故闲来时常在寺内讲武,弯弓射箭,视为常事。他与昙空长老素来熟识,结为兄弟,唯武派两宗,各不相同。昙空是少林派,静修则武当派也。

今日邦杰北归,昙空旧雨情殷,寓书于静修,聊申久阔之意,并嘱邦杰顺道往访,探问静修起居。是以邦杰怀了昙空书信,迳找到法华禅院,则见山门煊赫,气象庄严,虽远不如伏虎山海珠寺之广大宽敞,而该寺结构,层墙叠栋,亦算十分势派,非寻常庵院之所可比拟也。

当时邦杰带了从人,问至寺前,说了来历,即有知客僧招接进去,在客厅待茶,然后静修出来见面。邦杰递了昙空的书信,并致来意,静修殷勤答询,颇报谦茶状态,一时即命备酒洗尘。席间宾主殊深款洽,互相问答,邦杰道:"吾师清闲自在,优游快乐,能如我佛如来,于一粒粟中,参丈六金身。非若吾辈尘寰碌碌,终日忧攘不休。以视吾师,实足自愧。"

静修道:"檀樾贵人,燕京望族,清华雍贵,转瞬即为玉堂金马人物,是天上之安琪儿也。"邦杰听了,不禁嗤之以鼻,遂答道:"吾师过誉,何以克当!"

两人渐渐讲到当世人才,又论了一回拳棒,静修不觉技痒,高

48

兴起来，向邦杰道："公子在昙空师兄处多年，涵濡陶育，日受亲炙，定必青出于蓝。小僧斗胆，初见公子，即欲请观武艺，俾小僧旷展眼界，实为万幸，未知公子肯容纳否？"邦杰道："罗某雕虫小技，奚足以当大雅之堂，岂敢班门弄斧乎？"于是酒酣耳热，烛影摇红，主宾酬酢，略迹言情。邦杰乃于院中空地上，使了一回拳棒，月明之下，更学助兴。静修喝彩不已，重复入席，更杯洗酌。

邦杰遂向静修问道："吾师于拳术一道，深得精微，固此中三折肱者也。吾询吾师，而天下之利器，果以何者为最锋芒无匹者乎？"

静修道："公子此问，殆有深意存焉者耳！盖世界之大，万物之孕育，当推人之心理为最万能，一入其千孔百窍之思想，无论为人所向未目睹者，均能穷其巧力才智而制造。且并有为人所梦想不到者，一若有极大之魔力驱使于其间也。吾有一故友，渠自创一军器，能杀人不见点血，且人头亦无从觅得，本人亦不自知其被杀，恍如梦寐，而其人已登鬼境矣！真有奇妙不可思议者也，请为公子缕述之也。这个东西，是用一种坚韧革囊造成，系于背上，好似一个皮袋，平平无奇。其囊口上安放湾形之柄，可以随时启闭，里面暗藏着极锋利吹毛削铁，纯钢刀四把，若要用时，只须将柄向左一推，囊口即张开，那四把倭刀，亦即交叉让开，方向敌人头上一罩，急将囊柄向右一拉，则四把利刃，锋对锋、口对口，合了个紧凑，自然被罩在革囊中的脑袋，一刹那即坠入里面，连一滴血水都没有漏出。这被杀的人，尚未知自己如何，但觉眼前一黑，则已无及矣！公子想此器迅快不迅快，厉害不厉害？其名儿叫作'血滴子'。这血滴子所造者，即故友云中燕也。上年因小僧贱降，四方豪杰，都齐集与此，蒙云大哥亦惠临此间。他来的时候，已经夜半，屋檐前如飞鸟落地，轻轻一响。小僧早知云大哥来了，只见他背上还背了此物，竟在囊中滚出一个毛茸茸人头来。小僧当时还同取笑他，莫非云大哥送小僧寿礼来了？"

说未说完，邦杰出言道："这云中燕，吾昙空师亦曾说过，他是山西大同府怀仁县锦屏山人氏，自幼聪明，灵机无比，能独运心才，制造各种机器，安置各样消息。有里人在广东澳门，跟外国人学过制造学者，尚且比他不过。'云中燕'三字，据说并非绰号，他一身本领，专使一柄钢刀，五支袖箭，端的神出鬼没，百发百中；腾空跳跃，飞高落下，可赛其名，却是他从堂哥子云中雁教导的。闻得他家中，凡守夜之犬，应门之童，都用木器削成，安放机关，如活的一般。至于飞轮转轴，木牛流马，更不必说了。罗某惜乎未见其人，但听昙空师讲说，已觉可爱之至，未知吾师肯为我介绍否耶？"

静修道："公子有命，敢不敬承！唯云大哥之行踪靡定，无处找寻得着。大约明年此时，他必来此会晤，届时小僧当敬致公子之意，嘱其进京，备公子驱策。或者公子那时遣人到此处等候，同贵使偕往京中，更为稳妥。"

邦杰道："吾师所言，甚合鄙意，特未卜云壮士肯赴罗某之约否？"静修道："云大哥生性爽直，断不负公子盛情，小僧可代做保证。"

当下鱼更三跃，席上烛尽见跋者屡矣，两人颇有倦态，于是撤席备寝。静修命小沙弥领至净室中安睡，从人等各在外厢歇息。

自此邦杰在法华禅院住了一月有余，久客思归，遂欲告辞起行。

北地早寒，草木黄落，砂间积水，渐有欲冻之意。朔风砭骨，湿云低罩，寒鸦一阵阵飞鸣。重裘不暖，炉火不温，第觉寺院钟声断断续续，似诉怨鸣哀，打入心坎，令人添无限凄凉；况邦杰天潢贵胄，何等繁华，虽在伏虎山练心已久，然当此隆冬萧索，似亦不能耐此岑寂，想我若一入燕京，即还我无量之尊重，享受此人世间荣华之境。我身幸福，来日方长，唯我离京以来，倏忽之间，已数更寒暑，凡民间利弊，一切风土人心，早已了然在我掌中，遂变姓易名，不无有委曲之处。岂知增长智识不少，平添阅历甚多，我不为苦，我甚乐为之也。且天下英雄豪杰，被我暗中留心察探，默识于心，将来都是药笼中物，取之殊易也。是以世间青年英隽，断不能贪安逸，晏安即鸠毒之媒也。尝闻欧西各国，往往王太子及亲王等，咸于少年时，远履邻国，或入学堂，或入各种制造厂中，实地练习，甘做苦工，以期学成返国，大有为耳，其志岂在小焉者也。

邦杰率领从人起身，与静修握手告别，颇有依依之状，静修亦送出十里，道旁相践，友明情重，于此可见一斑矣。各道珍重，坚订后会而别。正是：劝君更尽一杯酒，此去燕京便上天。

欲知后事如何，且听下回分解。

第七回

觅居停主仆仓皇
卖图画君臣遇合

　　却说北京城中有一家人家，论门第确是阀阅缙绅，诗书望族，其主人年姓，羹尧其名。这时羹尧已高中了乡榜，是个举人，明年会试，便联捷进士，钦点翰林，旋升授内阁学士，朝廷要他入阁办事。然当他新点翰林之初，少年科第，为清秘堂中人物，何等清贵，何等光荣，而旁人视之，莫不啧啧称羡。在羹尧心理中想来，却并无十分得意，遂请了几个月的假，托言扫墓，跨了一匹铁色青马，带了一个家仆年福，徜徉驰出都门，游山度水，肮脏风尘，到处流连名胜，物色人才，径向山东、直隶一带旅行去了。

　　讲到他幼年的历史，殊足令人发噱。他父亲名遐龄，功名却是武职，做过几任南边提督军门，麾下裨将武弁、门生旧部，散处在外不少；性情和平，为人慈厚。后来归命本朝，未尝有所表现，不过随朝备员而已。乞休在家养疴，优游度日。但是他在军营时候，一般威望，能慑人心，唯有惧内性质，一入寝门，怒目将军，即变了低眉菩萨，吓得不敢开口多话。偏偏年逾四十，膝下犹虚，私下着实忧虑。要想置姜，碍着夫人，哪里敢提议？未免背着夫人，家中婢女仆妾，偷偷摸摸，做出许多暗昧情事。然夫人管得极严，无由放荡，恰巧夫人回母家去，因事担搁三日，这年老爷便如一只野马，放了笼头一般，实在不安本分起来。

先是他房中有个侍女，破瓜年纪，双鬟低垂，身材娇小玲珑，宛如芍药海棠之初绽含苞，弱不禁风，令人怜爱，固寓青衣中之翘楚也，小明春华。年老爷看在眼内，垂涎已久，因慑于阃威，不敢下手。今趁夫人归宁之隙，岂能再放过她？即将春华叫至房内，百般哄骗，许她将来收作偏房，决不亏负。春华因主人加以宠幸，不得不勉强顺从，于是半推半就，成就了好事；反羞得粉面通红，娇喘微微，星眸锡涩，越觉得销魂荡魄。

岂知一度春风，而珠胎暗结，殆所谓前生之夙孽者欤！迨夫人回家，并不疑心，春华亦自己觉得不肯常在人前做事，深自敛抑，以此竟瞒过一时。后来日复一日，肚腹逐渐膨胀起来。

一日，也是合当凑巧，夫人唤春华去拿衣服，衣箱叠幢甚高，须用小梯子垫步上去。上落之际，夫人看她十分累赘，不禁大起疑虑。想春华丫头，日来古怪，腰围带宽，身容带懒，不似从前形态。遂将她唤至近身，细细察视，竟被夫人察出机关，着实盘诘。春华明知不能隐瞒，只得哭诉被老爹偷过一次。夫人听得大怒，立刻将春华重打一顿，打得如雨后繁花，零落殆尽；披头散发，哭泣不休，一直逃往她房中去睡下了。

岂知春华虽是丫头，自小进府服役，反觉娇养已惯，身子本来单弱，自被夫人作践之后，愁闷哭泣，惊动胎气，含育不住，竟将一个七个足月的小孩产将下来。当下夫人醋兴勃发，怒恨交并，与老爷吵闹好几回，亦无别法，只有将春华撵出，以除眼中之钉。

年老爷无可救护，本来惧内，不敢扬言，只得由夫人摆布。当夜一面命年福唤卖婆到来，将春华领去卖了，一面又吩咐小孩子弃诸荒野，不许作弊，察出重办。年福唯唯答应，照此办理。可怜一个美貌丫鬟，在人矮檐下，怎敢不低头？只因一念之差，依从主人，弄得初生雏娃，莫能庇护，生死不知，羞颜难向人前道也。

年福当下将小孩抱出，看粉团似的一个男孩子，不免踌躇起来。又不敢抱回家去，只拣了离后门不远一间空房子中，着地放下，将褓裙裹好，自己匆匆回家去了。回至家中，闷闷不乐，叹气连声。他老婆向他问道："丈夫有何心事？"年福道："说来实在不忍。"遂将主人家春华私养小孩一节，一五一十均告诉老婆。

年福家的道："想起主人，偌大年纪，并无子息。今难得春华姑娘私生小孩，亦是年家骨血，正可传宗接代，夫人真太不晓事！我想你受主人的恩典，无可报答，何不将此孩偷偷抱回家中，抚养起来，亦算一桩积德之事。"年福讶道："咂！喂乳若何？"年福家的道："你不要管，我自有法子布置，你只管去办来可也。"

于是年福听了老婆之话，翌日起来，走至空屋中一看，只见一只老母猪，正在哺小孩的乳，嘀嘀叫着，旁边许多小猪尚在争夺不已。年福不胜骇异，想此孩将来必然大发，连忙用双手抱起，一条裙把他裹得紧紧，赶回去交与老婆。年福家的接着，欢天喜地，喂牛乳与他吃，十分尽心领养。外面询问，只说她阿姨家寄养在此，因此无人动疑；夫人亦不知晓，竟被瞒过。

不知不觉，过了几个年头，其时已有五六岁光景，生得气宇轩昂，骨格清奇，声音洪亮，资性聪明，常往门房中寻他老子。邻家一班孩子，都惧怕他，虽共同游玩，不敢不听他说话，淘气异常，专会胡闹，年福亦管他不下，也只得由他。

忽一天，有一个相面先生来年府谈相，据云望气而来，看见这小孩由门房走出，惊为贵人，且决为大贵，说了多少一生奔走天下，未遇过如此骨相；飞黄腾达，拜相封侯，未可限量等话头。临走再说如者日后不准，挖了小子的眸子。年老爷只是不信，来查问年福。年福知难欺骗主人，只得将从前收养一番情节，和盘托出。原是老爷亲生之子，一面跪下磕头请罪。其时夫人已生有一子，年方八岁，取名希尧，不料此事被夫人得知，乃与老爷商量，将孩子领进府来，仍旧复为己子，跟他哥哥排行下来，取名羹尧，令与哥哥一同入学读书。而羹尧对于父母，非常服从，且能孝顺，是以夫人很为喜悦，深自追悔，不似当初之愤恨交加也。

当日兄弟二人，延师教授，请了几个宿儒，岂知都被羹尧得罪，甚至先生训斥他，反被他挥拳打逃，年府竟无人敢坐馆了。羹尧在书房中顽耍，捉了无数耗子，藏在抽屉内，分为十队，桌上聚米成堆，以五色小旗插为标帜；耗子身上，另以五色绒线缚为记号，然后一队一队地放出，不令乱走。某色应走某色旗下就食米粒，以军法部勒之，进退疾徐，各有步伐，如有违犯，即以小刀斩为两段以徇，作为游戏之常。迨出了书房，率领府中子弟僮役，习拳弄棒；又好驰马，闹得一塌糊涂。年老爷不能禁止，以为此子成则为王，败则为寇耳。

羹尧十岁那年，从南边来一个先生，自称苏州常熟县人，姓顾号肯堂，效毛遂之自荐，年老爷遂聘为西席。不到半载，不知如何，竟被他将这位二公子教训得服服帖帖，不敢丝毫倔强。学业在进，而且甚听顾师爷说话，不能一日不见顾师爷之面，因此天天在书房中用功。

这位顾先生的本领，出乎其类，拔乎其萃，文武兼长，三教九流，诸子百家，金石书画，琴棋杂技，莫不精通。悉心教导，循循善诱，成就了一个极不受范围的孩子，轻轻送入清秘堂中，至日后羹尧一生事业，拜大将军，封经略史，节制九省军务，挂九头狮子黄金印，拥百万貔貅，功勋铭诸竹帛，烈烈轰轰，不愧须眉男子，为大清河山生色。何莫非顾师爷识途之老马，有以玉成之也。惜乎脱节蹉跌，不肯急流勇退，威望震主，忘了顾先生之预为诰诫，未免富贵中人，不早做大解脱耳。

如今且说夔尧主仆二人，驰出都门，年福虽已年老，然精神矍铄，宛如中年，行路风霜，尚不畏怕；且照料一切行李，处处均能尽力，江湖上的勾当，亦多谙练。是以年老爷派他跟随公子，亦借以充保护之任也。当时走过来卢沟桥，一路下去，都是些荒野所在，两边山色黯淡，朔风砭骨，四围冻云密罩。将近黄泥岗、老树湾，忽然飘飘扬扬飞下一场大雪来，初则搓盐扯絮，后竟越下越大，仿佛棉花球一般，空中飞舞，更觉寒冷异常，手指欲僵。看看天色渐晚，年福胸中私忖：此地如此偏僻，恐怕跑出强盗来，如何对敌？于是向夔尧道："爷，我们紧行一步，寻个夜店方好。"夔尧道："好！"

四个马蹄，立刻如翻盏撒跋相似，在枯草地上，踩着零琼碎玉，疾驰飞奔。霎时间，似觉前面有个小镇，年福道："好了，就在此处宿歇吧！"只见远远一带人家，在森林中隐露出来，却都被新雪罩住，似乎白茫茫浑无涯际，看不清楚。迤行至面前，中间一家，走出一个少年人来，把马嚼环拢住，口中喊道："爷们住店么？前去没有人家，天又要黑，小店房屋很干净，照呼格外周到。"夔尧点点头，于是一直把马拉进门来。

主仆二人在院内下了马，年福即将行装卸下，吩咐小小鸟喂料。夔尧走进去一看，这店门面三间，走进二门，一个大院落，十分宽畅，两面游廊很长，迎头五间正屋，正屋之后，尚有一进三间；侧首另有精室两间，余房尚不少。左右厢房内，已有客人居住，只有正屋西偏房空着。夔尧即指定此房，然后小二掸扫浮尘，搬水点灯，忙个脚不点地。

其时外面的雪越下得大了，风亦甚紧。小二道："爷们用酒饭么？"夔尧道："你将店内的好肴馔，买些与我，再打两角酒来。"

小二答应，不多时，摆在桌上。羹尧慢慢独酌，年福一人在旁伺候。

羹尧饮了一回酒，觉得身上渐渐和暖，仰着头，看雪越下得不止，恍若白龙飞舞，战断天空，旋绕不休。一回又低头思想，蓦然间想起京中父母、兄嫂、妻子，未免离怀振触，忽然洒了几点英雄泪。又想到顾肯堂，师生情重，我幸亏受他教诲，成就了功名，将来如何酬报？他左思右想，反觉不耐烦起来。

凡人初次出门，不惯孤零，触景生情，往往有这种现状，乃命撤去残肴。年福倒了一杯茶，放在桌上，自去吃饭。羹尧独自一人在房中，走来走去，无聊已甚。不知不觉，走出房外散步，只听东厢房有人长吁短叹。羹尧走近窗前，瞧是一个老人，年约七十余岁，状貌清奇，双目炯炯有光，颇有威严；一眼瞧见他房内挂着一幅墨龙画轴，画得十分飞舞，东鳞西爪，隐约蟠旋黑云中，其取势直如活的一般无二，几欲点睛飞去矣。羹尧不觉看得呆了。

那老人道："公子请了。"羹尧见他招呼，即走了进去，向老人拱一拱手道："请问老丈这幅画是自己祖传，抑购诸市上？"老人道："此是古画，小老儿因一时窘迫，想求过往客官，善价而沽，凑些盘川。"羹尧道："愿闻价值。"老人道："实价百金。"羹尧道："此画确值此数，可否请让些？"老人道："丝毫不能减短，若遇识者，五百金亦不为昂贵也。"羹尧道："就是如此，乞老丈卖与在下。"老人道："公子错爱，理当奉赠，请问公子高姓贵名，仙乡何处？"

羹尧道："在下姓年，名羹尧，北京人氏。"老人道："原来是年公子，失敬，失敬！少年科第，头角峥嵘，异日必为国家栋梁，名不虚传。"羹尧道："好说，老丈之姓名，可得闻乎？"老人道："小老儿姓周，名浔。"

羹尧一面闲话，一面看画，瞧见题款处有一行绝细小字"周浔作"，不觉奇异，连忙问道："此幅墨龙，得非老丈所自画耶，何款字若是之符合也？老丈具此白描手段，何尚潦倒若此？"老丈道："小老儿即是周浔，此为游戏之笔，且贱性疏懒，不与世俗同酸咸，然亦无容深谈。"

羹尧即亦不追问，回头欲命年福取银交易，老人道："无须去取，既承公子见商，小老儿即以此画奉赠，断不敢领价也。"

羹尧听了欢喜非常道："既蒙老丈高谊，无端领受，实不敢当此重惠！"老人道："小老儿行囊尚裕，区区微物，奚足挂齿，而四海之内，皆是朋友。公子前程万里，后会有期。"

羹尧不便推辞，只得道谢，遂将画轴取下卷好，正欲袖之而出，突有一个小童，走至面前，低声道："主人停候已久，幸移玉趾过访。"羹尧不觉一怔，期期言道："贵上何人，因何事见？唤乞道其详。"小童道："请爷去，当知之。"于是别了老人，跟随小童转了几个弯，跨入游廊，见一少年倚栏而立，神采奕奕，丰华高朗，容光照人。迎面一揖道："足下年某乎？当此客中寂寞，奉屈文星，一罄衷曲，度此雪夜，吾兄亦有意乎？"

羹尧不知所答，但唯唯而已。相让走入精室，铺设十分齐整，光怪陆离，似属别有境界。红烛高烧，金樽满泛，桌毯椅披，锦绣繁华，羹尧私忖必是富贵中人。当下彼此分宾主而坐，少年先开口道："某姓罗，名邦杰，燕京人氏，晓得与年兄有桑梓之情，突然相请，乞恕冒昧。在下生平浪游天下，萍踪所至，相交者无非俊杰。兹倦游归来，行将入都供职矣，今夕当与吾兄作一夕之谈，胜读十年书也。年兄其不吝珠玉，幸甚！"

羹尧展询官阀，则含糊应之。飞觞对酌，渐渐情投契合。羹尧道："蒙兄谬奖，愧不敢当。某侥幸通籍，亦出于圣上之恩赐也。"

邦杰顾而之他，询画轴之所由来，羹尧即以适间老人所言，并承慨赠相告。邦杰微微一笑，遂命家人悬挂壁间，赏鉴一番；见黑云漠漠，乌龙矫矫，张牙舞爪，泼墨淋漓，神圆气足，洵非寻常画家所可同日而语也。

当夜罗、年两人，娓娓而谈，讲究一回天下英雄人物，又比较一回本身武艺拳术，论议时局之是非，及历代兴亡之得失源流，慷慨激昂，均能以一身担天下大事者。直至四更向尽，方分手回房安寝。

翌晨起来，邦杰又来相请，彼此互询年齿，却是邦杰为长，于是肺腑相亲，肝胆相照，亦效世俗结拜习惯，认为异性手足，百般亲热。

羹尧呼邦杰为四哥，邦杰呼羹尧为大弟，原来天潢贵胄，邦杰排行第四，为四皇子，而羹尧不知也。

羹尧此次出门，原无特别事实，不过因初入翰林，遨游山水，亦文人应有之事，以资阅历，借浇胸中块垒。仅就山东一带，旷观人情风土，打算两三月时光，即便回京供职。而邦杰则久涉异地，于南方情形，颇称熟悉，即社会普通习惯，亦能谙练。幸自己系一个富贵闲散，青宫储贰，本无所事事，况清朝例无预立太子之位，正可趁此闲暇光阴，考察外面世故，以备他日治平之具，此亦英明之主之作用也。故此刻进京，并不十分急促，但省视宫寝久疏，未免于心忐忑耳；因此不肯过为担搁，只为羹尧暂留行踪，约于京城聚晤。至彼之住址，初未尝明告羹尧，唯云："大弟回京需时日，届时愚兄当问府探询。候兄驾到，然从再领教一切也。"羹尧不知就里，只得唯唯答以遵命而已。

迨分袂之日，两人颇觉依依不舍，各自吩咐家人收拾行装，分道而驰。邦杰赠羹尧名驹一匹，宝剑一柄，以表纪念。羹尧拜谢而受，感极滋零。天涯知己，于无意中萍水相逢，即成至交，更觉得格外情深，岂知羹尧此次遭际，实关系其一生之事业，日后君臣同德同心，如鱼得水，言听计从，且与邦杰干了许多秘密，谋达践位目的，谓非前缘之作合耶？

濒行时，羹尧留心看那老人，不知去向，不胜感慨，折知此周浔老人，亦明清之闲一垂老不遇之英雄也。平时托画隐志，专画墨龙，殆有深意存乎中欤！即是路民瞻一生专喜画马，往往题以"青云得路"四字，不知作何解说，莫能猜测；今周浔睹故国之河山，念亡君于梦寐，亦伤心人也。

闲话少述，如今邦杰由此进京，咫尺即达，谅无意外之虞；而羹尧则直望山东一带游历而去。

欲知后事，且看下回分解。

第八回

禛贝勒组织暗杀团
年羹尧统领血滴子

却说羹尧自与邦杰分手之后，带领年福，向山东大道而去。一路瞻山眺水，胸襟为之涤荡，耳目为之清爽。或行于羊肠曲径之间，探奇索险，蜿蜒曲折，平仄无地，旁有涧泉，潺潺奔流，细石可数，荇藻浮滑；或憩于峻岭危崖之巅，奇峰突兀，虎啸龙吟，攀藤附葛，拾级登临，手挽缰勒，缓缓直上。森林中鸟声杂还，松风谡谡，互相答和。

行走了三四日，领略风景，沿途赏鉴，到晚逢驿驻宿，尚觉安谧。忽一日，走了一百余里，人马困乏，天色渐暝，欲找宿处，匆促赶路，经过一山麓，其势十分险恶，港口纷歧，芦苇丛杂。离小麓一箭之远，露一高冈，暮霭笼罩，霞光四起，说不尽冷峭光景。

主仆二人将缰放宽，慢慢而行，第见深林内似有人窥探。年福早知不妙，保护着羹尧，意欲偷过此处而已。只见对面来了一队人马，约有二三十人，为首一个大汉，生得豹头环眼，身躯矮小，形状十分凶恶；手中横一柄开山蘸金大斧，腰插朴刀一把，背后都是些小喽兵簇拥着，个个头扎布巾，身穿衲袄。那为首的大汉，坐于马上，拦住去路，口中喝道："你这两个牛子，赶快拿买路钱来，放你们过去，否则看老爷手中家伙！"

年福明知这班强盗，终是大言吓人，他心中私忖：幸亏我们主仆手脚都来得，可以开发他们，若遇别人怎了？不禁大怒，欲想上前相斗。岂知这班强盗，瞧他们一个是文弱书生，一个是白发老儿，却不放在心上，以为可欺，决不肯罢休。

当时羹尧拍马向前问道："你们这班狗贼是哪里来的？辇毂之下，竟敢如此混行？真真没有王法。"随即拔出双剑，喝道："尔敢与我斗几个回合么？"

那强盗听了大怒，把马冲了过来，劈面就是一斧砍到。说时迟，羹尧不慌不忙，将手中双剑举起一架，挡住大斧；那时快，兜转马来，还他一剑，向腰间刺去。那强盗刚要举斧相迎，不意羹尧忽然将剑收回，趁势向他肘下钻进；轻舒猿臂，把他勒甲丝带擒住，提过马来，横担在马上。

喽兵看见主将被擒，正欲一齐上前厮并，被羹尧喝道："你们敢动么？咱即将这狗强盗一刀杀却。"于是喽兵们呆呆相看，不敢动手。

原来羹尧深得顾师爷之手法，另有一家派头，非可轻敌。即年福虽老，亦是惯家，臂力颇不弱，实算这班狗强盗晦气，三四回合，遽被擒获。羹尧一面把这强盗掷于地上，喝叫年福："与我捆了！"

小喽兵瞧着主将已捆了起来，一声喊，大家跑散，羹尧并不追赶，由他逃去。年福跳下马来，把这个强盗捆个结实。正欲料理起行，忽见山坳内无数人马蜂拥而来，年福道："不好！强盗大帮来拼命，爷快走吧。"羹尧道："不要慌，一不做，二不休。来一个，杀一个；来一双，杀一双，杀得他一个不留，方显我男儿手段！你只须看好这个被擒的狗强盗，不可疏忽。"

等了片时，羹尧抖擞精神，整备厮杀。那强盗到了面前，并不举手中武器，一个个在马前草地上跪倒，叩头如捣蒜，口中说道：

"好汉爷在上，小人们误犯虎威，愿求好汉爷高姓大名，高抬贵手，饶恕则个。"

羹尧道："你们这班人在此做什么？今被擒获，理当杀戮，尚有何说？"那强盗道："小人弟兄三人，在此落草，此地名为'小梁山'，前面山冈叫作'白虎冈'。小人姓殷，名洪；这个兄弟，姓张名大头；被好汉爷所捉的兄弟，姓孙，名起蛟。当初在小寨结义时，小人们三人，均愿同死同生，发誓血盟，并不劫夺人家财物，害人性命，只因被贪官污吏逼迫得无路可走，才权在此处安身。现在兄弟既被好汉爷擒住，情愿在好汉爷手内一并请死，誓不皱眉。未知好汉爷肯容纳否？"

羹尧道："我姓年，名羹尧，京中人氏，一介书生，蒙圣恩授职清要，此刻乞假往山东一游，即日回京供职，不意在此得遇君等，我将你兄弟放还，好么？但你们要依我一件事，未知君等愿意么？"

殷洪道："原来是贵人，小人们罪该万死，蒙爷许放我兄弟生还，不要说一件事，即十件、一百件，都可依得。就请爷吩咐。"

羹尧道："你们在此冈聚义，固属迫不得已之举，据你们说来，向未尝杀害人性命，劫夺人财产，殊堪嘉尚。然草泽英雄，亦可为国家出力，岂非终胜此水泊中生活哉！倘日后我如有用你们处，遣人来邀，要立刻就到，不得片刻迟误，你们肯答应我么？"

殷洪道："爷说哪里话来，小人们蒙爷不杀之恩，虽粉身碎骨，亦不足以报万一，况肯录用小人们，真是莫大之幸。准自今为始，即在小寨恭候爷的命令就是，誓不二心。"

羹尧喜道："既如此，你们且起来说话。"一面回头叫年福把孙起蛟松绑放还。起蛟遂亦过来叩谢，羹尧道："此去前面多少程途，可有宿店？"

殷洪道："二里外即有市镇，经过王家驿、青州道，一直大路达

63

济南府省城，不过四五百里，并无多日了。"龚尧道："既有宿店，我们去休。"殷洪道："天已昏暮，请爷暂屈小寨歇马，明日早晨，小人们护送一程，以表兄弟们一点孝敬之心。"

龚尧道："不消劳驾，后会有期。"说着把马一拎，与年福一齐冲将过去，回转头来，对他们点点头儿，竟自长行去了。

有话即长，无话即短。在路上不止一日，已抵山东地方，当即找到寓处。刚将行李卸下，坐在房中憩息，忽见店外进来一个年轻貌美女子，骑一匹小小黑驴，嘚嘚而进。头上扎一方元青绉帕，身穿青色小袄，淡绿罗裤，脚蹬薄底皮靴，腰悬宝剑一口，手执丝鞭，眉不画而翠，唇不点而红，娜婀轻盈之中，捎带三分杀气，一望而知是个侠义女子。当时走近龚尧房前，瞧了龚尧一眼，似有相识之意。龚尧不胜诧异，想不起在何时见过，意欲过便询问店中小二，后来不知何故竟忘怀了。

龚尧在山东地方耽搁了两个月光景，并无熟识亲友，踽踽独处，即至各处名胜游玩，颇觉乏趣，是以倦游思归，想起家中天伦之乐，无心在外流连。那日整理行装，回京都而去。不止一日，迤进了府邸，门公拦门跪接，禀道："太老爷、太夫人都安好如常，唯天天盼望老爷回来团聚。"龚尧点点头，一直走了进去内堂，叩见父母及兄嫂，禀述路上一切经过情形，然后回房歇息。只见门公进来回道："自爷动身之后，所有来客，一概挡驾，唯此一月以来，有一位自称罗姓罗爷，天天来府问爷的行踪，可几时回来。每逢来时，必在府前瞻仰一番，不忍即去。昨日又来过一次，有时或派人来询问。罗爷若来，请爷的示下。"

龚尧道："哦！我知道了，原来四哥如此挂念。"遂向门公道："罗爷若来，快禀我就是。"门公答应一声是，退了出去。

一宿无话，翌日约莫饭时光景，外面传报进来，具有谏贴，正是罗邦杰名字，羹尧喜不自胜，连忙说："请！"当时开中门迎接，两人携手而进。羹尧道："承蒙四哥垂爱，失迎恕罪。"邦杰道："好说。大弟是几时回来的？想煞愚兄了。"羹尧道："昨儿才到京。"说着同人书房坐定，书童献上香茗，密切谈心。

邦杰道："大弟此次山东之游，一路物色人才，想必不少。"羹尧道："途次略略认识几个，苦无特别英豪。"随将别后的事诉说一遍。

自此之后，罗邦杰每天到年家，或是联吟高唱，或是对酌细谈，甚至挥拳击剑，论古证今。举凡世上之友朋，情投意洽，固无逾此二人之美满无间者也。如鱼得水，如漆投胶。

一日，因年羹尧忽然欲回拜邦杰，询及住址，邦杰仍一味含糊，羹尧怫然不悦道："四哥，咱们俩既拜把子，结为异姓苔岑，犹如同胞手足一般，彼此有事，不得隐瞒。四哥住址，为极平常之事，尚且不说与小弟知道，遑论其他耶？岂小弟之所望于仁兄，亦岂仁兄之对待小弟者哉！"

邦杰听罢，晓得羹尧动气，只得说道："这个容易，今儿就带你家去走走，但是咱们俩既要好在先，无论如何，这称呼不可更改了。"羹尧道："那个自然。"当下吩咐套车，哥儿俩个同行。迨到紫禁城内，羹尧慌忙将缰扣住，不敢前进，瞧邦杰时，已驱车直入。羹尧大惊，喊他不住，只得亦跟了进去，心中忐忑不定。

走了好半天，只见迎面一所金碧辉煌的大宫院，中门紧闭，东西角门开着，羹尧在车中偷瞧外面，门额题着"敕建多罗贝勒府"七个大金字。邦杰下车，拉了羹尧尽往里让。门上家人，如雁翅一般站侍。羹尧瞧此气概，心中早知就里，进了几重门，看见局额楹联，处处都称"贝勒四爷"字样。

羹尧当即恭恭敬敬请安道："原来四哥是贝勒爷，天潢嫡派，小弟罪该万死，以后实不敢称呼了。"邦杰道："可又来？愚兄早有言在先，难道吾弟忘了？咱们有要事相商，不要啰唆了！"羹尧道："谨遵四哥之命。"于是手挽着手，进入书房。

邦杰即命侍卫请到一班豪杰，个个器宇轩昂，人才异众，都是从各省挑选来的。内中唯云氏兄弟，更觉得有鹤立鸡群之概。

原来云中燕已早由邦杰回京之后，派遣心腹赴山东法华禅院静修和尚处，敦请到京，供养在禁中，以备驱策。至云中鹤、云中雁，系云中燕的哥子，亦由云中燕写信唤到，一并留养在宫，量才录用。其余一干人物，业经邦杰训练，授以方略，组成暗杀团，全部分布京内外及湖南、湖北、山东、山西、苏、浙、闽、粤等省一带地方，探访官僚之贤否、人民之向背、风俗之良窳；并贪官贮吏，淫妇奸夫，土豪恶霸，以至前明遗孽、山林隐逸。设有发生异议，欲谋为不轨，与本朝反对，不肯顺己之辈，均在必诛之例，饬令相机办理，暗中便宜行事，施出暗杀手段，得了首级，回京复命，记功不次超迁。故这班有本领的人，咸乐为之用，个个唯唯听命而已。

识者详其于光天化日之下，行此鬼域技俩，虽一时雷厉风行，严则严矣，然未免失之太酷矣！甚至在朝各大臣，人人危惧，朝不保暮，诚恐护谴致死。往往至微极细之事，朝廷均能一一知晓，即私宅中与妻姜谈话，亦莫敢妄说，忌讳常存念虑，跬步之闲，竟易触罗纲。而时或有一二京僚，闲来无事，偶尔作叶子戏，顽至中间，忽欠缺一张，遍寻不得，翌日入朝，主上询问在家何所事，则对以闲暇偶兴发聊作零蒲以消遣长日。天颜含笑，俯视地上，则赫然一张牌发现矣，不禁失色，叩头而退；又有需次窘迫，临朝乏衣冠之备，窃叹贫穷，岂知朝退时，内侍捧锦缎一端，呼名特赐某某，令谢恩跪受。苟有阴谋诡计、作奸犯科者，自不待举发，已忽丧其元，人亦相戒不敢妄言。

盖其时奇异之事，书不胜书，都下喧传此种人来去如风，飞檐走壁，如履平地。朝廷待遇独隆，称之为兄弟行，利用之以利探人家私密，而投之法纲。每晚自皇亲国戚，以至在京百官，私宅屋上，伏伺窥察，报告善恶，以定赏罚，然此皆雍正登极以后之事实也。

　　如今且说云中燕见了年羹尧，惺惺惜惺惺，好汉识好汉，十分投契，各道渴慕之衷肠，恨相见之已晚。其如云中鹤、云中雁及暗杀党中飞来燕子铁林、陈文龙、倭克达尔等人，亦皆俯首服从，听候命令。邦杰吩咐，严守秘密，不许张扬，倘在年羹尧府中，仍称罗邦杰，以掩人耳目。至羹尧自知邦杰即为禛贝勒之假名，微服出游，借此探察天下从违大势，故遂赤胆忠心，与之图谋远大之举。不数年间，竟干了几件惊人之事，除去宫庭心腹之患，使日后践祚时，勿至竞争，只须用小小机谋，即可无阻疾，盖皆羹尧一人之力也。

　　当时禛贝勒与年羹尧商量，欲使云中燕制造血滴子利器，以横行天下，收服这班前明遗孽，山林中隐逸，与本朝反对，欲起兵相抗者，往往遣人暗杀，或是派遣血滴子出发，取他们的首级，前来报功。羹尧道："人倒够了，直隶、河南、山东、山西一带，英雄好汉，能听我指挥，供我驱使者，约有一百余人，只须分途遣人请来，授以职权。只是这血滴子如何造法，如何作用，还请云中燕大哥劳心戮力矣！"

　　云中燕道："此事大难，血滴子里面用四柄尖刀，都要纯钢折铁倭刀，非寻常之刀可比，请问从哪里去找这么许多宝刀？只消有了刀，别事都容易办理。"

　　禛贝勒喜道："若如此说来，我现藏着一二百把倭刀呢，取出来瞧瞧看，不知合用不合用？"云中燕道："只要是倭刀，无有不配用的。"禛贝勒大喜，即时饬人取出刀来一瞧，果然寒光闪烁，冷气逼人，实是锋利无比的削铁纯钢宝刀。

云中燕瞧了，赞不绝口，于是精心筹度，画出图样，注明尺寸，配齐式样，选了高手皮匠、铁匠三四百人，分头按图制造起来。不消一个月，已造成一百二十个血滴子，云中燕亲自动手装配停当，听候指派发落一切。禛贝勒就把这训练血滴子的事情，交给年羹尧署理。年羹尧点出几个名字来，派人分头去请，不到一个多月，果然请到白虎冈殷洪、张大头、孙起蛟；法华禅院静修，带了一个徒弟了尘，唯嵩山毕五，回说并无着落，不知此人去向，只得罢了。年羹尧一一殷勤接待，并引见了禛贝勒，十分奖慰，且令在各分头住下。

年羹尧又在原有的暗杀团中，挑选几个出色人才，觉得人数已齐，即将血滴子演练起来。练至纯熟，点视分派，计二十四个人为一队，共分五大队，前、后、左、右、中；每队置队长一人，共计一百二十五人。监军一人，专司全队勤惰，记录全队功过；监器一人，专司修理器械损坏，及添造应用事宜；统领一人，指挥全军队众，主持一切党务，赏功罚罪，黜陟之权，均由统领主裁。

年羹尧自己做了统领；云中燕做监器、静修监军；白虎冈殷洪、张大头、孙起蛟，云中雁、云中鹤充作队长；了尘做了押后。从此血滴子飞行天下，干出惊心动魄之事，民间无缘无故，往往脑袋丢掉者，不知凡几。有时两人好好行路，一转眼一个人已尸横草野，因此弄得世界上疑鬼疑神，都防备得了不得；然而防备亦是毋庸了。

忽一日，中路血滴子队长孙起蛟，飞骑护送一人到客店。扶入房中，将被揭开，众党员围住一瞧，只见那人血淋淋两足齐胫截断，众党员面皆失色，莫明其故。孙起蛟道："监器云中燕快到了。"才说罢，听得庭中如一叶飘坠，有声飒然，飞进一个人来，正是云中燕。

云中燕向孙起蛟道："万金良药，幸已得了，快给他敷上吧!"于是大众帮忙，把那人扶至床上睡好，云中燕亲自动手，替他敷了伤口，一面叫煎参汤。刚灌了几口，那人一口气回了过来，张开眼道："哎哟! 这是什么地方?"

　　毕竟此人是谁? 欲知后事如何，且看下回分解。

第九回

吴银亚荻溪怜佳士
甘凤池萍水娶美娘

却说甘凤池自从谢村谢品山家起身之后，行抵湖北。征尘甫息，即闻得襄阳参将秦德辉惨变，乃由伊姑氏彤玉手刃之。毕生大仇，知已报复，无可留恋，心中反觉十分伤感，不敢流连于此，恐有漏泄，祸及于己，遂即匆匆离开襄阳。晓行夜宿，途间想起我师父路民瞻吩咐，见了舅舅，约一月之后，须赶到昙空师叔处等候，同归麒麟岛狄士雄家中。屈指计算，已将逾期矣，不及再往谢村叩别舅舅，只得迳向伏虎山趱行。

在路并无担搁，迨抵山上，见了昙空和尚，不免酬应一番，寒暄之间，昙空袖出路民瞻留下手示，与凤池阅看。略谓此刻尔勿必等我，当速赴南京，此去有姻缘之奇遇，切勿错过，且关系尔一生之命运及幸福，事毕后，可再与尔相见也。至嘱，至嘱。

当下凤池看了一呆，晓得师父平时很有道德，断无与我顽笑，必无舛错，今既如此嘱咐，安可违拗他的言语耶！随问昙空道："请问师叔，吾师父几时来此的，现在究否回岛去？尚乞一一详示。"昙空含糊以应，亦不肯明白告诉。

凤池急得无法，只得勉强在山上住了两三天，辞别昙空，独自一人向南京去了。

但是谢品山是个有年纪的人，一时间放凤池走了，事后越想越追悔起来。想他小小年华，离乡背井，因欲报父母之仇，不辞千里之遥，单身径往，志决心坚，倘或有失技脱节，事机不密，惹出祸来，老夫岂能见亡妹于地下乎？从此书空咄咄，终日无欢，长吁短叹，度日如年，老境益增。

其时芸妙小姐已出嫁于镇江城绅王翰林之子王少穆，一双璧人，天造地设，少年夫妇，恩爱逾恒。且彼此书香旧族，闺房之中，联吟赌句，有更甚于画眉者，殊令人健羡不置。回家省视，见老父如此模样，明知因凤池表兄而起，忧愁恻怛，无时或释，无法解劝，只得徒呼负负而已。

诸君亦记得芸妙小姐房中，有两个丫头，一名春华，一名秋实。秋实年纪较小，于小姐嫁时，已随带她充媵妾家去也。春华因标梅已过，娇小容颜，忍令辜负春光，落花无主？是以谢家赔赠妆奁，与之觅一士人，订结丝罗，不至兴小姑居处无郎之叹。出府后，闻得士人带她往别处，如今已不知着落。据著者晓得春华这个丫头，实非等闲之人，即从前遐龄之弃婢，春华姑娘为当今赫赫一品之太夫人也。盖以她当时被年家太太察出与老爷私通，连夜赶出，眼前并无亲人，竟被一个人买去，挈了南下。行至扬州地方，不幸生起病来，那人旅费耗用一空，几有束手待毙之势。遇了谢品山老人，发起慈善之心，出重价购归，令与秋实一同侍候小姐，颇蒙十分宠爱。岂知其中暗藏这一段情节，而谢家亦不知也。

直至年羹尧平西回南之后，晓得她生身之母，尚然流落在外，饬人四处暗暗访寻，得之于扬州城外某尼庵中，业已落发作行，迎归奉养，享受荣华。那时年羹尧父母早已不在堂矣。呜呼！此婢之遭遇，亦云苦矣。然此是后话，暂归正传。

谢品山之子采石，在家攻书，学业有成，少年登第，早已中了乡榜，而品山亦含饴弄孙矣。家庭之间，融融泄泄，真可称积善之家也。唯采石素性甚孝，今瞧他老人家终日愁眉泪眼，实在有些放心不下。有时乘机用言劝慰，并无什么效验。日复一日，而凤池音信全无，推老父之心，有不得凤池终不欢者也。嗣复听得外面沸沸扬扬，传言湖北官场，出了一起大案，襄阳参将无故夫妇二人都被人刺死，闻听之下，更为着急，疑是凤池所干。但凤池报仇心切，仅在参将一人，而何以波及参将夫人？况参将夫人，确为凤池之亲姑母也，断无害及自己人之理。此中情由，真费人疑猜不出，更觉忧上加忧矣。

于是采石想出一法，先与娇妻商量，然后再告诉老父，意欲亲身出去找寻，找得回来，或得着一些消息，借以解老人之愁颜。无如伉俪甚笃，一时似不忍分离，奈顾及大局起见，亦是无可如何耳！家庭计议了许久，决计取道襄阳，如无着落再顺流至江浙一带探访，走遍天涯，终须将凤池寻到。遂择了吉日，整治行装，随带书童喜儿一人，以便长途伺应照料。况男子志在四方，年少气盛，固当旷观山水，增长学识，非闭户读书，即可自诩为深知天下事也。

采石拜别父母，嘱咐妻子，在家小心侍奉堂上，自己带了喜儿，出门一直向襄阳而去。沿途留心侦察，毫无踪影，真如大海捞针。迨至行抵湖南，再赴湖北，找到襄阳府城，住下寓所，赶即缉访凤池踪迹，亦并无人知。唯闻传说参将已委了人接署，此案亦已悬搁不题矣。然采石人地生疏，无从探问，住了十余日，心中焦闷，自思凤池怕不惧祸及己，早经避开，得无往南洋去耶？觉得无聊之极，乃算清房饭钱，决计由彼南下，向江浙方面追去；或可追赶得着，有些头绪，亦未可知。于是即日与喜儿离了襄阳，顺流而下，不知不觉已至江浙地方不远矣。

一日，嘉定相近，地名荻溪，离嘉定尚有四五里之遥。天色昏暮，夕阳在山，两岸芦苇丛密，树木翳深，两人心慌觅宿，急急赶路。刚刚转过山冈，不料草际舒出两把挠钩来，将他主仆二人钩住，拖了就走。全是荒僻路径，到一小庙中，将他们用绳捆缚，然后十余个小喽兵，解上山来。

迤至到了山上，过了几座关寨，只见一片空旷操场，当中聚义厅上，灯烛辉煌，如同白日。至滴水檐前，出来一个喽兵道："取得货来，大王宿酒未醒，不可惊动，且自押去亭子上等候一回便了。"

采石自被擒之后，心中不觉昏迷，且这班喽兵将他东拖西跑，弄得脚不点地，及至清醒一看，自己与喜儿均赤膊着，捆在亭子柱上。旁边两三个小喽兵，在那里监视，喜儿更吓得瑟瑟乱抖。

采石并不作声，但想我堂堂男子，今日死于草贼之手，真不值得。正在想时，约莫半夜光景，忽听堂上传呼大王出来坐殿，叫将两个牛子推上来问话。于是亭子上喽兵答应一声，解了绳，即将他们押上殿庭，饬令跪下。

采石偷瞧居中虎皮椅子上，坐了一个盗首，相貌魁伟，身躯雄壮，身上穿一领洒绣绿袍，头扎红罗帕，额上一个英雄结，脚登粉底皂靴。年纪约四十余岁，颔下一部黑髯，根根光亮，虽草泽强梁，然看其一番布置，确无异边塞上一员战将耳。

当时盗首开言道："你这两个牛子，为何半夜三更出来混闯，你可知道我山上的规矩？孩儿们与我将这两个牛子的心肝取来做汤醒酒，快快斩讫报来。"说罢，呵呵大笑。

左右即欲动手，采石道："大王在上，容小生一言而死。小生姓张，名权奇，适因寻友路过宾山，不意误犯虎威，乞贷其一死，虽有所命，敢不敬从。小价童儿无知，亦求一并怜悯。"盗首听了，举起虎目一观，笑道："这个小的儿，很是好玩，咱且留在身边伺候。"一面向采石道："你想是念书人么？"采石道："是！"那盗首回头盼附近身喽兵道："这个人与我羁禁起来，听候发落。"说罢，站起身来，扶了一个小喽兵退入殿后去也。

原来这个盗首，姓吴，名杰，幼读诗书，长娴经略，他的祖父曾在史可法营中充作文案，追可法殉难扬州，吴杰之祖父亦遭波及。那时吴杰初生，由伊父吴则榘挈之赴南闽，诸臣拥立唐王，则榘亦参识其间，后竟死于王事。那时吴杰已成人矣，蒿目时艰，慨然挥故国河山之泪，屡次欲起义师，别建大功，以承乃父之志，无如权不寓己，徒伤老大，居恒常郁郁不自得。未几，避地至嘉定，看见水明山秀，径密草肥，遂即据以为根本之地。聚众数百喽兵，权为落草，其实非其素志也。噫，其亦前明知遗孽也欤！

吴杰膝下，只有一女，今年才十六岁，工吟咏，习骑射，花容月貌，婀娜生姿，文武兼长，固不灭于当年之花木兰、聂隐娘也。吴杰爱之如掌上明珠，有所陈请，无不立允。且家庭教育，放任主义，不好束缚，因之父女二人，在内堂常自弦诵之声不绝，虽在山寨之中，仍不失风雅之怀。

这位小姐身边有个丫头，小名香桃，年华十四，生得伶俐透澈，可算一个伶而且智。这侍婢平时跟随小姐，亦喜拈弓搭箭，逢围猎时候，马上功夫，亦颇纯熟。扭小蛮之腰，一搦身躯，真个我见犹怜。第性情天真烂漫，喜报新闻，鹦鹉弄舌，呖呖清喉，盖亦小儿女之常态也。

一日，香桃听见山上掳了一位公子，连忙报与小姐知道。小姐听了，半晌默默无言，低头弄带，两颊渐渐红晕起来。香桃道："小姐何不出去看看，究竟是一位什么公子？"小姐微笑道："啐！痴丫头，真个傻了，你去看老爷在内宅否？"香桃应声而去。去不多时，回来复道："老爷在书房看书。"银亚听了，轻移莲步，走入书房。见了吴杰，敛衽万福，一旁坐下，开口道："爹爹在上，孩儿闻得昨

74

日山下取得一人，请问爹爹，是什么样人？乞道其详。"

吴杰道："昨日喽兵们捉得一人上山，为父看来，倒亦是一个读书种子；且带来一个童儿，很为清秀。我儿如喜欢见他，可唤他来见小姐就是。"随即回头命人去叫唤。只见一个小小童儿，跪在阶下，战战兢兢，令人着实可怜。小姐举凤目一睐，默默无语，停了片刻，命他立起身来，走近身边，细细问话，一寸芳心，不觉想到他主人身上。以为有此雅童，其主可见，必是一个风华倜傥的人，我何不乘机救了他，以遂他家庭团聚之乐。想罢，辞了吴杰，闷闷归房，倚在绣榻，手托香腮，不禁倦极思睡。

忽见一个人闯进房来，银亚意欲回避，迨一细看，乃是一位公子模样，生得骨格清奇，体态俊俏，亭亭玉树，清秘堂中人物也。不觉停住脚步，问道："你是何人？擅入人家闺闼，意欲何为？"那人道："小生姓谢，名采石，江南望族，侥幸已登乡榜，因访友路过宾山，昨被令尊呼唤，羁留狱中，暗无天日，不料得亲小姐芳泽，真三生之幸也。"银亚娇羞满面，一句话都说不出来。那人走近身旁，依依不舍，自有一种说不出的温柔情状；并云此次须求小姐发慈悲之心，救人危急，拔出火坑。正在相推相就、若即若离之际，猛然由后房跳出一只斑斓猛虎，直扑过来，吓出一身冷汗，狂叫"香桃""香桃"不已，原来是南柯一梦。

此时谢采石在荻溪受铁窗中滋味，正为甘凤池白门洞房花烛之夜也。原来凤池自抵金陵，举目无亲，住在寓中，凄凉特甚，真个"闲来高眠一觉，闷来浊酒三杯"，借以解旅况岑寂。

一日薄暮，只身无聊，步至状元桥下狮子楼上，临窗独酌，倚于栏干，远眺野景，觉得背后有人，走上楼来。迨回头一看，原是白泰官、吕元二人，连忙鞠躬致敬，邀请入座，重整杯盘。凤池道："旅况萧然，独自到此消遣，不意两位师叔降临，有失迎迓。"

白、吕二人道："好说。贤侄抵此，正好相商一事。前承令师嘱托，代觅亲事，耿耿于心，本欲介绍杭城吕四娘，正是一对璧人，天上人间，难逢巧合。无如伊老子固执性成，难以说话，因此不敢造次。顷间闻得此地夫子庙前，到一卖艺者，父女二人，此老精神矍铄，内功充足，非寻常江湖可比；其女则巾帼丈夫，天然秀丽，正好与贤侄作撮合之山也。贤侄其有意乎？"

凤池唯唯，白、吕二人道："天时尚早，我们去看看，再来饮酒不迟。"凤池只得跟去。至则围场宽广，环绕看视之人极多，因时候未昏黑，尚未撒场。中间地上安放两个酒缸，凡有入场角技之人，须先将此酒缸举起，绕场行走一圈，然后交手，犹如报名一般。如举不起，则不与角技。酒缸形状虽小，重非千斤之力，休想动得分毫，不知究以何种原料造成也。当时举不起者甚多，凤池立在一旁，看了一回，不禁技痒，复经白、吕二人撺掇，只得向前拱手道："老丈请了，在下不自量力，欲与令爱比较一回，未知肯赐教否耶？"

那老人瞧见凤池状貌不凡，不觉起仰慕之心，才答道："小女鄙陋，恐不足辱大贤之手。"一面向他女儿扬手作势，似令其下场相角之意。

女俯首作羞态，缓缓走来，各立门户。女进一步，飞一足起，弓鞋闪亮，尖处固以铁片包头者也。凤池侧身让过，欲将手捉其莲翘，而女已改作"蛱蝶穿花势"，迎面扑来。凤池迎拒之间，一掌虚扬，作"鹞子翻身"，女欲急避，岂知凤池已自其后腰抱之而起，女即亦不拒，但红晕双颊，云鬓微蓬，俯首不则声而已。

凤池轻轻放下，彩声雷动，群相赞叹。老人即前致词曰："公子艺高，固堪钦佩，小女曾自誓技胜己者，则当倚之终身。今公子既胜，当收之为妇。"凤池不应，老人曰："公子嫌弃老朽，不欲结丝萝之好，别无所求，请与公子一较高低耳！"言毕，见场上有合抱大

76

松树一棵，即轻以手抚之，如携枯拉朽，带根而起。凤池大惊。

这个当儿，白泰官、吕元二人排众而入，趋前致辞曰："老丈高谊，吾侄凤池，无不允从，吾辈当任蹇修。"老丈曰："公等何人？请道其详。"凤池道："此二位凤池之师叔也。"老人道："很好！然此处非说话之所，请到寓处一谈。"于是撤了围场，收拾家伙，一干人共赴寓所。

彼此通了名姓，方知老翁姓陈名四，系一个老于江湖的豪侠。其女名美娘，父女二人，相依为命。陈四因女儿年纪长大，急欲为之择配，急切拣不出出色人才，兹遇凤池，可算得成龙佳婿，是亦天缘之前定也已。

当时白、吕二人为媒证，一切说定，另觅香巢，择吉完婚。陈四大喜，白、吕二人做主将凤池腰间所悬宝剑解下，作为聘礼；陈四亦将女儿常用金镖一支答赠凤池曰："此吾儿绝技也。"凤池无可推托，只得应允。况有师命在先，故悉听二位师叔调度。未及一月，诸事均办备妥帖，房屋暂赁在三牌楼相近。

合卺之夕，尚称热闹，陈四与白、吕二人，瞧见一对小夫妻双双交拜，笑逐颜开。迨夜深送入洞房，花烛交辉，真个是"合欢帐里，同眠合欢之人；连理枝头，并栖连理之鸟"，其乐融融，如鱼得水，著者一支秃笔，无暇描写此闺房之趣事也。

第十回

游西湖订交方外
瞻东岳隆礼圣人

却说陈四自将女儿美娘与甘凤池成婚之后，看见他小夫妇十分恩爱，可算美满姻缘，私下不胜欣慰，以为女儿得所，自己可以遨游天下，无内顾之忧。过了几日，提议此层，置酒后堂，酒酣谓凤池曰："贤婿少年英俊，日后前程远大，未可限量，蛟龙断非池中物也。唯吾小女自幼娇憨成性，如小有过失，幸看老夫薄面担待一二。老夫将于一二日内，起身遍游海内，上嵩岳，渡黄河，越秦岭，叩函关，西行陇上，一探周、秦、汉、唐遗迹；然后再由陇入蜀，遍历剑阁栈道诸险。浮长江而下，东至浙江，涉会笼，穷禹穴，一占天台雁岩之胜，则为之素志遂矣！我有青驹马一匹，连鞍鞯都送与贤婿，以卜他日疆场决战，借此以斩大将之旗，系俘虏之颈，贤婿乘骑，并以作纪念之品也。"

凤池起身谢受道："遵岳父命，自当敬从。但岳父春秋高大，理当养天年，待小婿竭诚供奉，何必远游跋涉，以自劳苦耶？"

陈四道："贤婿有所不知，老夫生性喜动不喜静，贤婿勿必忧虑。"于是择定日期，请到白、吕二人，同在寓中话别。陈四临歧握手，向白、吕二人曰："公等为南中八大剑侠之辈，吾婿亦得附骥，老夫一朝而遇三侠，何幸如之？兹老夫与公等别，望公等善教吾婿，

78

则老夫受赐多矣!"

美娘洒泪相送,一面向陈四道:"爹爹年高,路途间一切须自当心。"陈四道:"吾儿不必以老父为念,后会有期,当辅凤池赶立功名为上。"说罢,竟自一人飘然而去。

凤池送了陈四,稍耽搁几天,将房子退了租,收拾行李,想道:"如今有了妻子,还是到舅舅家去,先安置好了,此去路又非远,然后再去寻师父不迟。"

夫妇二人商量妥当,次日即行起身。岂知在路北嵩山毕五一直跟了下来,约行了二十余里,凤池叱之不返,回身用指将他一点,不知不觉昏迷过去了。此名"点穴",夫"点穴"之法,有用两指,有用一指,所点之穴,有"九手软麻穴""九手昏眩穴""九手轻穴""九手重穴",内中惟重穴,就是致命。

这"九手重穴",就是"脑海穴""气门穴""耳根穴""气俞穴""当门穴""名门穴""肺海穴""气海穴""脐门穴"。其余麻、眩、轻三种穴道,都是不妨的。凤池现在点的是昏眩穴,所以立刻就昏不知人了。实则他们武帮里头都晓得的,不过猝不及防,就被凤池算了;而其实毕五早知是凤池,亦断无此一举了。

闲话少叙,迤至到了谢村,尚未过江,凤池一时失着,将年轻美娘独自放在船上,自己先去谢村报信,及至见了品山,说明就里,再来接美娘,已影踪全无了。后来,甘凤池寻获美娘,夫妇团圆,借美娘相劝之力,甘凤池赴京应试,钦点武状元及第,授职一等侍卫,出入禁中,保乾隆驾幸江南,建功立业,轰轰烈烈,为甘家后起之秀也。此是后话,暂且不表。

如今且说罗邦杰,即吾书中主人翁禛贝勒之假姓名也,自从学艺回京之后,以为南方着实不靖,与年羹尧组织血滴子,实行暗杀手段,狠奏奇功。内面宫廷,外面督抚,一举一动,瞬息即知,是以京内外官场，咸怀危惧，革面洗心，不敢做违犯法纪之事。

禛贝勒如有特别事情，要血滴子侦探，常常亲自到年府交代，或是亲笔写字条知照，年府中不过都以为是年羹尧好友罗邦杰，并无有知其为多罗贝勒也者。那血滴子的月俸，亦由禛贝勒按月送来，经年羹尧匀派支给至各路血滴子，听各路头领的号令。各路头领均听年羹尧的指挥，是以臂指相联，心手相应，天下事无不归其掌握之中矣！

那时年羹尧升了翰林院领袖，有专折奏事之权，他暗中既有这许多血滴子作为耳目，替他探访，或是条陈时事，或是动折弹劾，自然比众灵捷，比众确实。政府见他言皆可据，事无妄行，渐渐格外地宠用起来，屡蒙宸赏，不次超迁。到这年年底，居然入了内阁升授学士。那年羹尧入阁办事，其权势就更大了，益展其生平之抱负，替禛贝勒干了许多预备日后谋袭皇位的奇功异绩；就表面几件事实上观察，已知其大概了。如皇太子忽遭罪废，皇十四子忽被远遣、鄂尔泰、张廷玉、隆科多等一班大臣，无端都与禛贝勒交好连络起来。朝廷又得各大臣，不约而同地特折保奏，都说他精明干练，才堪大用。于是遂降旨，四川巡抚着年羹尧去，请训陛辞下来，就要出京莅任。

忙碌了几日，便约定了起行日期，欲与顾肯堂先生一齐起身赴蜀，借资襄助。岂知到了动身这一日的清晨，顾师父竟留了一封书信，不别而行去了。然而此书中作何言语，诸公切不必性急，此实关系羹尧一生之命运，若听了顾肯堂的言语，不至有后来之挫跌，可见急流勇退四个字，是极难行的。著者当于此书之末，述及年羹尧之结果，然后将这先见之明的师训，表而出之也。

年羹尧开府川疆，这血滴子的统领，当然禛贝勒自己权摄了。其实用他一个名义，所有一切动作，概归云中燕调度，所以年羹尧走后，而禛贝勒反觉清闲无事，日与几个小黄门作耍，也就厌烦得紧。

一日，走至海子地方相近，有一处颇偏僻，人迹罕到，名为什么"幽闭院"。是个由民间选来美丽十六岁的处女，都贬谪于此间，专司终日洗衣之职，派有几十名闲静太监在此轮流看守，故虽名花招展，而怨气弥温；院中花香鸟语，悉呈凄绝状态。那日恰巧宫内有什么热闹，众女子均结队往观，看守太监亦偷懒自由，不知走至何处去了。

禛贝勒信步闲游，不知不觉走了进去，四面一看，寂无人影，唯远远瞧去，西廊下好似有一个垂鬓女子，低垂粉颈，看不清楚，在那里做什么。禛贝勒不胜诧异，思欲穷其究，乃轻轻地走到该女子身旁立定，方知原来在那里洗衣。

那女子听得脚步声响，抬起头来一看，不觉呆了一呆，以为此系禁地，断无外人进来，必是一位皇子无疑矣。于是连忙立起身来，跪于地上叩头道："贱妾罪该万死，贵人到此，不知回避。"禛贝勒一时高兴，双手将女子搀了起来道："此间有多少人在此，何今独你一个？"

那女子道："此间为幽闭院，凡由民间选进来，而不得幸者，悉令居于此，执贱役，有终身不得见天日者矣！平日有太监们守之，今日听说宫内兴挂灯彩，姊妹辈都往看视，独贱妾在此守院，不知驾到，有失迎候，幸恕妾之罪。"

禛贝勒听她言语之间，如呖呖莺声花外转，已有十分欢喜，迨看她苗条身材，真算得豆蔻含苞，樱桃初绽，平欺西子，赛过南威，越看越爱起来。一时色胆顿炽，遂问女子道："你叫什么名字，今年几岁了？"那女子道："贱妾小名侠龙，年度十五。"禛贝勒道："甚好！我记了你的名字，日后身登九五，必将你接进宫去，同享繁华。"一面说，一面走近一步，笑面相迎，用手将侠龙揽入怀中，问长问短。

那侠龙亦非常乖觉，早知其意，便做出一种媚态，星眼微荡，罗衫欲卸，真令人魂消魄荡。禛贝勒不能自持，挽了侠龙女子，两人走进旁边房中，春风一度，第觉蜜意柔情，二五之精妙合而凝也。此实为侠龙梦想不到这遭逢也，然就事实上观这，莫不为侠龙之幸福，而岂知其逆运至矣！

事毕后，禛贝勒走出该院，却有几个小黄门跑来寻找，接着回归自己宫中。此等天潢贵胄，王子王孙，粉黛满前，金钗遍列，哪里肯把这点事情放在心上？这叫作一时兴至，事过即丢向九霄云外。翌日带了数十名心腹宫侍，拥护着出京往浙江游行西湖去也。

岂知侠龙这个女子，与众不同，性情孤僻，眼界颇高，平素本不合时宜。其自被禛贝勒鬼混以来，终日思念，如痴如醉，即觉做事懒倦，心神不宁，腰肢宽腿，肚腹亦复膨胀异常，信水不至，茶饭不思。自知有了身孕，不敢声扬，只得遮遮掩掩，姊妹辈见她如此，莫不嘲笑侮弄，只得忍受着气，其苦楚唯有桌上银灯知也。后来日复一日，难以隐瞒，肚腹竟隆然高起，举动累赘，终日思睡昏昏，望穿秋水，杳如黄鹤，泪珠儿枕边不知流了多少。自叹命薄，候至夜静更深，乃仰药而死。自此一缕香魂，情天证果。而守院太监，见此光景，恐干罪戾，不敢奏闻，只得偷偷将这玉人儿掩埋起来。可见天下埋香埋玉之所，正不知淹没着多少冤魂也。噫，侠龙女子，其真不幸也哉！

禛贝勒一抵杭州，仍旧假称为罗邦杰，先在城内热闹地方，如清河坊、梅花碑、上城下城游鉴一周，寻了寓所，耽搁了几天，偷偷地带领一群人到西湖去了。

迨至到了西湖，罗邦杰诚恐有烦扰，不能自适己意，即吩咐手下人专寻庵观寺院宿歇。随于西湖边招得一所青微道院，房屋亦堪敷，其中掌院，乃是上天竺凌霄宫特派下来的。这个道长，年纪已有五十余岁。当时接了进去，安排洁净房间。这道长瞧见这等势派，又是京中下来，估量着非皇亲贵族，即是大宦臣卿，哪里敢怠慢？遂提起全副精神来对付。这道长俗家姓潘，取法名漱霞，从小时就出家的，是以经典极熟，现在常自面壁诵经，终日无倦容焉。

罗邦杰寓于青微道院，十分合意，夜间与潘道长剪烛谈心，尘心一洗，参经引典，酌古准今，亏这个潘道长尚能对答上来，实是不易，每日又叫他陪侍了出去游玩。举凡西湖风景，如雷峰夕照、断桥残雪，以及飞来峰、岳王墓，莫不细细领略，到处留有题咏，乐而忘返，将及一个多月。

罗邦杰自知他们人众，这小小道院哪里供给得起，暗暗饬令手下人将银钱送与道长，叫他开销。潘道长犹欲谦却，其实则香积厨中，真有些儿支持不住了。

一夜宵深，颇觉凉意透窗，两人对酌，谈至更深，彼此情浓，无有倦意，殊有相见恨晚之叹；乃略迹言情，订起交来，结为方外友，相约日后每到杭州，必至该院相叙，决无相忘。潘道长令香火进豆腐浆两杯，邦杰见白如凝脂，举起一吸而尽，觉得滑腻异常，味至甘美，遂启口道："吾师适间所啖奶茶，不知从何处得来？如此适口，回京后当令他们仿造。"

潘道长道："罗爷非也。此为豆腐浆，乃极易得之物，不过须在五更过向豆腐铺内购买，俟豆腐将凝时候，漉漉出来的汁也。敬能常服，滋养肠胃，极为有益。"邦杰道："原来如此！"不禁呵呵大笑。

又过了两三日，潘道长陪了邦杰，正扁舟一叶，荡轻桨于烟波瀚浩之中，如人在画图，飘飘乎有凌云之概。游得高兴，忽尔邦杰提议即日回京之说，潘道长不觉奇异。原来邦杰已暗中得有四川巡抚年羹尧的报告，略谓主上春秋已高，现闻龙体微有违和，未知确实，殿下不可久留于外，当即回京等语。是以邦杰接此秘密，无心游鉴山水，急欲整理归鞭。岂知潘道长相伴日久，人情熟谙，遂即临歧握手，依依不舍，难免于赋黯然销魂者矣。

邦杰叹曰："人生聚散，会有定时，吾师达者，岂不知离合悲欢之致？"握笔写了数字，付与道长，嘱其异日若到京师，可持条至前门外琉璃厂古玩铺中探访，必有所遇。说罢，即率众策马道谢而去。

邦杰辞了道长，由杭州北上，水路兼程，不辞劳瘁，赶行了十余日，前面近山东地界，沿途接得各路血滴子禀报事情，络绎不绝。其中有为别项事故者，亦有说及圣上龙体欠安，现正饬御医诊治，皇爷幸勿滞留于外云云。邦杰一想，孤此次出京，志在一瞻泰岱，然后再真诚曲阜，当令衍圣公陪从一游文物之邦、礼仪之乡，谒尼山之家庙，皮鲁之孔林，则引行庶为不虚矣！想父皇百灵呵护，万岁失调，或者适逢其会，孤正好借以申祷祝之虔诚，正一举而两得也。打定主意，吩咐手下人向曲阜进行。

不一日，已离曲阜县不远，前站即去禀报。衍圣公得信，赶忙接出郊外，跪请圣安，向邦杰亦请过安，然后接至家中，安置在偏殿上，作了邦杰起居之所。其余内侍人等，四面分住。此孔府中极为宽大，不比在西湖道院局促光景。每日衍圣公率领子侄至殿上朝参，听候吩咐，陪侍游幸。此时正值秋祭届期，当然罗邦杰主祭，孔氏子孙陪祭，济济跄跄，乐声融和，响彻云霄，颇极一时之盛。越日为孔氏家祭，而邦杰不与焉。且嘱咐衍圣公外面不许声张，仍称京中罗邦杰，即曲阜县令亦不令知之也。

过了几日，邦杰提议欲一登泰山，寻觅秦汉以来遗迹，即命衍圣公陪往。衍圣公不敢违拗，亦不敢阻止，晓得这位殿下，性格非比寻常，令出必行，断不容以言语干也。于是带领人众，向泰山方面而去。至则第见郁郁葱葱，苍苍渺渺，高与天齐，云气笼幕，登峰造极，正不知其几千万丈也。邦杰乃私忖道："自古帝王，每欲封于泰山，禅于梁父，吾闻得登者七十二，皆属有道之君。其余或阻风雨，或乃疾疫，咸不得登焉。秦始皇帝，屡登屡止，未及半而风暴雷电发矣。后乃禅于梁父，勉一登泰山之巅，而勒石纪功以退，藐予小子，敢希古圣王哉！"不得已与衍圣公在山下，徘徊瞻眺而已也。

　　盖"登泰山而小天下"，此语洵不诬也。兹罗邦杰仅莅泰山之下，未及登临，已觉目眩心悸，若有神灵监视之者也，是以不敢上登而回。迤回至孔氏，每日在偏殿上与衍圣公谈论古今，听弦诵之雅化，溯文教之源流；而衍圣公又将其家传秘书，及祭器、古鼎、乐器、孔子生时冠冕、衣服等类陈列出来，请邦杰浏览。而邦杰长日无聊，又与衍圣公围棋赌酒，借作消遣。但是身在礼仪之邦，然心中疑虑，虽与衍圣公异常相契，亦不肯久留，已欲打算秘密起行。哪料忽然省中有廷寄到来，查问邦杰行踪，是否在此。

　　欲知后事如何，且看下回分解。

第十一回

登大宝识破真龙
练双弹反输假虎

却说邦杰此次莅山东省，并无特别事实，不过如前游玩山水；又以住居衙门内，觉得不很方便，同了他几个侍卫，移居一所地方，近旁古刹，镇日徜徉风景，流连名胜，倒也逍遥快乐。且又恐旁人疑虑，看出他的行藏，是以居止动作，十分敛抑，不敢放出一般傲贵气度，反随随便便住下。然山东省一班官吏，亦稍有所闻，不知其详细，都不敢公然道破。其余百姓人民，莫不视邦杰为一个京官罢了，万万想不到他是一个金枝玉叶，当今之皇四子也。

有一日，邦杰闲暇无事，他唤了几个侍卫，跟他往谒孔林，在那里盘桓了几天，与衍圣公异常契合，刚要打算去别处去走走，忽然京中廷寄到来，转饬本省抚台查探消息，说他私自离京已居两个多月，是否在该省驻节，现今圣躬稍有不豫，着该抚台转知速即回京，以便省视。

抚军当日接奉此项廷寄，吃了一惊，连忙访问，晓得皇子在衍圣公处住下，乃亲自到彼开读圣旨。邦杰跪聆之下，曷胜惊惧，私忖圣上春秋已高，然素体结实，此次因宵肝勤劳，万岁之暇，或者失于调摄，邪魔侵入，亦未可知。倘一旦山陵崩，恐诸子中必有萧墙祸变者也。于是即日就同着几个心腹侍卫，奔回京中去了。不分星夜，飞骑捷速，看看将到卢沟桥相近地方。只见前面几匹飞骑，流星地赶到，远远见了邦杰一行人众，便即滚鞍下马，伏在地上，邦杰问道："京中近况若何？"

那几个原来是大内的侍卫，亦是邦杰一边的人，禀道："现今圣上病甚沉重，各位皇爷都在暗中争夺，闹得不成样子。皇爷的宫内，恐怕皇爷在外，忘了大事，故特差奴才赶来，迎接皇爷回京料理。"

邦杰听了，叱道："咱知道了，你们起去告诉他们，咱即刻就到了。"那大内侍卫，答应了几声是，站了起来，飞身上马，一齐先去了。然后邦杰在马上，一面走路，一面同他几个心腹商量对付之计划，不知不觉，已到了都门，偷偷地一队人马回归他府邸中去也。

原来圣祖所患之病，实因一则年纪高大，二因太子柔弱，诸皇子各蓄异志，私树爪牙，群谋篡夺。圣祖心中异常忧郁，已非一日，渐渐就养成一个怔忡之症。虽常饬太医院尽心开方诊治，却并不见效验，反弄得也不成寐，时时惊恐，精神疲倦，究属年迈，即玉食万方，亦觉无从补救了。

这班皇子更漠不关心，竟将父皇病体置诸脑后，日夜聚讼纷纷，肆无忌惮。其时有十四皇子者，名允禵，素为圣祖所宠爱，恃势凌人，最与四皇子反对，宛如劲敌。（按，四皇子即雍正，其登大宝年号为"雍正"，当时罗邦杰即其假名也，以下统称雍正。）

先是雍正借雍和宫供养喇嘛，以诵经礼佛，祷祝圣寿无疆为名，实则暗蓄死士，窥窃神器，昼夜设计，抵制诸皇子也。大喇嘛名呼图者，尤狡黠多智，并谙邪术，雍正倚为心腹，布置秘密道场，广收僧徒至数万人。每日与雍正计划，倾危太子，谋夺帝位，往往锦衣怒马，引导为狎邪游，纵欲恣睢，无法无天，道路以目，莫敢奈何。以其仗雍正做护身符，而清廷素重视喇嘛，尊之为活佛。

呼图乘机招致青年女徒，谓凡女得亲佛体，乃无量之幸福，异日有成佛作祖之希望。以是一般妇女，咸信仰之若神明，而参欢喜之禅，开无遮之会，固视若寻常矣。噫，其真意耻之尤也。至皇亲显宦之妻女，当时为风气所染，亦莫不以皈依佛教为荣，相率效尤，执弟子礼日，众喇嘛要为之摩顶、受戒、唪诵、经忏，以忏悔罪孽，或入宫中，或在邸第，夜以继日，借法门为宣淫之地。而喇嘛又擅房术，器具绝伟，遍洒甘露，尤得尝醍醐之味，咸被其迷惑，乐不思返。

妇女本生性娇媚，况长于富贵，业中则又饱暖思淫，得此烧香念佛之举，暗作送暖偷寒之人，顾安有不愿者哉？以是极意奉承，唯恐失喇嘛之欢心，甚至因争宠而肇雌斗者，亦时有所闻。

盖其时有黄馨哥者，吴人也，业贩杂货，寓居京师，已有年矣。娶妻郑氏，美而艳，夫妇甚相得，出入陈姓宦家，久而稔熟，情好甚笃，陈宦遂认黄妻郑氏为螟蛉义女。郑氏又善婉娈，能顺人意，夫人宠爱之不啻己出。陈宦本夤缘权贵旗人安拉格，趋奉甚殷，安邸素妄佛，尤尊奉喇嘛，常日在邸唪经，恬不为怪。陈宦之妻若女，亦往宫膜拜，身濡目染，冶荣诲淫，势且随波逐流，早卷入漩涡而不觉迷信之深，并廉耻不知为何物。

郑氏因随侍陈宦，被喇嘛瞥见，惊为绝艳，居以奇货，以为天上安琪儿坠落尘寰矣，百般诱惑，谀言谄词。郑氏初不为动，嗣为各妇女耸劝，皈依佛教，必有好处。大凡妇人心地喜闻人誉，乃竟不自持，含羞向前乞大师行沈礼。香化烛焰，绵绵一室，而郑氏顶礼，三宝冀忏悔。迨受洗时，喇嘛神魂颠倒，粉膳珠光，笑声杂沓，误将手指触及郑氏之酥乳，郑氏不禁心动，遂被喇嘛留宿宫中，传授秘术，于是坠入万劫不复之境矣！

郑氏自被喇嘛蛊惑，遂致伤身，虽后悔亦不及，所谓"一失足成千古恨，再回头已百年身"也。且己身亦难自由，终日闭置雍和宫中作为禁脔，唯雍正亦曾宠幸，而郑氏谙房术，即劲敌不能挫其锋，以是雍正反在她笼络中矣。除喇嘛外，竟与雍正情好弥深。馨哥见妻不归，百计探访，后机事渐泄，摄于势不敢张扬，隐求陈宦，愿给事宫中为奴。陈宦委婉达喇嘛，喇嘛许之，洎悉其即为郑氏夫，意欲反汗，染业已许之，亦莫可奈何。馨哥因此乃得与娇妻见面，陈诉旧情，亦不幸之幸也。

雍正宠幸郑氏，不敢公然形于辞色，每私与之密商国家大事，有所筹策，悉合机宜，雍正恒魅之。迨见馨哥做事诚恳，心地憨直，颇亦信任，尝语郑氏曰："朕若登九五，当以此宫交汝夫妇二人执掌，可也。"郑氏顿首拜谢，更不惜以色媚之也。

无何，圣祖病笃，雍正商之呼图。呼图阳为设计，实则暗中已受允禩巨款，将欲乘机杀雍正，以报命，雍正实未之知。会郑氏以受雍正恩重，私下告密，泣诉道："贱妾蒲柳之姿，蒙殿下宠爱逾恒，今事急矣，何惜此残躯，以陷殿下于大难乎？然贱妾一言必死，今愿请死于殿下之前，以明妾志。"乃欲拔剑以自刎，雍正急阻止之，慰之曰："卿忠于朕，使朕有备，朕心实感，且卿当为朕图之。"于是授以翦喇嘛之计。是夜但闻宫内金戈铁马之声，彻旦不休，旋报喇嘛呼图身首异处，而郑氏亦失踪。馨哥闻之，哀痛异常，请尸求殓，雍正谓之曰："汝妻并未死，朕恐伊受惊，迁于别宫，居住事定后，仍使汝夫妇团圆也。"

一日馨哥被召入宫，甫抵宫门，觉背后有人牵其衣，回视之，乃雍正也。不语，仅纳一小木牌于伊衣袋中，动之以目。正匆遽之间，忽内传圣祖驾崩，宣召喇嘛入宫诵经，照例用一大臣捧嗣皇帝名牌出，为大行皇帝之御笔也。那时禁卫森严，鸦雀无声，唯顾命大臣并喇嘛得入内，余均不得入。

未几，果见顾命大臣捧嗣皇帝牌出，偷视之，见书"十四皇子"，该木牌与雍正所给者一般无二，惊骇欲绝，闻捧牌者则属己名，乃疾趋前进及庭下，福至心灵，忽触奇想，乘人不备私将木牌换易，径出宫门。而四皇子登极之诏，宣布天下矣。

雍正既登大宝，诏黄馨哥入居旧喇嘛宫，见禅床上其妻盛妆端坐，不禁狂喜，赶握其纤手，觉触指欲僵，视之，则赫然土木偶人也。询之侍婢，方知伊妻与大喇嘛呼图，同时做并命鸳鸯矣。乃恸，且虑祸及，遂仰药死。雍正闻之，饬令厚葬，并为之立祠，以酬其功焉。

禅事既定，改年号为"雍正元年"，励精图治，万岁之暇，尚习武功，即民间一切利弊，他却了然于胸，所行政策自无不合人情，实足算一代英明之主也。至宫闱间近支皇戚有不顺己者，早被年羹尧与他筹算剪除殆尽。而官僚大臣，适有异议或贪墨奸佞之辈，自有云中燕并一班血滴子收拾。故当时在朝诸臣，咸怀危惧，唯恐获罪，有朝不保暮之势。朝廷杀戮过甚，忌刻太深，颇有"宁朕负天下，无使天下人负朕"之概。噫，清室历代帝王中亦可称一个文武兼备、智谋杰出之魔君也！

一日早朝才罢，在偏殿办事，忽然想起苏州伏虎山一节事实。昔年南游时曾拜昙空和尚为师，该僧武艺高强，剑术尤精，往往飞剑取人首级，较血滴子还要厉害，况闻江南八大剑侠中很有几个能手，如路民瞻、白泰官、曹仁父、吕元等，常决心与我清朝作对，其中且有一个女子叫什么吕四娘，据说是浙江吕晚良之女，朕当慢慢设法召她进京。又闻有一个自称嵩山毕五，是十分了得。总之，此辈均非安分之徒，若不除灭，何能措天下于泰山之固，而朕亦不能高枕无忧矣。虽朕利用这班暗杀团及血滴子，各奏奇功，然亦非一朝一夕即可肃清宇内矣。如且密缮诏书，暗暗将昙空召进京来，把他除掉焉，后再收拾他的羽党，最为上策。

于是饬年羹尧参议办理，遂密派心腹恭齐诏书，星夜驰驿南下。迨到了海珠寺，正有几个小沙弥在山门外站立，忽报京中有圣旨到来，已离本山不远，叫本寺方丈去接旨。小沙弥连忙进报，吓得阖寺僧人个个惊异，猜不出是吉是凶。其时适值昙空已先期往别地云游去矣，不得已，只得监寺僧代接，远远在半山亭上跪伏等候。

良久，诏书到来，一路同差官迎上山来，不敢开读，敬谨将诏书供在大雄宝殿之上，等候方丈回来接旨。一面监寺僧款待差官，探询消息，方知宣召方丈进京，参证佛典。等了数日，不见方丈回来，差官钦命在身，不敢迟延取戾，只得先行回京复命，不在话下。

至于嵩山毕五，书中从未见过其人，著者亦不得不表白出来。他祖上原是安徽，父母早亡，伊父生前在镖局营业，与山东西、湖北一带绿林均通声气，有名叫作"毕黑子"，性如烈火，专门练飞弹打人，百发百中，无人能敌。以是他的镖旗所指，江湖上能者且不敢与之相抗，颇足睥睨。一时可惜，年寿不永，迨毕五十八九岁的时候，黑子一病身亡。

毕五自小素喜拳棒，又得父传打弹秘术，并又从师学习，故武艺殊不弱。惟其习惯不甚高尚，不过，智识中亦带些侠气，此等人真在可以为善可以为不善之间。后来他母亲亦死，虽有几个姊姊，因毕五脾气太坏，即不与往来，反弄得独自一身，东飘西荡，无所不归宿也。

那年，孑然流荡到了中州河南住了几年，因此自号"嵩山毕五"。其实他的真名，亦殊不可考也，除一身之外，并无长物。凡人不务正业，年复一年，虽乏家室，终至弄成一个闲汉，适为朋友牵引，必至做了些不端不正之事。他与云中燕素有瓜葛，亦时常到云家闲住。唯云中燕有几个哥哥，叫云中雁、云中鹤都与他自幼相熟，所以见面唤他"老五"，言语之间，素来熟不拘礼。

91

不知如何，有一日，与云中雁口角起来，竟不别而行，好几年不到云家去了。至山东法华禅院静修处，他借云中燕介绍，曾到过几次，岂知与静修和尚反合得来。究其原因，静修本半路出家，他亦是此等人，因避祸削发，且喜发双弹，功夫纯熟。迨见毕五，以为同道，所谓物以类聚也。唯与路民瞻、昙空、白泰官虽彼此均闻名相慕，然无特别之交谊也。

毕五自从在南京地方做过一桩歹事，亦因一念之贪，有以启之耳，至今思之，尚觉心悸。原来他漂流至南京，住在一家小小客寓，看见先有一个老人带领一个年轻女子，住在一个房内，似乎等候人的光景。果然，翌日来了一个美少年，当夜即与此女成婚。合卺之夕，喜酒一杯，合寓颇为热闹。成亲后老人先辞了他小夫妇去了，寓中就剩下他新夫妇一对璧人，旁观啧啧称羡。而年轻女子满身绫罗，满头金珠，十分奢华，唯于晚间卸妆之后，即将贵重东西均藏在两个小小瓮儿之内，移放床下，然后双双同入鸳帏中，赴十二巫山去矣。

当时他看在眼内，以为似此雌儿，容易相欺，候至深夜，轻轻摸进他房内，觉得漆黑，偷向床下摸去，摸着两个瓮儿，想要取出，岂知竟有千斤之重。听听床上一无声息，暗暗将帐子揭起一看，吓得魂不附体。所谓一对新人对面趺坐在床上，动也不动，不禁诧异，正欲退出房外，只觉背后已有人搭住喝道："你是何人？竟敢到此班门弄斧，我且取你的命。"说着似乎抽出刀来。

毕五明知自己错极，遇了高手，百般求饶，幸亏床上女子说情，把他放了。于是毕五晓得自己本领平常，世上能人尚多，不敢自炫。其技一挫于云氏兄弟，再挫于旅馆少年之手，因此发愤回到河南，择碧鸡山麓最僻静的地方，隐居起来，每日习练功夫。晚间至山上山下，独自游行，几与木石麋鹿为伍，不知人世间尚有何事也。

时光迅驶，倏忽间已一年有余，英雄心性改恶从善，即在一念之分，如水之就下，反觉优游自得，所谓高人自有卓见也。

　　一夜恰是月明星稀，微风送爽，夜景不胜清幽。毕五又高兴起来，袖了双弹，慢慢在山前游玩一番。见一座碧鸡山被月色笼罩得好如水银泻地，一白无垠，四围树林环护，附近小山峰即若北辰拱极之势，唯一路芦苇业杂，危石高耸，适常人抵此，踽踽独行，未有不寒而栗者。而毕五并不介意，自由自在，其自制之力自能加人一等也。

　　看了些时，喝彩一回，意欲步至山峰最高处，习练一回拳术，借此荡发荡发心机。想罢，竟一直走上去了。岂知走到半山，见旁边一丛树林，十分浓密，林旁一块大石，横在地上，光滑可爱，毕五不禁坐下，以便歇力，一面看看山光。

　　约莫有二更时候，坐了片时，正想往前再走，忽然对面树林内吹来一阵狂风，吹得树叶簌簌而下，毕五正在诧异，风过处忽从涧水旁跳出两只斑虎，着地扑将而来。毕五并不防备，叫声："啊呀!"身子直立起来，一个剪步，跳出一丈多远，连忙对准猛虎，发出双弹。说时迟，那时快，但听得啪的一声，前面一只虎，由山旁直滚到涧水下去，后面一只虎，兀然不动。

　　毕五自忖：我的双弹，百发百中，从未失错过去，何以今日如是……念头尚未想罢，该虎又直扑上来。毕五心中火起，握着双拳，拿出全身本领，敌斗起来，此跳彼窜，斗了一个更次。毕五依旧抖擞精神，而虎势渐衰，似有敌不过意思，虎背上及虎臀上均着毕五好几拳。毕五心中疑虑，闻得虎最会吼叫，何以今日只虎打得如此模样，并不吼叫？于是毕五又是一跳，跳离一丈之外，只见该虎一个踯步，望对山直踯过去。

　　毕五当时晓得虎逃了，并不追赶，喘息了一回，自言道："方今天下汹汹，举义乏人，草泽内自有英雄。我毕五顶天立地，惜不遇明主，做一番大丈夫应为之事，徒在此小山内与猛虎相拼，其亦不智甚哉！"想罢，慢慢走上去，一路察看，并无痕迹。再走一二里光景，瞧见草中有一张虎皮遗下，旁有一把尖刀，毕五拾来一看，心中打算大约是猎户捉虎故，不足为异，是以输在我手内了。

毕五哪里晓得，雍正自接位以来，他专遣此等人在各处访问，相机暗杀，意欲灭尽天下这班英俊豪杰，使皆帖服他威权之下。兹嵩山毕五所遇之虎，即其也。

欲知后事如何，且看下回分解。

第十二回

断指焚身矜气节
飞头沥血照肝胆

却说嵩山毕五，醒来一看，认得云中燕一辈人，不胜惭愧，心中又十分感激，只得让云中燕替他把伤治好了，养息了几天，跟了云中燕到京，即录入血滴子麾下，派他充了五路总稽查；倒也克尽厥职，立了许多功劳。云中燕又待他极好，捐除前隙，雍正亦颇加信任，此算是嵩山毕五，东奔西走所遇辄阻，究竟归于清廷一生的结局。但是，那时雍正自袭位以来，倏忽几载，这几载中，事情不少，内有云中燕、嵩山毕五替他明察暗访，外有年羹尧替他征讨不停，是以底定一时，比康熙朝法律更觉得严重了。

然而"乱世用重典"，古有明训，岂知压力愈重，则其反动力亦愈甚，所谓"明则易见，暗则难防"也。当时明朝的宗室以及孤臣遗老，遁迹山林，效那伯夷、叔齐，把世俗事情都置之度外，一概不闻不问，此效高人之风范也。其间有英雄豪侠，具有爱国爱族之思想，见清廷暴虐无已，就将一股血性激起革命风潮，或则占据山岭，揭竿聚盟；或则统率义师，效死沙场，表示抗衡。不是个个肯做奴隶，受人压制，而事之成败，虽未可知，即其行动、事迹却都可泣可歌，足以震天地、泣鬼神，令后世崇拜，资为楷则者，得二人焉。

那时宿州有个著名拳师，姓张名兴德，一手俞派、祖传两柄双刀，使得神出鬼没，江湖上因之称他为"双刀张"；名驰天下，教徒日众。此老性喜游，他有一头健骡，日行五百里，是关外一个商人赠的；他有一个爱徒邓锦章，出入相随，不离左右。张兴德带着邓锦章两个，各骑骡子，在扬州地方，凡属名胜之区，都已走遍，颇觉厌烦。后来专从荒烟蔓草之间，寻视断碑、残碣以为乐事，倦则即宿于山林古刹，或相对倚树而眠，此亦他们武帮中之一个奇人也。

一日夕阳在山，暮鸟归巢，张兴德忽然发现一段残碑，在一堆荒坟旁边，拨土细认题曰："指坟"，兴德曷胜奇异，叫邓锦章同瞧，明明是"指坟"两字。自此，张兴德逢人便问，后来遇到一个白发老翁，谓能知其事者，将这"指坟"的历史叙述出来。

原来明末时候，史督师部下有一个何尔埍者，幼而聪明，长而豪迈，落落有大志，其父之屏，委赞于朝，颇有风骨，恒教其子以忠义，立身尔埍，夙秉庭训，且当启祯之世，目击阉宦擅权，败坏法纪，爵赏由心，刑商由心，所爱光五宗，所恶灭三族，百僚结舌道路，以目天下乱，乘机闻风而起，有志廓清者，每欲献其身而未有其遇。呜呼！亦足伤已。

京师沦陷，思宗殉国，忠义之臣一时从死者，不乏其人，尔埍每读朱虚侯，非我种者，锄而去之，未尝不废书三叹也。其所交友，皆当世英俊，尔埍与子谈时事，咸表同情，乃慨然曰："今天下糜烂至此，身为朝臣，不能弥祸于无形，使至尊损躯宗庙坠废，岂一死是以塞责？况流寇无守，天下之志，余当以社稷为重，留此身以有待。唯北地处强权之下，欲图恢复之计，必难自振，要非南方不可。"于是瞰贼无备，星夜南下。贼觉遣铁骑追至不及，而福王已立于南京，史可法督师扬州，尔埍谒可法，痛哭流涕，指陈破贼大计，可法奇其才，亟赏识之，留于幕府，借资襄助，敬如上宾。尔埍亦深知史可法之忠诚，愿赤心以事之，每迈擘画，可法未尝不称许也。

初南都议立，可法意在潞王，谓福王七不可立，贻书于马士英，厥后，卒立福王，而士英遂挟其书，以胁可法。于是可法事事为之击肘矣！尔埠闻之，谏可法曰："方今蛮夷猾夏，中国式微，残碎江山，剩兹半壁，清兵之来，即在旦夕，今所持以屏藩王室做东南之保障者，惟在公耳。敬朝廷有金壬之臣，而欲将帅立功于外者，岂不难哉！今公赤心为国，鬼神咸知，士英剽狡，窃柄挠栋梁，公当直举往事，暴曰于天子，庶天子无以疑公也；一面公亲率六军以与清军决一胜负。"于是，可法感尔埠之言，即命尔埠统兵以攻清军。

清廷得讯，知非寻常之敌，乃遣大将鄂勒齐，统率大兵南下征剿。尔埠据探报，即与几个将弁密商，都道清将统兵南下，其势必锐，我军现在暂且停止进攻，趁清兵未到，蓄锐养锋，以逸待劳；待清兵一到，就给他一个下马威，挫拆其锋，以寒奸胆。商议已定，就照着进行，传令军队，暂且停止进攻。附近州县，静待后命。于是尔埠所统的军队，咸皆卷旗息鼓，退守营垒，按着不动。

黑云幕布，黄尘滚滚，鄂勒齐统带了十万清兵，卷地一般地赶来，离开青云山不到十里，已是黄昏时候，鄂勒齐就传令停驻，不再前进。刚欲安设营帐休息，猛不防尔埠领了兵，从山上如水地冲将下来，摇旗呐喊，金鼓齐鸣，清兵不知底细，吓得魂飞天外，魄散九霄，非但不战，竟自相践踏起来。尔埠见此景象，就传令冲杀进去。

清兵无心恋战，私自逃生，鄂勒齐仅以身免。尔埠已得了大胜，就鸣金回营。检人数，伤折不多，夺得粮食、器械不少，尔埠也照便设宴庆贺，这都不在话下。

鄂勒齐既败了下来，狼狈不堪，细点人数，足足丧失一大半，饷械不算，何尔塄又不时地来搦战，鄂勒齐哪里敢再出去应战？只好挂了免战牌，严守营垒。一面飞报清廷，求援兵请议处。

清廷得耗大惊，都道鄂勒齐措置乖方，致遭大败，丧失国威，就传旨革职，解京审办。复传旨改派呼克图，再统精兵十万，火速南下，克日荡平。呼克图得了旨意，就点兵调将，一路浩浩荡荡地南来了。

却说这个呼克图，原是清廷唯一无二的一员大将，非但枭勇绝伦，却亦足智多谋，到了青云山，他就便服，暗暗在那山附近细细地打量一次，知道不可力攻。因为这青云山三面都是削壁，只有一面有条羊肠小道，可以进出。他就把十万精兵四面团团如铁箍一般地围住得水泄不通，并不搦战；一面密遣心腹，混上山中去运动兵士。

尔塄的部下见利忘义，竟有许多松懈起来，不如以前的勇敢，有的暗暗地溜走，有的竟投入清营，致剩下一半尚肯听尔塄的命令。何尔塄早晓得清廷必不肯罢休，故亦竭力防守，后因粮尽饷绝，无法挽回，一味死守不降，惟终日神思恍惚，郁郁不自得。每仰天长叹，又深念史可法未知存亡，痛南都人民咸皆苟安偷息，任人宰割；长此以往，祸至无日矣！然一息犹存，此志不变，仍密筹重整之策，相对涕泣，以死自誓。

有高准者，福建人也，与尔塄为莫逆交，深得其臂助。尔塄不忍见山破后同罹锋镝，每劝其逊返，准不从，后经尔塄力劝，故从焉。

其时尔塄之父之民间，方奉命巡抚闽省，适系高准梓里。尔塄以亲恩未报，国仇方亟，后顾茫茫，不知命在何时，恐长此以往，更无承欢膝下之时。且天地晦冥，海飞日暗，国之不存，家于何有？于设宴招客饯高准。

行酒半酣，尔埧忽于襟下出利刃，一挥断其指，鲜血淋漓，襟袖皆赤。血点点滴杯中，酒作紫色，一座皆惊骇失色不能语。然尔埧谈笑自若，绝无痛楚状，以袍袖拭血刃入鞘中，举血酒一饮而尽。乃右手持指，向高准泣而语曰："此尔埧之指也，请语我父母，指归而尔埧不归矣。尔埧委身戎马间，无余暇以事父母，尔埧罪当死，请父母视尔埧为已死。尔埧情殷报国，而国终不能报，死有余恨。惟能变作厉鬼以杀贼，敬有继尔埧志而起者，则请父母尽鬻家中田产以资之。如是，则尔埧死且慰。且史公忠臣，尔埧且当以身许之。古人云：男儿当马革裹尸，尔埧尚未得死所，万马乱军中，何从得尸？得尸亦奚益，徒增父母痛尔埧之尸，愿化为泥尘。尔埧死，请父母即以尔埧之指藏可也！"言已，以指授高准，准泣而受之。尔埧语时，声调激昂，须髯尽张，举座倾耳悚听，至是，亦尽相泣下。未几，高准持指行，而尔埧之血尚未干也。

高准既下山，见四周皆清兵，仓卒不得出，即晚巡者至，高准系杀之，而取其衣衣之。遂行，清守兵不疑，竟纵之去。

呼克图知何尔埧已势竭力尽，不能再持，惟见其忠勇，遣使招之降。尔埧怒曰："何尔埧何如人者？岂肯奴颜婢色，求降虏廷以偷生哉！战而耳，无他言。"径斩来史，以自誓。呼克图知尔埧无降志，乃四面围攻，尔埧亦率兵坚御，然以饥困之兵，安能抵抗士壮马饱之师？又人数相差太远，遂败，尔埧乃仰天大呼曰："天不佑我，我力尽矣！"阖门纵火自焚，尔埧与士卒均死。呜呼，烈哉！时在清雍正朝。尔埧已矣，不图复有。

李文蔚者，其行为事迹，亦足与何尔埧并传。文蔚，渑池人，幼即膂力过人，身材伟岸，神采奕奕，双目灼灼有光，见之者感惊为天神。性好骑剑，每戎装舞剑于野，父怒迫之就读，文蔚辄逃学。父复痛责之，每答曰："男儿当长枪大戟驰骋于戎马间，立不朽功，岂能长此呀唔读死书，老死牖下哉！"其父不能强，听之而已。

文蔚见父不再拘束，遂益放肆。会后父母相继病殁，文蔚竟携资浪游江湖，遇异人传授，遂谙剑术，疾如旋风，取人首级，只见白光一道，尤工弹子，百发百中，自此文蔚名渐远播。途过虎翼岭，岭上有寇，绰号"铁枪姚鹏"，善使铁枪，尝劫人财物。兹见文蔚过其地，竟下山与之斗。文蔚绝不畏，往来驰骤，如入无人之境。鹏服其勇，因拜降文蔚，亦见其可为，乃嘱其静待天时，他日共出，恢复汉业，乃与之结义而去。

文蔚复得二友，一史孝杰，乃史可法之嫡裔；一武忠，均慷慨有大志者也，且均娴武艺。

康熙十二年，云南吴三桂起兵，一时金风铁雨，将有会师武汉、直捣幽燕之势。文蔚闻之，拔剑起舞曰："剑斩胡虏头，痛饮黄龙血，此其时乎！我汉族子孙，岂可坐视，此神州大陆永远沉沦耶？"遂访其至友史孝杰曰："击楫渡江，闻鸡起舞，我将偕子揽辔中原，澄清天下，复我河山，子果有同情乎？"

孝伙沉思良久，乃答曰："君意良佳，大丈夫固当如是，唯今者天下大定，清室基业已固，我汉族人民蛰储存其下不能一动者，天也，时也，亦势所使然也！三桂僻处滇南，兵力未充，人心未附。荆襄武汉，天然要隘，三桂至今尚不能得，安能成事？况满主才在冲龄，尚能诛鳌拜，索（伦）清兵百万皆养精蓄锐，猛如狮虎，一旦悉师南下，如石压卵，焉有不破哉！且三桂一反覆无常之小人，忘国深恩，不惜以祖国之锦绣河山，以殉其爱妻陈圆圆，引虏入寇，首先臣服进缚，由椰于缅甸以卖虏欢，而欲使有明之子孙无其类，真乃卖国求荣、狗彘不若者也！今者弄兵滇池，岂真为故主哉！实私己耳。我行见娇贵满盈，将自毙焉。即幸而成事，当亦南面称尊，岂尚肯立人乎？即肯立人，何不于明社未亡之前，拥立真主，号召天下，岂非事半而功倍，名正而言顺？今木已成舟，大错已铸，其势已张，方乃出此，不亦愚之甚耶！俯首就戮，血膏原野，将有日矣。我兄幸勿自误，徒逞一时之血气而不顾其他也。"

文蔚曰："兄言固当，顾弟年逾弱冠，正建功立业之秋，吾不为国用，则没世而名不扬，非自误之大者耶！矧胡虏入关，鹊巢鸠占，嘉兴三屠、扬州十日殷血未干，惨酷奚？如今天佑我辈得以手刃之，为国复仇，为民吐气，不亦大快事哉！况天定未必胜人，人定亦能胜天，安知三桂之终不可成大事哉！设人皆观望不前，则三桂势孤易败，预想彼时之屠戮，必更有甚于前日者矣！若虑三桂心怀叵测，擅自僭号称尊，则弟亦可与兄共起诛之，重立明裔，以定天下。男儿负此七尺躯，当统百万兵，上马杀贼，下马草露布，方不虚生。我诵岳武穆'马蹀阏氏血，旗枭可汗头，归来报明主，恢复旧神州'诗句，而不兴起者，非人也。兄其然我言而起乎？则会看金戎铁马、剑啸戟鸣，百万健儿齐唱凯歌还也。速起，速起，幸毋迟！"孝杰颔允之。

鼓声中，旌旗阵里，天地为之变色，山川为之骇崩，此盖清将岳乐与吴三桂作战时也。三桂军中主将名马宝者，率一军出湖南，遇清兵于兴国。甫交锋，清军有副将洪大金者，骁勇绝伦，引军直薄吴师右翼，右翼乃溃，清军继上，势如潮涌，宝军大败。忽山坡侧突出一军，如飞将军之从天而降，衣甲皆白色，直扑清军，手银枪、跨骏马，凛如天神。清军于是不敢复上，此人非文蔚其谁欤？

文蔚自得孝杰允后，遂与武忠等集死士数千，厉兵以待。闻清师南征，因引兵来逆，至是退清兵救吴师，遂入三桂军中矣。

洪大金，清军骁将也。善长刀，每出战陷阵，喜夺敌人之大旗，岳乐尝命为先锋。是日见文蔚救围，遂于翌晨，亲至吴营搦文蔚出战。马宝即命应敌，文蔚欣诺。出与大金战不十合，即引退，大金率师后追，文蔚出其不意，发连珠弹，毙大金，反戈杀敌，大败清兵，于是李文蔚之名大著。

三桂即耳闻文蔚名，即命之为将，统军出黄州，以挠清师。抵黄坡，索伦兵至，其将校素以骁勇善战名，文蔚命史孝杰统左军，武忠率右军，接站十余日，奋力杀敌，清军几不支。岳乐闻警，遣兵助之，文蔚命武忠迎战，会大将敌杰书引兵三万，自麻城来，军势颇盛，文蔚又命孝杰领万军坚守，而自领一军以敌杰书，奈文蔚虽勇，以众寡不敌，劳逸相差，遂败。

文蔚收败兵七千，驻扎于某村，命一卒往马宝处乞援。马宝忌文蔚功出己上，恐文蔚得志与己不利，遂不之应。文蔚在某村，又得武忠败耗，军心益慌，文蔚曰："诸君无惧，当努力应敌，马将军不日遣大兵来援也。"

不料马宝之兵未至，而杰书之军又来，文蔚遂分军为三队，据险扼守，鏖战半日，士卒或溃或降或走，仅文蔚亲率壮士五百人，犹奋力拒敌，而清军大队又掩至，炮火连声，继以强弓硬弩。文蔚乃顾谓部下曰："事急矣！战亦死，不战亦死，不如冲阵而走，犹得幸免也。"众咸高声曰："愿从将军令，以死继之！"文蔚遂右手舞枪，左手仗剑，当先驰出，壮士皆横刀斫，清军当之者，无不头落。但见箭如飞蝗、刀如捷电而已。杰书命众将放箭，文蔚以枪拨之，无不坠落。

出清军重围，文蔚只肩中一箭，而壮士从者，仅剩数十骑矣！文蔚又曰："我等不如驰往史将军处，重图恢复未晚也。"遂率众去。

载驰载驱未及半途，而恶耗至矣，文蔚方知马宝忌功不援，左翼亦败，孝杰战死。文蔚遂仰天大恸曰："天不助我，奈之何哉！自古惟有断头将军，无降将军。"言讫拔剑自刎。军士急阻之曰："将军年少力壮，大仇未报，何出此短见？不如往别处去，重图恢复也。"文蔚曰："唯。直隶虎翼岭有我友铁枪姚鹏者，今可投之。我身一日不死，定当伸我志。"众曰："诺!"

文蔚率众至虎翼岭，姚鹏竭诚欢迎，推为大王。文蔚遂训练军马，海内豪杰咸闻风归附。文蔚专劫满人及汉奸献身物，无一留其性命，以所劫得者半充军饷，半以周济贫民，兵官皆海莫如深，不敢告发。有一县宰，日中方出征山之令，而傍晚头已飞去，自此人闻文蔚之名，莫不震惊曰："此飞头将军也!"

三桂已死，清廷命将统兵南下，然而三桂子世藩懦弱无能，遂降清，于是三藩之乱悉平。文蔚闻之惋惜不置，叹曰："孝杰之言岂欺我哉! 今孝杰死而我独存，于心殊愧。"孝杰之子孙在兖州，文蔚时时恤之，又遣姚鹏私出黄海，购战船于敌国，思欲操演水军。会飓风起，姚鹏与战船皆沉没，唯有一二人得脱于难，文蔚又叹曰："此天意也，人力不有胜焉!"

迨雍正临朝闻文蔚名，暗遣刺客陆真往刺。陆真夜上虎翼岭，与一卒私通，引至大寨。陆飞身上屋，忽见西厢中有一道白光，冲窗隙而出，陆大惊，知此乃上乘剑术，非所能敌，反身欲遁；而白光一剑，而真之头颅已去矣。

雍正自陆真去后，旬日无音讯，知已受祸，大怒曰："不去文蔚，大清心腹之患也。"遂命陆真之师吴大用，绰号"飞来燕子"者，再往刺之。且语之曰："若不能取文蔚首级来，汝一家性命休矣。兹限汝十日期，过十日，则先斩汝子以警。"吴大用大惧，唯唯受旨，星夜至虎翼岭。龛夜上山，一路见营寨关垒，悉井井有法，叹曰："文蔚非独剑客，亦大将才也!"至文蔚帐，见文蔚方秉烛观书，美髯飘动，盖其时文蔚年已老矣!

吴遂伏暗处，发一镖，文蔚闻风声知有暗器，即用手接住。吴连发三镖，皆未命中，不得已，乃拔刀而出曰："吴某奉皇帝密旨，来取大王首级。"文蔚笑曰："鼠子无知，李某之头岂易取哉！"

吴舞刀进，但见一道白光出帐中，吴知难敌，飞步遁，而白光忽上忽下自后追，吴惊甚，急下跪曰："愿大王恕某性命，某有言，乞大王闻之。"言讫，白光敛，而文蔚忽立于身前，喝曰："速言毋迟。"

吴曰："欲取大王头者，皇帝也，非小人也。小人一家在皇帝处，若不能取得大王头，则全家不保。上有白发老母，下有襁褓幼子，故我不惮千里而来冒犯大王，非我愿也，奈皇帝命耳！大王仁慈，幸恕我罪。"

文蔚闻言，抚髯叹曰："以我一身而使虏主坐卧不安，亦足豪矣！然我苟一日不死，则虏主决不甘心于我，而我汉族同胞受虏主逼而死者必益众。我老矣，无能为也，不如自裁，拯汝一家性命。"遂仰天高呼曰："史、姚、武三兄，地下有灵，文蔚来矣！"只见白光一起，而文蔚之首已落，然尸身屹然不倒，亦不见血，吴某乃拜而取其首级以去。

嗟乎！何尔埙、李文蔚二人，均以世家子弟、草野匹夫愤虏廷之横暴，奋然而起，谋为祖国，恢复河山，扬汉族之荣光；乃苍天不佑，不令竟功。人谓天忌才，吾谓天爱才，苟天而佑其成功，则不过得多数人之称颂，谀扬反不如使之失败，而永使天下千里长唏叹息也。

尔埙、文蔚，非愚者，若使其臣服虏廷，为之驱策，则二人早已爵显官高矣。其不如此者，适见其重名节，不苟且以求荣也。吾常见古来英雄、豪杰，以所志不遂，而致忍辱偷生、毁名败节者，以之较二人，不亦天壤耶！所谓奄奄息息而生，不如烈烈轰轰而死，吾有感下发焉！

要知后事，且看下回分解。

第十三回

变宗旨淫欲招殃
怀忠心奴仆救主

却说飞来燕子得了首级，心中自然异常欢喜，就取了首级，星夜赶回京，交了旨。雍正帝看见，胸中也觉得快乐非常，以为心腹之患已经除却，便可高枕无忧，做一朝太平天子。然而有人说飞来燕子取得的首级，并非是文蔚的，李文蔚也没有自杀，这个首级是他用法取了别人的，给与飞来燕子带回，北京雍正帝不辨真假，就此混过。然而文蔚则深恐走漏消息，于己不利，就同着他几个同志，隐遁海外，故日后雍正仍旧被他设计暗杀，此说亦近情理，惟都是后话，现在暂且不表，归就正书。

自古以来，人人说佛门清净，僧道高洁，话说有理，但是不能一概而论。有的佛门，本来是清净，反被那好色的淫僧，带了慈悲的假面具，不去普度群生，却转弄错了头路，专去普度一般妇女，把那本来清净的佛门反弄得异常龌龊，言之良堪浩叹。这都是因为有一班道行浅的和尚，真心守不住，中途变了心，有的仗着他拳术武艺，有心变心作恶的，这就是像那苏州伏虎山的昙空和尚。

昙空和尚在伏虎山，修炼了几十年，自持本坚，思想高妙，而且有一身好武艺。若能长在这伏虎山上静修，恐怕还守得住，不知道人事难凭，往往有出人意料所及的。自从是年雍正临了朝，就密遣几个心腹来宣召他进京，他执意不肯，足见他早已把那功名利禄厌弃了。然而雍正所遣的心腹回京后，昙空和尚暗自思忖，深恐雍正疑忌他，算计了性命，故就同了他慈因、慈云、慈法、慈普四个徒弟下了山，隐居在附近熟识的民家，暗里托人往各处去打探消息，自己也不时同着几个徒弟到各处热闹的地方留览。

然而热闹地方即是奸邪的隐处，唯奸邪最足以动人，昙空和尚虽然修炼有年，然目常睹粉白环绿、耳常闻佚辞淫声，不多时，竟渐渐地变心了。又兼着慈云、慈因两个徒弟不时逗动，遂致内邪外奸相机并进，而迫得昙空和尚尽费前功，坠落地狱，做出不端之事，玷污佛门，且竟致丧折性命。淫欲之念，岂可妄动哉！

昙空和尚后来探听得外面没有什么动静，就仍旧移归上山。其时适值仲春天气，山上花方绽苞，绿杨荫芽，景色绝佳，以至一班公子王孙、大家闺秀咸都上山来。游春的游春，烧香的烧香，倒把个寂寞荒山顿变成繁华世界。

昙空和尚已变了心，见着这班如花美眷成群结队地走来走去，岂有不动欲、心起邪念的？越看越想，越想越看，差不多眼睛里要看出火来。又有慈云、慈因两人在旁边撺掇，于是昙空和尚深悔当日何必剃光头，肉在口边，不能吃，眼饱腹仍饥。其懊恼形状，有不可以言语形容者。

昙空和尚已心迷于色，他的行动举止也就渐渐地放肆起来。不时遇着妇女上山来烧香，他就眉开眼笑地曲意奉顺。那班端正的妇女，固仍处之如常，不露丝毫轻狂态度；若有一帮淫浪妇人逗若昙空和尚这般景象，反大加欢迎，故意格外卖弄风骚，眉挑目送，做尽丑态，引得昙空和尚热锅内蚂蚁一般，坐卧不安，饮食无味，迫得他渐渐地由眉挑目送进了一步，动起手脚来。由动手脚而实行普度，遍撒佛种，顿使干净佛土，变成宣淫秽地。

那班淫荡妇女，自得了昙空和尚的甘露味后，就不时地假着烧香为名，上山来做那无耻的勾当。甚至留宿庵内，日参欢喜禅，夜开并蒂莲，可算得常在极乐国里，逍遥贡界。

然而人的心胸终没有满足的时候，只想越多越好，非独于钱财如此，就如对于女色，也是如此的。有了一个，还想两个；得了美的，还要得丑的。就是像这个昙空和尚，他既有了好几个妇女与他来往，然而他的欲心尚未满足，又不时遣他的徒弟下山觅艳、访情。遇着有绝色的，就百计引诱她上山，或者遇贫穷人家的妇女，则昭以重利；不从，则强掠之上山。有的怕他威吓，有的贪他重利，都愿受他淫污者；或有抵死不从者，则紧闭密室，凌虐诱劝。然有不受其诱劝而凌虐至死者，亦比比是。

昙空和尚虽享尽人间艳福，却造下万重罪孽，到后来以至丧失他的性命。现今缓缓地来述他最造孽的一件事情，及他致死之原由。

有陆秋园，一文弱书生也。先世本望族，及生而中落，生父殁，家只老母，一妻以及老仆。妻年少而有殊色，且孝且贤，日则为人洗衣，夜则挑灯事女红。伴书生读，漏深不辍，以十指所得资家用。姑食辄肉饭，而己与夫恒以稀粥醢菜充饥，无怨色。有怜而询之者，则对曰："姑年老且病，非食不可。妾年少，只求腹饱，安希他哉？"是以邻居咸贤称之，宜天亦佑之也，而不知天竟不佑之而反祸之也，天亦忍矣哉！

其家适傍伏虎山麓，一日，妇方在河滨洗衣，忽为昙空之徒慈因所见，急报之乃师，并引之往山麓窥焉。昙空不见则已，一见欲狂，暗叹曰："天下岂竟有此美妇人耶！"回顾慈因曰："汝速为我

107

图之。"慈因曰："诺！"

翌日归告曰："妇夫乃寒士，家居山西麓，除彼夫妇二人外，只有老母一，老仆一。若酬以重金，必可偿师愿。"

昙空大喜，即与慈因以重金，慈因即挟之往。无何，归告曰："若曹太不知趣，非但不允，且破口大骂，'我家虽贫，确系清白，决不做此无耻苟且事！汝贼秃失了乌珠，盲了双目，想以黄白物来诱人耶？速去，否则，仔细尔秃颅也'。徒实无法，故只得持金返。"

昙空和尚闻言大怒道："好不识时务的混账东西，你仗什么势，来敢得罪老僧！且看老僧的手段，弄得你家破人亡，才知道老僧的厉害，发泄完胸中之恨气！"说着，就贴附慈因的右耳道："如此，如此！"只见慈因拍手大笑道："秒极，秒极！看她再敢拗强不敢拗强。"说毕就走。

翌晨，妇又往河滨洗衣，忽觉后有人掖其腰，忽回顾，则即前日持金去妇家之慈因和尚也。妇方欲斥其无礼，慈因即挟之，狂奔向山上而去。妇骇甚，大呼救命。无奈野荒人稀，绝无应者，慈因已挟妇奔至山寺。

昙空见之，自然大喜过望，命暂幽之密室，命人看守。他却私自暗忖道："已入了我的樊笼，终逃不了的，无礼如何是我的肉。现在若去下手，恐怕她不肯，寻了短见，不是白白地送掉了，岂不可惜！倒不如先派已经服从我的几个妇人，去诱说她，软硬兼施，不怕她不从。她若从了，我就可同她永久快活着了。"主意已定，昙空就走去吩咐和他相好的刘、张两个妇人道："我现在又弄到一个好的，但恐不从我，白丢了命。故我来托你们两个去劝劝她。若然她肯了，这都是你们的功劳，我自然重重地报谢你。"

那两个妇人听了，都伸了一个指头，带笑骂道："臭贼秃，有了我们两个还嫌不够，再去弄了一个来。你已经弄了来，她肯不肯，关我们什么事？你自己去劝她好了。"昙空知道是拈酸儿，就嬉皮搭脸道："你们只管去劝，我是决不薄待你们的。"刘、张两个妇人方暂抬起身来，往外走去。

却说朱氏被慈因抢了上山来，藏在密室内，知道身入贼巢淫窟，绝无幸免的，故早已抱着必死之心，万不从贼，污掉自身。又想到，我已被掠上山，不知家中已得知否，若然得知了，必定急得无法，想到这里竟放声大哭起来，奋身向墙上撞去。早被看守的人拉住，正在闹得难解难分的时候，忽然刘、张两个妇人，款款地走进来。几个看守的人都道："好了，好了！娘娘来了，快去劝劝她，我们是不中用的，被她骂得也够了。"

刘、张两个妇人道："谁叫你们得罪她的？"说着，就走近前来，把朱氏细看。只见鬓发蓬松，然而越显她的娇媚；脸腮泪痕，宛如牡丹滴雨；星眼昏雾，酷若芍药笼烟。刘、张两个妇人就含笑启口道："何苦！来到了这个地方，是免不了的。我们起初被他们抢上来，也是像你一般地抵死不从。后来仔细一想，若然寻死，也是白死，性命是人人爱惜的，我们就从了。他倒弄的吃的是山珍海味，穿的是绸绫罗缎，异常的快活。你若然从了，是更不必说的，比我们还要好。因为你的年纪又轻，相貌尤好，师傅是一定格外哀怜你的。何况一个女人生在世界上，原是只讲的快活舒服罢了，那些贞洁节操，本来是诓人的，我们劝你还是从了吧！只这样也是无益的，白白地把好身子糟蹋了。"

朱氏方在发狠要寻死，听了这些话，好似火上添油，就破口大骂道："好没廉耻的妇人！你们当我是与你们一般的不要脸么？你们只图快活，不怕人家唾骂，要晓得做妇人最重的节操廉耻。若是节操廉耻都丧失了，虽生着，还不如死的呢！你们快给我滚开，我不欲看见你们这种没有廉耻的东西！"

一篇话骂得刘、张两个妇人闭口无言，瞪了一瞪，就说道："好不识好恶的怪妇人，我们好好地劝你，你非但不从，还要骂我们。唉，让你去吧！"说着就走了。

日落西山，群鸟归林，陆秋园尚不见妻返，讶甚，或洗衣失足坠水耶？遂命老仆陆忠往河滨寻觅，不之见。归报陆某，骇极，抑遭强徒劫掠去，日复一日，音讯杳然。陆忠四出探访，亦无着落。陆秋园迫不得已，禀明老母。老母闻言，大恸竟晕绝。良久，始泣曰："老身难得此孝媳，朝夕侍奉，今媳失踪，不溺于水必遭暴劫，老身安愿再生哉！"

秋园力劝，始稍已，然日必哀形于色。秋园心实痛，且恐老母病，家贫无资，报官亦无益，只日遣陆忠四出探访。一日陆忠归告曰："娘娘已有着落，老奴今晨外出，遇某牧童见老奴慌张，询其故。老奴据实告，牧童即曰：'我曾见一妇人洗衣河滨，其时尚早，后忽来和尚挟之上伏虎山去，未知是否？'老奴闻言，急复询其形貌、妆饰，牧童一一告，则赫然娘娘也。惟伏虎山昙空和尚同他几个徒弟都孔武有力，且娴拳术。起初本来是端正的，近来忽然变了心，专下山来抢掠妇女上山去奸淫。妇女被他们污辱的，不知道多少！有许多没廉耻的，就住在山上当了他们的妻妾；一班许多有节操的，则都寻死。老奴看娘娘平日举止行动，也是有节操的，虽然被他们掠上山去，是绝不会受他们一班贼秃污辱。但是我们现虽去了求他们放人，决定是做不到。据老奴意思，势不得不报官或者可以归还，不知相公意下如何？"

陆某道："还须禀闻老太太。"说着就走进内房，向他老母说明种种。老母大怒道："贼和尚敢如此放肆，他们要我们的命，我们也要他们贼和尚的命，大家就此拼拼吧！"说完又大哭起来。

秋园力劝说道："让儿子去报了官，必定可把媳妇弄转来的。"却不知道非但没有转来，反被昙空和尚用计，弄得家破人亡，陆某差不多病死狱内焉。

昙空和尚自从吩咐慈因把朱氏抢上山来，藏在密室内，嘱托他的相好去诱劝。他一心愿望朱氏允从，夜间就可成事。哪知道朱氏节烈性成，非但不从，而且大骂一顿把昙空气得暴跳如雷，说道："你这个妇人不识好坏，我好好派人劝你，你不从就罢了，还要骂人。我不看你此般貌美年轻，早把你杀掉了。快给我仍旧藏着，留心看守，倒不要被她自尽了，怪可惜的。"

一日昙空和尚正在同他几个相好妇人调笑，见慈因急急忙忙地跑来说道："现在我们抢朱氏上山来，她的丈夫家已经知道，听说还要报官呢！"昙空和尚冷笑道："我道什么事，原来是这事，这有什么要紧！老僧不与他计较，他倒要算计老僧起来，真正叫作老虎头上想拍苍蝇，自己寻死。"

慈因道："虽然不要紧，也当想个法儿防备防备，别让他先动了手，就难办了。"昙空和尚笑而不答，只附着慈因的耳朵低声道："如此如此，就妥了。"只见慈因笑道："我遵师父的命去干那件事，但是将来若然有什么祸事发作起来，我就担当不起。"昙空道："一人做事，一人挡，你只管干去，有老僧在，还怕什么！"

街谈巷议，莫衷一是，唯都说奇怪，伏虎山脚下杀死一个人，头却不见。然一路血迹，直到陆秀才门口方才没有，或者陆秀才杀了人，也未可知。但有的人说陆秀才文文弱弱的读书人，人品也很规矩，岂能干这杀人的事？当地地保已经报了官，等一时就要来相验的，或者就可拿着凶手，也未可知。

俄而，县官果到尸场相验，委以被人戮死，唯头颅不见，命地保暂且棺敛，候缉凶手究办，并密寻尸首所在。验毕，县官正欲回衙，忽见差人走前禀道："小的见着一路血迹，直到陆秀才家门口，难免不是陆秀才行凶的，请太爷定夺。"县官道："先传陆秋园来问话。"差人就虎昂昂地去传了。

无缘无故飞来横祸，秋园正在命陆忠去报官，追觅失妻。忽见县差急忙忙地走进来，秋园大惊，便问何事。县差低声道："新近伏虎山脚杀死一个人，头颅不见，血迹一路沥到你们门口，县太爷有些疑心，故饬小的来传你去问话。"

陆某道："我一介书生，每日安守在家，岂敢干这杀人犯法的事？"县差道："你既没有杀人，你怕什么？去见了县太爷，问了几句话，就可回来的。"

陆某暗忖："我没有杀人，去见县官怕什么？而且正可禀诉县空和尚强劫民妻之事。"主意已定，就对县差道："烦你再等半刻，让我禀过老母再走。"说着就进内房，禀过老母，亦只无奈。随后出来，随了县差而去。

到了尸场，县差先上前禀过，随后，县官就传秋园至案前，问道："这件杀人事件你与闻与否？"秋园答道："小生非但没与闻，连知道都不知道。"县官又问道："你既然不与闻，不知道，为何血迹直沥至你家的门口？"秋园道："小生也不明白。"

县官刚欲再问，秋园就上前一步，行了一个礼，禀道："小生之妻，近被伏虎山昙空和尚劫去，请老公祖饬提昙空和尚到案审究，并求追还原妻。"县官道："已有这事理当究办，唯这杀人案件，尚未审结，现在你处于嫌疑地位，本县拟亲往你家查察一次，再行定

112

夺。"说毕就命起驾，迳往陆姓家中而去。

县官既到了陆姓家中，就命县差详细搜检，那班县差奉了命就动起手来。秋园的老母全身发抖，经秋园详解，始稍安心。

且说那班县差，在屋内搜检了一遍，并没有什么，遂后就到后边庭中来。有一个县差看见西墙脚下院土浮起，心下疑惑，就同了其余的县差到那西墙脚下，用铲掘起那浮土，不到一尺深，只见一颗血迹模糊的头颅，埋在里边。

秋园见了，已吓得面如土色一般，县差也就吆喝起来。在东边一株梧桐树底下，掘得一把上有血迹的快刀。秋园至此已不能言语了，县差就拥着他去见县官。

县官见了，就大声喝道："给我跪下！凶器、证据都在，还敢赖么？"秋园听了一喝，方暂清醒，竟口喊道："冤枉，冤枉！小生足不出户，不知这颗头颅、血刀何处来的，一定有人有心陷害，还求老公祖明夺。"县官道："胡说！"就命一班县差带回去，再行究审。说毕就起驾带了陆某回衙而去。

这里陆某的老母已哭晕在地，幸有老仆陆忠救转来，劝道："老太太，不必着急，身体要紧，别急坏了。相公实在没有杀人，经县里审明白了，自然依旧放回来的。"然而她仍旧一味哭开说："这种日子我不要过，媳妇被人抢去，儿子被县里拿去，只剩着老身做甚？"说着就往墙上撞去。急得陆忠赶紧拉住，缓缓百般安慰，方才好了些。然究竟一时忙乱也无法可想。

诸君要知道，秋园为什么家里搜得凶器、头颅，平平地拿到县里？这都是伏虎山昙空和尚，因为秋园要报官，追究他，他就暗中命他的徒弟慈因下山，乘夜把走路的杀了，割下了头颅，并那凶刀蹑到秋园的后院，爬了进去，把头颅埋在东墙脚下，把那把凶刀藏在梧桐树底下一块石头内，果然他的计策达到成功了。昙空非常的欢喜，就走到密室中向朱氏道："你的丈夫已经杀了人，犯了法，拿到县里定了死罪。我劝你还是从了我，倒享些福吧！"

朱氏闻言，信以为真，就大哭起来。后来一想，或者这个贼秃诬我，或者他去用计陷害了我的丈夫，也未可知。现在不管什么，不如死了干净，省得受如许磨难。主意已定，就往墙上撞去，幸亏有看的拉住。

昙空起初见低头无言以为肯从了，心中非常喜欢；后来见欲撞墙寻死，就吓得走开了。但是他暗想不结果陆某，终不能成事，于是他又暗中差他徒弟慈因去贿通狱卒，想把秋园暗暗结果了。幸亏有一个狱卒，良心忠厚，不忍害人，他处处把秋园卫护，故不致被害。但是后来当堂审讯的时候，因为受不起那般刑，竟承认是他杀的。县官就叫他画了押，钉镣收禁，俟明年秋季处决。可怜他终日在狱中啜泣，暗想：何人如此丧尽天良，陷害无辜，想来想去，方想到昙空和尚，一定被他下此毒计。想到这儿，就咬牙狠声说道："唉！昙空和尚，我陆秋园与你无冤无仇，你把妻子强抢了去还不肯罢休，竟下此毒计，弄得家破人亡。我陆秋园无缘无故因受不过苛刑，认了罪。将来白白地身首异处，做那无头冤鬼。"

不表秋园在狱中哭泣，且说那老仆陆忠。陆忠自从秋园无辜陷入监牢后，知道定无生理，家中老女主人又急得患病在床，一息奄奄。他心中异常愤懑，就四处详细打听，谁人设计陷害他相公。后来，渐渐地探得是伏虎山昙空和尚设下这个毒计，陆忠就暗骂道："好一个没心肝的臭秃驴，你抢了我们的娘娘不算，还要陷害我们相公，你贼心太狠了！我陆忠是姓陆的多年老仆，我家老爷去世后，就剩下相公一个人，若然害了，岂不是绝了姓陆的宗嗣么？我陆忠

114

已老，在世的日子也是很少，不如拼我这条老命，去把昙空那个贼秃杀了，把相公救了出来，也算尽了我做奴仆的心。"主意已定，他就每日怀了一把利刃，在伏虎山四周走来走去。

一日昙空忽下山来，欲往城中去打探消息，途遇陆忠，也不疑心，以为是上山来游玩的。不防陆忠见了昙空，缓缓地欲下山去，就暗暗把那把利刃取出来，拿在右手，随了他下山来。走得不远，就从后面向昙空腰间用力一戳，只听得"啊呀！"一声，昙空就倒在地下。陆忠还用力戳了几下，看他不动，知道已死，陆忠就一口气奔到县里，击鼓呼冤。

里头听见鼓声，就跑出几个县差，看见是秋园的老仆，就吆喝道："你老昏了？你家的相公已定了罪，你还到这里胡闹什么！"陆忠央求道："我还有别事声诉县太爷呢。"县差被他迫不过，就回里去禀了县官，出来生了堂，传陆忠进去。

陆忠见了县官，就拜了几拜，跪在旁边。县官问道："你家主已定了罪，你再有什么声诉，快诉上来！"陆忠就哭诉昙空和尚如何抢他的主母上山逼奸，禁在密室，后来因为我家相公欲告官追究，他就用计吩咐他的徒弟慈因，乘夜把路人杀害了，拿了首级偷进后院，埋在地下，这是明明的陷害。县太爷不察，被他蒙混过去，定了我家相公的罪，可怜我家老爷，自从去世，只剩下相公一人，接续香烟。若然相公再有什么，那不就对外绝了姓陆的宗嗣么？奴才受了我家老爷去世时的嘱托，不得不竟力设法援救相公。天天出外打探，人人都说是昙空和尚有心设下毒计陷害的，奴才愤不过，就天天藏了刀在伏虎山四周走来走去。可巧今天下山来，奴才就乘他不备，就把他戳死在山脚下。这都是实话、实事，若太爷不信，请太爷派人上山查察后，再定奴才的罪，死也愿意！"

县官见陆忠侃侃而谈，毫不畏缩，就准了他，就命亲往伏虎山而去。

将到山上，县官就吩咐上山去查察，而后验尸。因恐若先验尸，怕昙空的徒弟得了信逃逸，于是一路蜂拥上山，缓缓地走去。将到寺中，只听得里面妇人笑语，县官心下就信了一半陆忠的话，及走进去，恰好慈因、慈云两个徒弟，正在乘他师父不在，与两个妇人调笑，县官见了大怒，就厉声喝道："拿下来！"那两个贼秃和尚、两个妇人正调情得火热时候，猛不防听见有人厉声喝拿，回头一看，见是本县县官，想欲逃走，已被几个县差赶上就用绳捆了，把两个妇人也锁了。然后往密室把朱氏放了出来，再往各处搜得许多武器、衣服、钱财，就押解了人犯、捆载了东西，下山来验过了昙空的尸身，就回县衙去了。

要知后事如何，且看下回分解。

第十四回

打擂台称少林一派
哭祖墓得武当正宗

却说县官下了山，验过昙空和尚的尸身，命着地保备棺殓了，就打道押着慈因一众人犯，回转衙门。吩咐县差暂且关押起来，待至明天，再行详细研审不提。到了明日早晨，县官就坐堂，慈因等及两个妇人都铁索啷当地牵上堂来。两旁站着衙役，几个刑房、书吏坐在县官旁边，只听得两声吆喝，慈因等就吓得连忙跪下。

不多时，只听得县官把惊堂木拍了一下，厉声道："慈因，你这个该死的淫僧，不守清规，竟奸藏妇女，玷污佛地，糟蹋净土，快快从实供来，不准撒谎！"

原来慈因起初存心要撒谎不认，后来看见县官动了怒，两旁站着的衙役犹不时地吆喝，要打要上刑，就把他吓软了。心里仔细一想，现在证据都全，赖也一定赖不了的，不如认吧，免得皮肉受着痛苦。主意已定，就将昙空如何吩咐他将陆秋园的妻子乘她洗衣的时候抢上山去。后来探得陆秋园欲报官，师父又吩咐他下山，乘夜把过路人杀害，割了首级偷进他家的后院，把首级埋西墙角下，凶刀放在梧桐树底下石板里头。"后来师父看见事体成功，又吩咐小僧去……"刚要说，两旁的衙役努嘴，慈因会意，就不说了。

县官听见中途停止不说，就喝道："去什么？"慈因忙道："吩咐小僧去打听消息，以后师父下山，被谁杀害，小僧却不知道。"县官就看过录的供，就命慈因盖了指印，慈因还在地下磕头说："这都是师父的主意，并非小生愿意干这犯法杀人的事件，求太爷格外开恩。"

县官道："虽然不是你的主意，然而人是你亲自动手杀的。杀人者抵罪，还有何说？"慈因俯首无言，县官就判了他绞罪，其余诸人逐一审过。判道："慈云、慈普、慈法虽然未曾一同作恶，亦难免不有不端行为参与，念年轻免罪，勒令还俗，庙产发封，没收入官。刘、张二氏，当堂申斥，查无家族，交官媒择配。陆秋园与妻朱氏无罪开释，且念伊能孝事老母，赏银二十两，作为养伤费。陆忠虽以救主心切，手刃仇人，然亦已犯法，着暂收禁，容后定夺。"判毕后，县官便将案情详报，不多日，批下来。余均照判治罪，唯陆忠救主心切，致杀死昙空，然不能同因故杀加罪，着特赦开释。

一班百姓见昙空已死，地方安宁，县官又能秉公处断，自然大家称颂。这都是闲话，不必再表。

当时恰是雍正皇帝临朝天下，虽然太平，然而禁不住那般严重的压制下，百姓虽是服从，心里仍旧是反对的。古语说：以力服人者，则人之不服之；以德服人者，则人恒服之，这句话自然只好心里反对他，也不敢口说手动的。那班强昂的，却都不怕死，竟敢明明地反对起来。然则为何仍旧一无成功，清朝依然没有失败，做成了皇帝，这个说起来，却是很伤心、很可耻的。因为百姓中有本领能干的人，他们的心不是一样，有的是慷慨激昂，富有节义；有的寡廉鲜耻，喜欢争名夺利。那班寡廉鲜耻，喜欢争名夺利，他们就顺逢着清朝的意旨，去显媚乞怜。清廷见着这种人，也就乘势利用起来，命他牵制百姓。那种人本无爱国的心意与观念，只求有官做，还管什么同胞不同胞。清廷命他如何，他就如何，自己毫无自主能力，随势转移，博得一官半爵，以之夸耀乡里。清廷亦不屑此区区结其欢心，使其杀奸同族，于清廷则可省却许多内顾之忧。

至于那班慷慨有节义之人，却都有确实功夫，有擅长剑术者，有娴习拳艺者，各人有各人本领。有了这般本领若然向名利场中争斗，猎取功名，实在容易。但是他们既有节义，则对于功名利禄，早已视若云华泡影，不屑去逐波浮沉，摇尾乞怜，争夺名利。安我所安，适我所适，但是我已有才安愿埋没？那班有节义的一班英雄豪杰，抱着非常之才，已不肯为敌用，然而也谁愿让他埋没，负天负己，势不得不有所动作，发展长才表扬名声，以此而有反清复明的观念。

人孰不爱国？人孰不爱惜其生命？然若徒逞一时血气之勇，不顾大局，则于国仍无补；于国无补，则爱国无由，甚且害国。故己欲爱国，则必须处处忍难耐劳，沉毅如若，然后可为。即如当时八大剑侠，吕元其人年富力强，不苟言笑，其所交皆一时贤俊，展示清廷之无道，僭窃神器，每常谈及，辄以抱负为己任。

元本好剑术，尤精拳击，称少林派。吕元因思居处，穷乡僻壤，无所裨益，曷若到各处去游历游历，多得些智识，或者还能结识几个英雄豪杰，日后有起事来，也可大家帮助帮助。主意定了，就告诉他几个知己，都说很好，就此一路寻山玩水地走去。

不到几月，到了山西。吕元晓得关中素多豪杰之士，就立意多住几天，访觅访觅，或者可以遇得着，也未可知。然而不知那时的真有用的许多豪杰，大半都隐匿起来，很难出头露面。吕元在省城住了好几天，一无所得，心中暗想："关中是豪杰的出产地，竟是慌人的。为什么我吕某诚心诚意，特到此处访觅，连一个都没有得，好生奇怪。莫非我吕某够不上一般英雄豪杰，故所以他们连把影儿都不与我看？"想来想去，心中异常焦躁。他的几个知己都来劝他不必着急，万事都要忍耐。所谓"欲速则不达"，一月不得，一年不得，十年终有遇到的日子。而且越容易遇到的，却不是真豪杰；越难遇到的，方才是真豪杰！

吕元听见大家说得有理，他的心气就平了许多。吕元出门的时候是春末夏初，这是已到了秋天，牧马悲啸，壮士拊髀，正是一班豪杰思逞的时代。关中习俗，在秋天时候，常有许多能拳的人，设台打擂，自有四方的能手来应会的。胜者有赏，败的不必说。吕元看热了眼，高兴起来，暗想："这也很好，若然我也设擂招打，我吕某自信手段尚算不差。若能胜人，我也可逞此扬名；若人胜我，则他的手段必定高出于我，我可与他结识起来，岂不很好？结识得多了，我就可以责以大义，动以利害，共谋恢复，清廷亦疑我不到，我稳稳当当地干去，必可渐渐成功。到那时，我吕某也可不算处生一世，对国对己，尔皆无愧。"

吕元想到这儿，暗暗欢喜，但是我初来斯乡，决不可仓卒从事。若是我就即招打，恐怕他们妒忌我起来，反为不美，不如我先去设擂台地方观看观看，也可知道他们的实在本领，然后再与他们较手。胜过了他们，我再设擂，则他们也不妒忌我了。一般无能的，也必不敢上我台上来献丑；能上我台来的，必是角色。吕元打定了主意，就每日同着他几个知己，往设台的所在观看。

起初几天都很平常，心中有些懊丧，忽然一日，吕元正在观看，台下忽地跃上个人去，身材高大，气势轩昂，交了十来回合，就把台上的摔了下来。台下的许多看客都咋舌，有的欢呼，有的交相窃议，咸说这个大汉是山东人，绰号叫作"铁狮子"吴猛，也是一个有名的能手，今天哪里知道也到了。

吕元看了，听了，心中就觉到有点意思，但是仔细一想，吴猛不过有些蛮力，看起来也没有什么真实本领，我上台去胜了他，就可以了。只听得台上的吴猛大声喊道："有本领的上来，没有本领的快别上来送死。"

吕元不听则已，这一听就激起他的怒气，不能再忍，就把身一跃跳上台去，厉声喝道："暂缓撒野，尚有我吕元在也！"说毕，就动起手来，一来一往，宛若龙争虎斗，棋逢对手，各不相让，引得台下的观客都看呆了。

后来吴猛渐渐地敌不住，只有招架，不能还手；吕元则精神越增，胆气愈壮，台下的观客也吆喝起来。只见吕元用了一个"饿鹰扑食"的调门，就将吴猛从台上摔了下来。台下的观客，一齐大声欢呼喊好。可怜吴猛跌得头青额肿，吕元则气昂昂地同着他几个知己回寓去了。真正"强中自有强中手，能人头上有能人"。

且说吕元自胜过了吴猛后，名声大震，他就选了日子，择了地方，设起擂台来。等了许久，却连一个人也没有上台来。原因吕元得胜后，人人都知道的是个角色，非寻常者可比，故都束手旁观不敢上台与他对手。可巧这事渐渐地传到北京，被雍正知道，他心中就觉得有些不信，就暗里派了两个能干的心腹，来到山西去打擂。

其时吕元设的擂台尚未撤去，日日台上去等，终没有人，心中不免有些不快，暗想："好手除去我吕元，就没有了么？"可巧雍正暗派的两个心腹，不识好恶，不看三四，一个先走上台去，一脸骄气。

吕元忽见有人上台来，以为他必定好手，却不道只交了三四下手，就不知不觉地将他摔了下来，跌了个半死。两人方知道是不好惹的，就此暗中溜回北京，去告知雍正，说吕元如何厉害，他的拳法却是少林派的传授的，小的不知其详，竟上台去，即被他摔了下来。

雍正听了，异常不快，就起了嫉忌心，以为这种有本领的人，

121

多一个就多一个暗敌，少一个就少一个暗敌。明敌好防，不如乘他不备，去刺掉了他，也算除去一个心腹之患。若然置之不顾，日后难免没有什么祸害。主意已定，就派了两个能干的刺客，去行刺吕元。

但吕元自从那天把雍正的一个心腹摔了下来，起初心中以为这种没用东西也敢上台来厮混，自讨苦吃；后来他仔细一探，方知是雍正派来的心腹，暗中来探听他的行动。吕元也素知雍正嫉忌心重，我已经得罪他的手下，他一定不肯罢休，难免他不派人来暗算我，我死不足惜，也无所惧；但我吕元抱定志向，留得此身，虽然不能与他明抗，然而可以暗中与他捣乱，使他不安不稳，时常提心吊胆，亦未始不可算略消我汉族的怨气。想定，吕元就即日同他几个知己起行，隐匿在四川峨眉山中。待雍正派的刺客赶到山西，依旧撞了空，只得怅然而返；雍正也无可奈何。

"若何为生我家"，此明思宗殉国时语公主言，然我以一人妄想九五，则我造孽之恶心，与人心咸同。我所欲即人所欲，然所欲之只一而欲者，奚止千万人。以我一人之欲而不许千万人之同，我一人之所欲然千万人岂愿哉！势不得不用我一人之心思，破千万人之所欲，而达我一人之所欲，此所以争帝位，必起兵端也。兵端起而争益烈，造孽益深，必得残尽与我敌者，而我一人，始可南面称尊，身登九五而御天下；然此固非一朝一夕所能致。致此，而苍生之因之牺牲者，奚致千万。此千万人为一人争夺帝位而牺牲其生命，心所不干，此所以结无尽之冤孽而于后世之子孙偿之也！

然历朝开创之君，每以为我争帝位，所以益我之子孙也，岂其然哉！迨我一朝死去，传及其子孙，其子孙不得不焦心积虑，深防严备，仍不得百安，以欲得者众，恐起而争也。及一时疏忽，人即乘时而起，其子孙必受人之摧残，受人之屠戮。然其子孙无辜者，奈何受人之摧残，受人之屠戮者，以其祖昔亦摧残人之子孙，屠戮人之子孙，俗所谓"一报还一报"也。祖造孽而使子孙受，人之摧残屠戮，岂其祖所得料及而亦其子孙所梦想不到者，其子孙才受人之屠戮摧残时，咸以我祖历尽艰辛，争得天下以传与子孙，使我子孙享福；奈其后所享得者，乃引颈受人之屠戮。故帝皇之为末世者，为最惨绝，为其祖偿孽债也。愿我世世不再生帝皇家，乃末世亡国帝皇，受人屠戮时，求为一庶人而不得，故发惨痛之语也。皇帝岂好为哉！然历朝王国帝皇之受苦最惨者莫若明，故我述之于左。

明社即亡，清廷肆虐，纵其豺狼，恣意淫戮，株连无辜，以致血流成渠，尸骸遍野，惨不忍睹。清廷尤注意朱明嫡裔，明谕特颁，侦骑四出。一班臣工，亦逢君之恶，加意搜求，借结欢心，致使一班朱明嫡裔，天潢贵胄，东奔四窜，酷似丧家之犬，心胆常惊，魂魄不安。有的得天之佑，苟延残喘，不为清兵所得，几属万幸；有的狼奔兔突，卒入罗网，一班臣工走卒得之，如获珍宝，献于清廷诛之、戮之，万无一免。其昔以天潢贵胄、金枝玉叶之身，而受遭如期终局，如此境遇，倒不若荒野庶民反得逍遥如适也。

明朝皇帝殉国之时，仅存三子，长即太子慈烺，次即定王慈炯，三即永王慈炤。这三位皇子年皆幼小，起初都合在一处，忽然后来大家走散了，各赶各路，亦不能管你我。且兼清廷严缉，风声鹤唳，草木皆兵。太子年最小，只身远窜，屡频于难；兹后辗转民间，幸亏有忠厚良民知道太子的来历，暗自招留。然竟不敢久居、久留，仍旧流荡各处，风餐露宿，天地为家。

忽有佟珏者，明之遗臣也。探得太子漂泊无所归，急设法招之至，泣曰："殿下流落民间，独叨天佑不为清廷所得，微臣无状，不能出死力为国保疆土，更累殿下受葄苟之惊，罪该万死。然现今虏势方张，株连杀戮尚多，胜殿下为圣明嫡裔，更遭清廷之忌，缇骑

123

四出，穷搜细觅，皆以得殿下而甘心。据微臣浅见，为今之计不如屈尊寒舍，免坠陷阱。"

太子以为然，改姓佟，朝夕与佟子攻读，清廷虽百计搜求而不得也。宜太子可久安矣，然事有大不然者，使太子卒为清廷所得也。

不数年，佟某以病故，佟之族人，本咸嫉太子惟惮于佟某故，尚不致有所动作。迨佟死，佟之族人屡窃窃私议，众以太子若久居于此，非但多耗用度，且难免不为清廷所知。若为清廷所知，则我族人咸将蒙难。曷若乘清廷尚未得知，执之以献，讳说系得之于途，则清廷非但不罪我，且可望得重赏。议已决，忽为佟子所知，不忍见太子之被害也，急私告于太子，并泣诉以年幼不能援助，求勿罪。太子急慰之曰："非汝罪也，实余累汝家耳！今汝能告密，我且感汝，安忍加罪？"于是太子挥泪与佟子别。

太子既与佟子别，乃复只身下江南。然江南风俗浇薄，遗老先达惟炎势之是附臣侍清廷，稚发易服，奉新主，朔吴臣，罔谓何益？若无闻，欲求王某之忠心耿耿，虽社稷邱墟而汝不忘故主者，无有了。太子以举目无亲，茕独莫告，计不如洒脱红尘，遁身空门，力加忏悔，庶得来世不再投生帝皇家，重罹苦恼也。计诀，太子竟祝发剃度，为释氏弟子矣！

太子既为僧，即浪游苏、浙两省，间以离京稍远，尚得自适。足迹所至，士夫咸乐与之交，惊其相貌堂皇，才思敏捷，群劝其留发还族，博取功名，拾当贵卿相，实甚易易。太子辄逊谢，盖人咸不知其乃朱明一脉龙凤之裔，秉质既异，则威仪才学固不可与常人论也。

一日，太子往游金陵明之故都，亦朱氏祖墓之所在地也。太子见故宫依然存在，人事全非，傍晚往展祖墓，则碑碣巍峙，气势雄壮，唯荒草夕阳，乘人践踏，不若以前之禁人窥视也。太子徘徊感慨，暗想朱氏历代祖先，昔日何等艰难备尝，争得天下传之子孙，方冀诈福无疆，永承天露。而今何若夷虏入寇，僭窃神器，诛戮我朱氏子孙殆尽，今剩我慈良一人在世受苦，何竟祖先长眠墓中而不加少助乎？

太子想到惨痛之时，竟伏于墓旁大哭，声音凄惨，哀草悲啸，宿鸟哀鸣。太子正在哭得昏晕时候，忽觉有人抚其背。太子大惊急回顾，则见一彪形大汉，气宇轩昂，矗立在后，脸上也带着泪痕。太子又疑又骇，骇的是，恐怕他是清廷的缇骑；疑的是，他为何脸上也带泪痕？太子正欲开口询问，只见那大汉先和颜悦色低声说道……

不知他所说何话，且听下回分解。

第十五回

十三妹单刀杀总督
八千里双剑助将军

却说太子正伏墓大哭之时，忽然觉得身后有人抚他的衣服，急忙回头，却是一个彪形大汉，深眉浓髯，气宇非常轩昂，心中又疑又骇。方欲询问，不道那个大汉先开口道："汝非殿下耶，何为乎来哉？"太子愕然，良久始答道："我姓佟名良才，实非太子，唯因我祖我父均无辜被清兵杀害，家产破散，流落至此，举目无亲，心中觉着异常酸苦，故在此痛哭，消散胸中怨气，请贵客不必疑虑。"

那大汉道："俺并不是清廷侦骑，实系好百姓。眼见那清廷无道，株连无辜，又将明室宗胄恣意杀戮，俺心中深为不平，就此离家，一路探听。有人说现在只剩殿下一人在外，余均已遭清廷诛灭殆尽；又看见各处城邑，都悬有图像赏格缉拿太子的上谕；还有说，太子已到金陵，俺闻到心中格外着急，就赶到此地各处打探着落。不想今日走到此处在山后，听得哭声甚惨，什么父皇呀，娘娘呀许多话，心中就觉着奇怪，莫非就是太子，急忙转过山来，仔细一看，却与那城邑所悬的图像丝毫不错，非太子是谁？"

太子听到只好认了，转问姓名。那大汉道："俺姓陈，名士龙，殿下已是太子，快速想法为要，现在清廷亦已探得殿下踪迹，暗遣缇骑，南下密缉。现在殿下欲走，也恐怕已迟，舍下离此不远，为今之计，曷若屈尊殿下到舍下居住，再行设法。"

太子见他诚实，谅必可靠，就从了他，感谢过一番，就随之而去。诸位只道陈士龙是谁？原来他却也是当时一个好汉，素精拳术，是一个武当派的正宗。自从他留下太子在家后，密图恢复明朝天下，不幸被清廷侦知，就将他与太子一同拘去处死，这都是没要紧的话，暂且不表，归入正传。

前述曾经述及十三妹因有事亲往麒麟岛，打探甘凤池行动，兹后事毕，她就一味仗着她的本领，尚行侠行义，所向无敌，使得人人都敬畏她。然而十三妹的志向很高超，胆量很勇敢，以为尚侠的事不是男人所独干的，女子也是应当干的。有的事别人都不敢干或不愿干，她却一些不怕，事事都愿，从无畏缩不前，踯躅不进。所以当时一班好汉都佩服她，称赞她。但是十三妹以近乡无甚大事，不能发展她的本领，不如到各处去走走。于是她就打定主意，就扮了男装，同那班好汉一样地浪游起来。因她的浪游，就干下一件惊人的事，其事为何，即十三妹单刀杀总督是也。

一日，十三妹正浪游到浙江省杭州府地方，恰值正月十五元宵佳节，俗例庆祝，满城都悬灯扎彩，笙歌笛奏，异常热闹。乡村妇女都成群结队上城来观看，来来往往，络绎不绝。一班狂蜂浪蝶有何都趁此机会，挤在人群中去拈花惹草，恣意笑乐。再有那一班宵小，也肆展他们的伎俩，于是弄得一班妇女莺声娇啼，坠钗落钿。

正在纷纷扰扰的时候，忽有人喊道："龙灯来了，快看，快看!"于是那班人方才肃然垂声，注目静观着。十三妹也混在人丛中，举目远看，只见灯烛辉煌，听得鼓乐喧天，到了面前，一班视者有抬头的，有蹑足的，然而不多时，也就过去了。于是那班人又议论起来，有的说狮子灯好看，有的说蚌灯好看，各说各是。正在那扰扰攘攘、嘈杂不堪的时候，忽又听得又有许多人嚷道："我们快快让开，'小魔王'来了，别再惹他的气，招着祸害！"说着，众人就渐渐地避开。

十三妹不胜诧异，只见一个年轻的人，面貌狰狞，骑在马上，虎兜兜地前来，前后蜂拥着许多高声吆喝，随后又有两个壮丁押着一个年轻美貌女子，差不多十七八岁上下，却在哀声啼泣。两个壮丁毫无怜惜，硬逼她往前走，旁边的人都说："不知哪一个又被他看上了，好有福气，要做姨太太了。"

十三妹正在看得奇怪，欲向旁人询问，忽然后头急急忙忙跑来一个老妇人，号啕大哭，一直往前追去。十三妹一把抓住她，那个老妇人不明原故，苦苦哀求释放。十三妹道："你放心，别着急，我问你为何号哭，往前追赶何人？快细细说来，或者我可帮你的忙。"

那老妇人细看她是个年轻男子，料她没有什么，就开口说道："爷快别问我，你有多大本领，好帮我的忙？你照管你自己身体就罢了。"十三妹道："你说无妨。"

那老妇人方在哭声说道："老身姓张，只有一个女儿，年纪只十七岁。在她三岁上，她的老子就死了，幸有老身细心抚养，到今也倒没有什么，不道今晚老身自近乡张家宅地方，带她出来看灯，忽然被那个总督大人的儿子，绰号'小魔王'李如璋看入了眼，抢了去。老身只此一块肉，安愿白白地被他抢去？故此老身欲去同那小畜生拼命，不管他什么总督的儿子，俗语说得好：皇子犯法，庶民同罪，总督的儿子抢了民家的女子，就不犯法么？"说着就欲走。

十三妹见她可怜，就安慰她几句，命她跟到她的客寓，替她设法。那老妇人没法，就跟着走去了。十三妹同那老妇人到了她寄寓的那所庙宇内，细细地告诉她一般，另外给她十两银子，吩咐她在家静待，十天内必定将你女儿送还。那老妇人非常感激，别了十三妹回到家中，不题。

十三妹自听得那老妇人所说之后，心中大为愤怒，就欲发作。然细想或者老妇人所说不确，也未可知，且待打探着实后再下手。主意已定，十三妹就逐日穿了随身衣服，亲自到各处去打听。

　　一日走到东城门口，有许多人聚齐在一处谈讲，十三妹就走近前去一听。有一个人说："我们这里的制台大人，太海外了，东首我家间壁有个姓王的老头儿，卖果子过日子。有一天，王老头儿近挑了果子担，走过制台衙门，不过喊了一声卖果子，声音高了些，头门差役说他不肃静回避，在衙前扰闹，就拖进去打了五百板子。可怜王老头儿哪里受得起，不到二百下，竟死了。衙役们也不管什么，就用了几张薄布包裹了，抛在山谷里，连埋都不埋。你们说，可不可怜？"

　　有的说："若有田户人家纳粮稍缓了些，制台就命衙役拿了来，押在县里几个月，逼他纳了粮还不算，再说他有意拖欠官粮，违抗命令，小则罚他几十几百，或者竟罚到几千也不定。趁他的高兴，说到哪里是哪里。有如西城的邱哥儿，也不是因为迟交了十几天，制台就拿人拿到县里，罚他一千银子。可怜他变卖了房产，凑足了数，交了进去；他却因这个，竟不到一个月就气死了。"说来说去，大家都是怨恨在心，聚的人也越聚越多。历了许久，然后各自散去，十三妹也怏怏归寓。

　　十三妹归寓后仔细一想，前天那老妇人的话，一定都是实在的，虽然人言不足尽信，然而有其父必有其子，我前天看见那般形景，想今天众人所说的话也是的确了。古语曾说：设官原以治民。今所设的官，竟欺虐良民，恣意勒索，饱其私囊，这种官吏同强盗一样，要他干什么！不碰着我，算他们的运气；已碰到我，是逃不过的。我不是将他们的头儿先去掉，寒寒他们的胆，下次不敢再如此放肆，也可算得为民除害了。

不说十三妹私自计策，且说那"小魔王"李如璋。小魔王李如璋，平日仗着他老子的威势，横行霸道，无恶不作。凡遇见女子有五六分姿色，他每吩咐他的狐群狗党，强抢回去，旁人也不敢拿他如何。自那天他抢了张姓的女子回家以后，深恐那老妇人到来肆扰，故他就吩咐门上，若然到来，别理她，只给我撵她出去。若然她再不肯去，就拿她到县里押她几个月。不道那老妇人自从遇见十三妹，劝解并允许替她出力帮忙援救她的女儿以后，她就回家去，并没有到衙门前去肆闹。李如璋一心以为她畏惧不敢来，专意欲与那张姓女儿欢会。但是那个女儿，虽然是乡间女子，倒也是很有节烈性的，眼见小魔王欲肆无理，她却抵死不从。

　　小魔王无可如何，只好将她软禁起来。心想：肉在口边，终逃不过他的喉咙。然而他哪知道，他的性命已在别人的手中了。小魔王的老子李总督见他儿子如此不法，亦没法子管他。俗语说：己不正，焉能正人？他自己作恶已极，自然不能管他的儿子。于是父子二人同恶相济，以致他二人的恶名，竟传至各处都知道，惹得一班好尚侠的好汉想法除掉他。

　　那李总督也知道恶贯满盈，恐怕有人算计他性命，故亦严加警备，连夜间睡也要迁移几处，但是一人终敌不过万人算，他的性命仍旧保不住。

　　十三妹计算已定，明晨就到那总督衙门附近踏看一遍，如何进去，如何出脱。看见西北角砖墙稍有颓坏，旁边也没有居民，容易出脱，想定就在北处进去，就回寓中。等到天晚，用过夜膳，换了夜行衣服，扎打定当，已是三更时候，就暗暗走去到了总督衙门西北墙脚，就耸身上屋。

　　一路行去，远远看见东角厢屋内隐有灯光透出，走去一看，正值小魔王的卧房，恰在与他几个艳妾调笑。十三妹闯进去，取出明晃晃的一把快刀，几个艳妾已吓得噤口无声，小魔王正欲呼喊，十三妹的刀已直刺其胸，就此一命呜呼。

十三妹就用手指沾着血，在墙上写了一首诗，说明她的来因及为何行刺，然后就命一个艳妾前头领路。到了那李总督的卧房，见里头灯光明亮，还有许多人站在床的左右，都佩着刀，十三妹毫无畏惧，右手提刀，左手推开门，进去大声喝道："好一个暴虐的官儿，留你在世干甚?"把李总督梦中惊醒，几个侍卫也都握刀想上前去拿住十三妹，只见十三妹把刀一挥，几个侍卫就连一接二地跌倒在地。

房外有人走过，听见里头的拼斗声，就探头往里一看，惊骇非常，急忙跑到外边喊救。等到大家赶进来，只见人影已杳，李总督的首级，不知去向；地上还卧有几个尸首，满身污血。正在扰攘的时候，忽里头有报出，说公子也被人杀了，墙上还有血写的一首诗呢，留的名什么叫"十三妹"。一直闹到天明，街道上许多人观总督衙门出了杀人案件，总督及公子都被人杀死了，众人心中都异常喜欢。忽有几个人嚷道："东城之楼上悬着一个人头呢!"众人跑去一看，确是李总督的首级，衙门内差役就去取回来，一面盛殓，一面饬人追缉凶手，却不知道十三妹早已安安稳稳地远去，没有一人得知她的踪迹。

现在暂且不表十三妹杀死李总督的事，却再重述以前。雍正皇帝假着罗邦杰的名姓，游行江南，正在长江船上，忽然他两件御宝遗失，一件是一条玉带，一件是珍珠衫，均属价值连城，民间没有的。雍正皇帝心中恰在非常的时候，忽然遇见义贼"草上飞"，便将此事说明。那草上飞慨然允承，代为访觅。

雍正皇帝见他如此慷慨，也就准了他，并吩咐他若然觅得，可直送到北京处，再有重酬，以后雍正皇帝就回京，草上飞也就细心到各处打探那两件宝贝。后来得知是某某山上强寇所劫，与草上飞是同道中人。

草上飞探确了，一直就到了那山上，设法索了转来，就下山直赶到北京，一心想找到那邦杰交还这两件宝贝，却不知竟出他意料之外，而绝非草上飞万想不到者。原来雍正到京，恰值圣祖驾崩，雍正接了位，做了皇帝。待草上飞到京，登基尚未到一月光景，但是草上飞确一些也没知道，依旧按着雍正所告诉他的地址去寻觅，却没有觅得。心想或者迁了家，到别地方，我已到了京，原来专为此事，非找到他不可。草上飞就打定了一个寓所，逐日往各处访觅，依然杳无音讯。

起初几天，尚不觉得什么，后来过了几个月，仍旧如此，草上飞的心中，就不免诧异起来。那雍正皇帝深居宫中，时时念及草上飞，不知他失物是否已经得到，是否到京，若然他到了京，访寻我起来，哪里找得到？如此倒是我亏负他了。于是他也每日暗中派遣几个心腹，出宫去访寻草上飞的踪迹。却不知草上飞因久访邦杰不得，已离京去了。几个心腹访他不到，也只好回宫去禀复了。雍正听了，心中觉得异常懊恼。

草上飞在京久访邦杰不得，心中并没有什么怨恨，自以为邦杰已不在京，我来迟了，故而找不到，不如再到别处去访寻一番，或者可以遇见。主意已定，草上飞就算清了客寓的房饭钱，带了那两件宝贝，离京而去。

草上飞原以罗邦杰是罗邦杰，万想不到罗邦杰就是雍正也。草上飞在京找不到罗邦杰，离京到各处去访觅，仍旧杳无着落，心中着实不安，疑惑罗邦杰或是故世了，或者他有心隐匿起来，诓我如此奔波，仆仆风尘，都为着嘱托我代觅这两件宝贝。现在宝贝已经觅得，他人反觅不到，连累我以前白白地耗费了许多功夫，没有一个着落。

可怜草上飞不能得知此中细情，一心以为罗邦杰既嘱托了他，他抱定那句"受人之托，忠人之事"的话，仍旧一心一意地访觅罗邦杰的下落；却不知罗邦杰已南面称尊矣！而雍正亦意料草上飞已被人杀害，故至今未有信息，心中也就渐渐地淡忘了；却不知道草上飞在外访觅也。然而天缘巧合，后仍得遇见也。

警报飞来，朝廷震惊，藏番入寇，侵扰川边。雍正起初不以为意，仅谕知当地官吏，派兵堵截。不知那班藏番久蓄异志，此番起事，为势颇猛，官兵连次败北，竟有不支之势。

雍正得知，心中发怒，就上谕年羹尧为征西大将军，刻日统带精兵十万西征，一路浩浩荡荡，真是旌旗遍野，鼙鼓动天。不过几个月，就到了川边，自有地方迎接，并将藏番猖獗情形详细禀闻。年大将军也不多言，只吩咐退去候示，这都不在话下。

不说年大将军征西，且说那义贼草上飞没有觅着罗邦杰的下落，过了几时，闻得藏番入寇，钦命年羹尧西征，草上飞素听得年羹尧优礼一班才人贤士，即如当时一班英雄好汉亦都投奔到他的辕下，听说个个都留住，优加重任。我草上飞虽然没有什么大本领，但自信我这双剑还过得去，此时何不也去投效，替国家出力？立些汗马功劳，博得一官半爵，也可算得显祖扬名，不虚此生了。主意已定，草上飞就取他两把雌雄剑，并那两件宝贝，一路投奔去了。

草上飞一路戴星披月地行去，路上又不时地打探邦杰的踪迹。不到两个月，到了年大将军的行辕，向那看守辕门的小卒唱了个喏，央他去通报一声，说要求见年大将军。那守卒就问取草上飞的名姓，进内去通报；年羹尧就命进内传见。守卒出来唤道："草上飞，我们大将军传你问话。"草上飞听了心中就觉得有些欢喜，便放着胆，昂昂然走进去。

到了内院大厅，见两旁侍卫森严，年羹尧端坐在虎皮椅上，草上飞就走上前去行过礼。年羹尧就吩咐在东边坐下，便问道："你姓甚名谁，到此何干？"草上飞答道："小的姓焦名旭，绰号叫作'草上飞'，现在听得藏番入寇，肆扰边疆，皇上谕旨大将军西征，小的素知大将军好招纳好汉，故小的冒昧前来投效，好为国家出一分力。"

年羹尧又问道："你擅长什么？凡有人来投效，却必须有些本领方可录用。"草上飞道："小的平生好使双剑，虽然没有练到极顶，却还信得过。"年羹尧听了，微微点头，就命他在庭试演一次，再定去留。

草上飞应命，就把那雄剑取来，在庭中演试起来。只见寒光万道，不见人影，旁边站看的人，都大声称赞，年羹尧也点头赞赏。

草上飞演试完了，便走上阶沿来，向年羹尧唱了个喏说道："些许薄技，还求大将军指正。"年羹尧只点头道："不差，不差！毋须谦逊。"就把草上飞的名字录了，命他暂在军前效力，有了功，再叙官职。草上飞应了声是，就退出在辕中住下。一班士卒，见他为人和蔼可亲，都乐与之交。凡与藏番对阵，草上飞辄舞着双剑，直奔敌阵，当者首落。年羹尧见他勇敢善战，深为佩服，不多时，就保了他为参将，草上飞更加感激，每战必身先士卒，冲锋陷阵，所向无敌。年羹尧又不时延他至寝室，筹划军事或闲谈一切，两人都很投机，亲密异常。

一日草上飞正与年羹尧闲谈，忽然说到罗邦杰的事，年羹尧不胜诧异，就询草上飞如何遇见。草上飞就将罗邦杰在长江中遗失宝贝，后来遇见他，就嘱托为寻觅，若得可送到京中后送与我，却没有访得，到各处去访问，也无着落的话，一齐说出。

年羹尧不听则已，一听竟惊不作声，草上飞以为说差撞犯了，就伏地请罪。年羹尧见草上飞下跪，急忙扶了他起来，方说道："并没有什么，你不知道那罗邦杰就是当今皇上的名字，是未登极时，假冒着到各处去游历的。我未显的时候也遇着的，后来方知道。"

草上飞也讶道："这还了得？我一心找罗邦杰，其人到哪里去找呢？"年羹尧道："那宝贝你现在带来没有？"草上飞道："带来的。"年羹尧就吩咐他："快拿来给我一看。"草上飞急忙跑出来取了那两件宝贝，恭恭敬敬地走进来捧上去。

年羹尧接去一看，原来是一条玉带，一件珍珠衫，看毕仍旧吩咐草上飞收好，他却题本奏闻去了。

要知后事如何，且听下回分解。

第十六回

管自鳌因妻守志
濮天鹏为友报仇

却说年羹尧题了本，奏知雍正，雍正览奏，龙颜大悦，传旨召草上飞进京陛见。草上飞接着旨意，急忙预备好了行装，辞了年羹尧，并带了那两件御宝，兼程赶到京师，报了部，由部转奏。雍正就传旨，明晨入朝陛见。

一宿无话，未到天明，不过四五更的时候，草上飞就到了班房，与各位大臣相见。众人都知道他的来历，不敢怠慢。不多时，钟鼓齐鸣，雍正临朝，草上飞就随着众人进去。那般庄严景象，自然是草上飞有生以来第一次看见，又不时地窥看那雍正的御容，与昔年长江中遇见的罗邦杰的容貌一般无二，正在呆呆出神之时，只听那两个值殿太监，高呼道："万岁有旨，哪个叫草上飞，快出殿来陛见。"

草上飞听了，就急忙地走到丹墀下跪倒，三呼万岁毕，俯伏着不敢抬头。雍正暗暗细看，却就是那年长江中遇见的那个草上飞，便命他抬起头来，详细问他宝贝可曾觅得。草上飞一一奏闻。雍正心中非常欢喜，就曲意慰劳，赏赐有加；再传旨了一个总兵实缺，仍旧着他往边疆年羹尧处效力。草上飞连忙谢恩，退了出来。那两件宝贝，自有雍正回宫后派人往取。草上飞也不多几日，赶回年羹尧处去了。这都不题，且述复事。

诸君要知道，那时候虽然有那班赫赫有名的真好汉，干那轰轰烈烈的大事业；然而也有一班横行不法的强徒，专门强劫财物，抢掠妇女，不所不为，官吏们怕他势强，不敢惹他；百姓们怕他不法，只得任他鲁莽，不敢作声。现今著者追述他一二，略晓当时的一半景象也。

那时有一个姓赵的名叫天雄，他的相貌非常狰狞可畏，并且有一身好本领，拳、枪、刀、棒，无不精通，众人见他那般厉害，就送他一个绰号，叫作什么"倒海龙"赵天雄。但是，他已然有那般本领不去干那般正大的事，却专去干那不法的行为，手下有五六千人，占据了一个山头，叫作"虎盘山"。倘然有人路过，他每每将他性命杀害，劫取财物，或者得见美貌妇女，更不必说，是万万逃不过他的手。官兵束手，人民侧目，都拿他无可如何，隐然成了一个地方巨患焉。

有管自鳌者，余姚人氏，书香子弟，家本小康，上无长兄，下无弟妹，父早故，母独存，只引一子，自然异常钟爱。早年父母就为他定了他的母舅家章士元的千金，自鳌的表妹美瑛小姐为室，尚未迎娶。年已二八，豆蔻年华，姿容绝世，且兼沉默寡言，善诗辞，好女红，是好女子也。自鳌亦温文尔雅，性质均美，有子都之色，有子建之才，性格慷爽，喜交一班豪侠；郎才女貌，天作之合。

自鳌之母见年届弱冠，拟即迎娶过门。但是自鳌志向颇高，立意非俟后日占得鳌头，南闱报捷，誓不迎娶。自鳌之母不能强，只好逞他如何，亲友力劝，亦概力辞，群咸目之为书呆。

其实，自鳌不过欲达到那洞房花夜、金榜题名时的痴望耳。自鳌既立定志向，每日用心课读，发愤上进，翌年就大比之年，诏考天下才人秀士，自鳌得了这个消息，于是格外用功，彻夜不少辍，甚至寝食俱废。孤坐斗室中，吟唔朗诵，罗得一胸锦绣，准备将来驰骋文场。吃得苦中苦，方为人上人；若欲占鳌头，须下死功夫；一人魁天下，立使万人钦。其得之也难，固不得不如此也。

亡何光阴迅速年华，弹指已届初春，自鳌功名心切，深愿早到京师观光上国；且兼近来风闻母舅已升了工部侍郎，若早日进京，便可寄居母舅氏家中，乘空便可先到各处名胜地方游历，未始不可。主意已定，自鳌就去禀知他的母亲。起初不准，说日子尚早，无奈自鳌立意不肯，自鳌母亲只好允许了他。

择了日子，整备了行李，拜别了他的母亲，少不得有一般依依不舍之情，嘱咐他一路须自己小心，不可逞性放肆，保重身体为要。到了京中替我拜望拜望母舅，留你住在他家，也须听从母舅、舅母的嘱咐，决不可拗违。功课亦须照旧用功温习，不要一离家，就如脱缰野马一般肆狂起来。自鳌一一听从，就带了老仆管升上了官船，一路扬着帆去了。

去路何迢迢，行行复行行。管自鳌自从带了老仆管升北上，一路或陆或水，寻山观胜，倒也不觉得有什么寂寞。不到两个月光景，就到了京师，自鳌就吩咐管升看押了行李，自己急忙赶到他母舅章士元家中。门上的见了他，急忙报进去，自鳌的母舅就吩咐快快请进去。门上的走来说了，自鳌就整了整衣巾，缓缓地踱进去。

他的母舅已站在阶沿上，笑颜逐开等着，看见自鳌走进来，就忙走下阶来，挽着自鳌的手，笑道："贤甥许久不见，越发好了。"自鳌也叫了声母舅，两人上了阶，进入厅上。自鳌重新向他母舅行了礼、贺了喜，然后在旁边的椅上坐下。小厮摆上茶，然后舅甥二人寒暄了些闲话。士元就带自鳌进内去见他的舅母，亦异常欢喜。

自鳌先请了安，问了美瑛及众人的好，忽然外头小厮传进来说，甥少爷的行李取来了，士元就吩咐在东厢安铺。管升也进来，见了士元等行过了礼，然后出去不提。自鳌直等到晚间，用过夜膳，辞了出去，在东厢房歇。

自鳌自到了京，住在他的母舅家中，逐日用功读书，他的母舅见他如此，心中料他此届必中，心中非常欢喜，不时过来与自鳌谈论些经史。听得自鳌却也议论风生，头头是道，遂力加称赞，说道："此番贤甥必能独占鳌头也。"自鳌辄谦谢不胜。士元暗想，老夫有如此外甥，倘得东床袒腹，也可称傲侪辈了。但我想他必定中取，复就要迎娶的，不如就此未考以前，先送到余姚去，一则可免临进忽忙，一则亦可探望探望我的妹妹。想到这儿，士元就走进内房去告知他的夫人。夫人也说很好，但不要被自鳌知道，恐他分心。主意已定，就定了一个吉日，借着探望姑母，将一位美瑛小姐送到余姚去了。

哪知一班章家的家人护送美瑛小姐到余姚去，行至中途一个乡村地方，名"朱村"，忽然被"倒海龙"赵天雄得知。他素晓得美瑛的美貌，馋涎已久，苦未到手，此番得了这个信，他就领几百喽罗，一路赶上，拦住去路。

那时适值黄昏时候，家人看见人人都手执刀剑，凶恶万分，已都吓软了，眼看着那美瑛小姐被赵天雄呼啸着劫去，也不敢呼喊一声。待已去远，方才大家起来，有的去报官，有的也就赶回京中去禀诉士元去了。

可怜美瑛是个闺阁千金，从未出门一步，今番初次离家，就遇到这样飞来横祸，看见那般狰狞的相貌、行动的粗暴，已吓得无知无觉，哪堪再受如此无礼、横暴？然而赵天雄那班强徒，哪有这种细腻的心思，自从得了手，心中就觉得非常欢喜，一路狼奔兔突，赶回山去。放下美瑛，只见双腮泛红，香喘微微，那般双眼蒙眬，矫容艳貌，非笔墨所能形容。

那赵天雄见了这般形景怪笑道："怪可怜儿的，还睡着呢，待她醒了再说，再与她成亲。"一面就大摆酒筵，庆贺作乐。其实美瑛并不是睡着，起初还得知人事，后来受不住那般惊吓，竟晕了过去。及到了山上放下，就渐渐地醒转来，张眼一看，见一班强徒正在饮酒作乐，并计算待她醒了，如何成亲、如何快活。

美瑛一听，心中大怒，就想起来赶上去拼命。不知道双手被缚，不得动弹，遂就在地下，破口大骂。天雄听得骂他，非但不怒，就走过来亲手解了缚，想拥抱起来。美瑛哪里肯，一味痛骂说："你这班该杀的强徒，强劫我上来干什么？快送我下山去，尚可赦；你迟一些，便要你们的命。要知道，我是堂堂官府之女，肯受你们的污辱么？"

天雄听她一头骂一头说，竟激起他的火气，拔出剑想杀死美瑛，看了一看又舍不得。刚欲把剑放入鞘中去，不图美瑛竟猛地在天雄手中，将那把剑夺了过来，往喉间一抹；天雄要拦时已来不及了。可怜登时玉殒香消，殷红满地，美瑛小姐的芳魂，缥缥缈缈地飞到众香国里去了。

美瑛小姐自刎之时，即士元得报之候。骨肉关情，其惨痛自不待言，一面饬人去打探消息，一面就传知该地官吏拿办。然而当地一班官吏都畏着天雄势声强横，不敢去惹他；探听的人，也探知美瑛已自刎而死，急忙回京报知士元。合家都号啕大哭，美瑛的母亲甚至晕去，后来经大家苦劝一番，方才止声。然而来人受不起悲伤，又经时常啼泣，不多时就郁成了一个肝气症。士元心中更加懊恼，暗想考场将毕，若能那时自鳌得中了，要迎娶起来，则如何办法呢？

自鳌进场以后，因他平日用功，一连几场都考得异常得意，就回到他的母舅家中，不时去讲给他母舅听，如何顺手、如何得意；士元只得强颜欢笑，与自鳌谈讲，却哪里知道他心中的懊恼也。士元又恐自鳌得知暗底，吩咐众人不准走漏消息，即如自鳌进内请安，他的舅母也装得迷花笑眼，不露一点戚容。但自鳌不见美瑛，亦以为隐匿避不见耳，是岂自鳌所及料哉耶！

不日榜发，自鳌竟中了举人，身捷翰林。喜报传来，众人咸钦，士元及合家的人，心中一半喜一半急。喜的是，自鳌果然高中；急的若然将来要奉旨成亲起来，那怎么了结？然而自鳌却高兴异常，插了金花，挂了红，谢了恩，退朝出来，回到士元家中，自然也设宴庆贺。宴毕，自鳌就去安歇，一宿无话。明早自鳌入朝，奏明已定，章士元之女为妻，尚未迎娶，恳赐谕旨，准与成亲。奉旨许可，自鳌谢了恩，退出来去告知士元，说定回家省过亲，祭过祖先，即来迎娶。

士元无法，只好应允下了。自鳌在京酬酢了几日，就奏准了回南省亲，辞谢了同年朋友，又向他母舅、舅母拜别，兼程南旋。他的母亲及亲属都来迎接，设宴欢叙，这都毋庸赘述。祭了祖先，自鳌就禀知了他的母亲，择了吉日，便遣人往京去，迎接美瑛南来成亲。自鳌满心欢喜，暗想现在金榜的名已着了，洞房花烛也快了。然而哪知自鳌的名虽然已题了名，但是与美瑛洞房却做不到的了，所说"得意时还防失意时"也。噩耗传来，心胆俱碎，往京去迎接美瑛的人回来告知自鳌说，美瑛小姐已暴病身亡，小的们到时，舅太爷们还在哭泣呢。

自鳌听了，呆了一呆方说道："哪有这事？"急忙进去禀知他的母亲，也叹息一般。然而自鳌却终不信，密托人到各处去打听，后来始知是他舅父送美瑛南来途中，被"倒海龙"赵天雄劫去，拒奸不从，自刎而死。自鳌非常惋惜，且感其节烈，遂立志不再娶妻，唯一味地耽酣诗酒，结交豪侠。他的母亲苦苦劝他道："管氏一脉，只汝单传，汝志固可嘉，然总以宗嗣为重。汝竟永远如此，则死者

141

有知于心，亦有所不安，使管氏之嗣，为彼一人，而从此断也。"

自鳌见他母亲如此，不敢拗违，伤老年人心，遂说道："母言良是，然现今骨肉未寒，此仇未报，即行重娶，则对于生者死者均有愧对，故欲儿再娶，须俟此仇已报，再守数年，然后再娶未晚。"自鳌母亲无法，亦只好从了。

自鳌有一知己，名濮天鹏，性情相投，交深莫逆。自鳌每与之互谈，肺腑无有隐者。自鳌自美瑛被劫自刎后，心常戚戚不欢，天鹏见其如此，不知其底蕴，不时问道："管兄为何近日如此不欢，有何冤屈，不妨说明，或者小弟能助一臂之力。"

自鳌见天鹏询问，心中不时暗想："我与他相交已久，情逾骨肉，此时他已问我，我不妨就告诉他，或者能帮助我，亦未可知。"主意已定，自鳌就将美瑛中途被虎盘山强徒倒海龙拦劫上山，不从贼污，自刎殒命等事，尽行说出。天鹏听了，大声道："竟有这事么，还了得？"自鳌见天鹏发怒，心中有些懊悔，正欲向他劝说，忽然天鹏又说道："那倒海龙作恶不法，已违极点，人人都怕他威势，不敢去惹他，现在他又干下这无法无天的祸事，我再不去杀他，他以后更目中无人，越发放肆。管兄，你放心，令嫂夫人已被他杀害，决不可放过他的。兄事即是小弟的事，这事保管有小弟去干，不去掉那贼的命不罢休！"

自鳌见天鹏已动气，素知他的性情不能拗犯的，只好从了。且兼他武艺高强，无所不精，此去料亦无妨。

缓说濮天鹏去替管自鳌复仇，且说那虎盘山的倒海龙。倒海龙自抢了美瑛上山后，一心望着可偿他的欲望，与美瑛成亲，岂知美瑛节烈性成，非但不从，竟自刎而死，白白折经了许多工夫，换了一场空欢喜，心中又气又恼。气的是，所欲未偿，不得享那美满的艳福；恼的是，恐怕美瑛的老子章士元不肯罢休，与他过去，那时又要费许多手脚。真是愁肠百转，怨苦万分，未得欢喜，先惹无趣，枉费一般功夫，反得了无边烦恼。

过了几时，倒海龙看见外头没有什么动静，派喽罗去城中打听，亦不闻得官府有调兵征剿的事，他心中以为众人都怕他，不敢来惹他，何必再如此淹淹息息呢？于是倒海龙依然逞他旧性，毫无顾忌地放肆起来，比以前还厉害。然而盛竭必衰，乐竭悲生，倒海龙正在那横行无阻，恣意妄为，其势如火如荼，不可扼迩。然而恶贯满盈，天道昭彰，倒海龙的死期到了。

一日，正在城中酒肆，吃得大醉，一路横冲直撞走回去，嘴里还在七说八道，恣意谩骂。方走到一家豆腐铺门口，里头坐着一个十七八岁的女郎，有几分姿色，素性有些轻狂，见着倒海龙那般泥醉癫痴的样子，不禁向他一笑，不知此出无意，彼却有情。倒海龙见这女子向着他笑，以为有意，便走过来，站在铺前，索性百般地调笑起来，穷尽丑态，无所不有。走路的人都难以为情，见着作呕，然亦不敢奈何他。却不知狭路逢仇，来了一个濮天鹏。

濮天鹏自从那天立意替他的好友管自鳌复仇，就每日到各处去打听倒海龙的踪迹，却每找不到。是日，他恰从他的家里出来，乘着一路走去，走不多时，只见西边豆腐铺门前，有许多人围着看什么热闹的，心中有些诧异，也就信步走过去。不看则已，一看则就激起他的火气，大声喝道："倒海龙，别在此放肆，尚有我濮天鹏在也。我访觅你已久，不想今日遇见，是你该死！"

那班看的听见这般大声，都避开了，倒海龙知道有异，急忙闯到街心，喝道："谁敢在我的面前撒野？"濮天鹏不等他说毕，就想上前去揪住，不知倒海龙竟先飞起一腿向濮天鹏心口踢着，反被濮天鹏握住，只往前一推，就听得扑的一声响，倒海龙已跌倒在地上。刚想爬起来与濮天鹏厮斗，却不知濮天鹏先赶过来，将他揪住。究竟倒海龙已吃醉了酒，现今被濮天鹏揪住，就不得动弹。濮天鹏也就提起碗一般大的铁拳，往下就捶，一面向众人说明倒海龙的恶处。可怜不多时，倒海龙竟被濮天鹏捶伤要害，就此一命呜呼，魂归黄泉去了。众人见濮天鹏已闯了祸，有的奔开，有的跑来，来揪拿濮天鹏的；众人扰闹，声音混乱。

　　要知后事如何，且听下回分解。

第十七回

制虎养狮卫社稷
移龙换凤振邦基

却说濮天鹏已将"倒海龙"赵天雄在当街打死，那班围观的人都吓呆了，有的恐受拖累，急着散开；有的反赶前，欲将濮天鹏揪住送县。濮天鹏仍旧怡然如若，不慌不忙向着众人说道："众位不必着忙，我濮天鹏决不拖累人的，一人做事一人当，我不走开，待县官来验尸时候，让我自认罢了！"于是那班人方才住手，站在一旁。大家谈讲起来，有的说，倒海龙这厮那样凶狠，犹有今日这样的收场；有的说濮天鹏这人，已闯下了人命案件，做了凶手，是逃不去要受罪的。正在大家说得高兴、声音混杂的时候，忽有人嚷道："大爷来了。"于是众人急忙闪开。

县官进了场，设了案，吩咐仵作将尸首细细验过，填了尸格，就传濮天鹏至案问话。濮天鹏即昂首走至案前，慨然将倒海龙如何强抢妇女上山，逼奸不从，自刎殒命，为友复仇，情甘受罪。那班看的人都替他担忧，以为不说还可望赦，若然说了，定欲拿入衙门里去受罪，大家便全神看着县官如何发付。

那县官听了濮天鹏的话，却并不作声，一味沉吟了好半天，方说道："你为友复仇，情甘替罪，倒是一个有义气的人。若然是打死别人呢，是少不得要受罪，但是这'倒海龙'赵天雄是作恶为非的强徒，奉旨缉拿，畏着他势强，故至今尚未缉获，现已被你打死，倒可将这件悬案销了，地方上也可算得除掉一个大害，你是没有罪

145

受的。"说毕，就打道回衙去了。

这却不打紧，不过把那班看的人都弄得莫名其妙，连濮天鹏自己也都不知道什么原由。过了多时，那班看的人也就渐渐散去。濮天鹏一个人呆站了半天，见众人已散，方才一路缓缓地走回去，心中尚在忐忑不安。即倒海龙的尸身，自有地保收殓，虎盘山的余党，亦已闻风远窜，这都是闲话，不必再述。

濮天鹏一路走去，将到管自鳌家的门口，忽然里头闯出一个人来，与濮天鹏撞了一个满怀。濮天鹏举目一看，却不是别人，即是管自鳌的书童管兴。濮天鹏正欲喝问他为何这般仓忙，只见管兴瞪了瞪眼，急声说道："濮大爷，你怎的回来了？"说着，回身连奔带跳地跑进去。

濮天鹏随后缓缓地走进，不到二门口，只见管自鳌已急急忙忙，带着惊奇的样子赶将出来，一见濮天鹏即紧行几步，握着濮天鹏的手，道："濮兄，你怎的回来了？小弟正在着急呢！自从那天老兄许为小弟复仇，心中日觉不安，哪知今天早上，忽有人来告诉，说老兄已将'倒海龙'赵天雄打死在西街上，现在县太爷正在验尸。小弟一听就吓呆了，以为老兄必定要拿到衙受罪，因此忙着吩咐管兴出去打听消息，好想援救法儿。刚遣管兴去不多时，就赶回来说濮大爷回来了，小弟不信忙着出来一看，老兄竟然回来，正是万幸。"

濮天鹏道："这事小兄也料定要受罪，却不道收场如此好，我们走里头去再说吧！"说着，二人就手牵手走到里头书房坐定。书童捧过香茗，然后濮天鹏将一切经过情形细细说了一遍。管自鳌不胜感激称谢了，就吩咐家人摆酒，替濮天鹏压惊。席间，濮天鹏就婉劝管自鳌遵照前言重娶。管自鳌暗想："现今宿仇已有他为我复了，他以好意劝我，我若不从，则反辜负了他。"默然了一番，便说道："老兄所说甚是，小弟安敢不遵？惟此事尚须禀明家母，再行定夺。"濮天鹏见他允了，也不提，便另说许多闲话，彼此畅饮直至更深漏迟，濮天鹏方辞别回寓。

闲文休叙，重述前事。雍正自登极倒也肯励精图治，整军经武，平内乱、攘外患，将天下弄得很太平。但是那班在野的英雄好汉仍旧极多，雍正恐怕妨碍，遂暗里遣人四出招抚。一班急功好名的，自然是应召而至，雍正将他们安置在特设的深宫密室，优加待遇；那班有节义的，则依然昂然自得，威武不屈，利禄不动，见着异族入主中原已引为奇耻大辱，安肯再去受他们的招抚？俗语说得好：伴君如伴虎，异族为君，更不必说了。已受招抚的，起初自然是宠信有加，高官重身的，好替他出力。待一朝力尽宠失，则斧板遂至，故臣侍君皇是一件最危险的事。那班有节义的好汉，咸能见及于此，故均立志，守着本来面目，显英雄的颜色，谁人没奈何他。

自古奸雄的心理是最险诈，不能容人，为其用者则容之，不为其用者则去之。即是这位雍正，仗着一班好汉的护力，得了皇位，做了皇帝。但是他心中尚未满意，虑着外边不服的那班好汉，或者来危害他，故每同他几个心腹商议办法。年羹尧前招到云中燕那班奇能的人，创造血滴子组织暗杀团横行全国，专干那种种惊心目的奇事，民间没缘没故丢掉脑袋，丧失性命，时有所闻，不知凡几。有时两人并肩同行，才一转瞬，一个人已经尸横在道，一个人依然存在；因此人人都诧为是乃鬼使神遣的异事。

雍正已蓄意剪除异己，先将近处的渐渐去掉，杀的杀，流的流，己身左右都是他的心腹，言出即随，人人都畏着他的威势，咸只好俯首帖耳，不敢说一个不是。雍正正度己势盛力足，忠狗满前，就此狠心辣手地将他所嫉忌的一班英雄好汉，渐渐暗害起来。然害人即所害己，怎样待人，则人也怎样待之，即所谓报应昭彰，天道好还也。

当时那班有节义的好汉，够得上雍正嫉忌的，即如前书也曾提及的昙空和尚、白泰官、吕元、甘凤池、路民瞻、周浔、曹仁父几个人。雍正主意已决，同他几个心腹商量过了，就密派八个人。这八个人的名字却也狠奇怪的，四个一样，一个叫"赛云飞"，一个叫"盖云飞"，一个叫"捷云飞"，一个叫"扑云飞"；其余四个，一个叫"钻天燕"，一个叫"穿云燕"，一个叫"飞来燕"，一个叫"梁上燕"。这四飞、四燕并不是八个人的真姓名，不过是别号罢了。

这四燕、四飞都是血滴子暗杀团中的出色人物，咸能飞檐走壁、来去无踪。雍正宠信，他就派定了这八个人，暗底仔细嘱咐了一般。四燕、四飞心中都非常喜欢，咸以为可乘此机会立下一件大功，归业受不次之赏，即日就带齐了械伙，秘密出京去了。

原来甘凤池自岳父陈四动身之后，他在客寓中并不耽搁，吕元、白泰官二人亦欲到京中去采看血滴子如何厉害。南京到镇口极近，夫妇二人在路行程，当夜就遇见周浔老人家一个人在此游历，告诉甘凤池，你的所传路民瞻已作故人了，又说昙空和尚亦被人杀害。甘凤池听了，大哭一番，随即别了周浔，赶路至镇口谢村，又打听得狄士杰已做麒麟岛主，真叫丈夫得路青云。

此刻甘见已到了村口，离舅之家已不远了，想克主通报，然后再来接不迟，故将妻子陈美娘，暂且寄顿在江岸一家客店，待他过江去见过了他的舅舅。

谢品山见了甘凤池特地来，心中自是欢喜，笑问道："你的新媳妇呢？"甘凤池见问，就将暂且寄顿在江岸一家客店，待禀明舅舅再去接过来的话说了。谢品山讶道："偏你还讲这些礼，你快去接她过来，别再难为她了。"甘凤池答应着，就带了几个庄人，雇了一顶小轿去接陈美娘。

哪知道甘凤池带了几个庄人过江去，到了那家客店，连美娘的影子都没有。甘凤池不胜诧异，急问掌柜的。掌柜的道："不多时，有四个人驾一只小船泊在江岸，四个上岸到店来，说谢村甘老爷吩咐我们来接新奶奶过江，到他舅爷家去。那奶奶问了几句话，就搬了行李，下船解了缆，扬着帆，驶得如飞地去了。"

甘凤池听了，呆了好半天说道："哪有这事？"急忙渡江去见小轿仍旧停在江边，几个庄人也等着，凤池问他们都说没有见。赶回去问他舅舅，谢品山说没有见，并没有吩咐第二人去接。这正也奇怪了，合家的人都急得没法，吩咐人去寻觅，没有着落。（那时谢品山之子采石，适从吴鸾处，被吴银亚小姐救了出来，已回家一个月了。吴银亚已订定终身，尚未娶来，采石带了人，亦来寻找。）

然则此时陈美娘究在何处，原来就是那四飞，自从在南京途中受了甘凤池的亏，心中又恨又恼，但是他们好功的心仍旧不死，故想出了一个下策，串通长江中的水贼，探知甘凤池将到镇江，拜他舅舅谢品山。恰巧他将陈美娘寄顿在客店里，四飞就吩咐四燕同水贼装扮庄人模样，驾着舟去接陈美娘。

美娘信以为真，上了船，几个水贼就将迷药放在茶里，假着殷勤去劝美娘喝。美娘不察，竟一口喝尽，不多时就昏迷过去，几个水贼就用油浸的牛筋绳，将美娘捆了，送到洞庭西山上，禁闭在幽室内。四飞出此计策，并非存下恶心要污辱陈美娘，不过是挟陈美娘而要甘凤池之受抚耳。

过了许久，甘凤池渐渐探得美娘的下落，心念洞庭西山是长江水贼的巢窟，美娘虽然厉害，但身入陷阱，终究难于幸免。甘凤池爱妻情切，就立意欲去援救，初则只身去恐不济事，想他师父路民瞻又故了，问何人来救？恐日子过多，历时太久，美娘又要多受一般磨折。故他也不顾生死，不告知谢品山，就只身愤然奔向西山，去救陈美娘。

甘凤池到了西山脚下，投了一家酒店。店小二走过来问道："客官吃酒么？"凤池抬头一看，那店小二，浓眉大眼，眼露凶光，眉现杀气，知道不是善良之辈，也是水贼的伙儿，随道："你拿一壶白酒，一碟牛肉，我欲问你话呢。"店小二拿了酒菜，凤池便道："你且坐下，我有事与你相商。"

小二问何事，甘凤池道："我知道这里是长江英雄聚集之所，外人轻易不得进来。我现在落拓无聊，甚愿入帮为伙，不知道可以不可以？"

店小二听了，就把甘凤池周身打量了好一会儿，方说道："你老欲入帮，且让我去报知掌柜，掌柜的亲自来接洽便是。"甘凤池道："费心。"小二跑了进去，不多时，就同着一个大汉，暴眼阔腮，气宇轩昂。小二道："这就是我们掌柜。"甘凤池便起身相见，大家便问姓道名。

甘凤池不说真姓名，却假说姓凤名如乾；那大汉是姓杨，名宗流。杨宗流便细问甘凤池的来意，凤池便说要入帮，杨宗流却慨然承诺。便说道："你暂且在这儿宽坐，我去回了头领再来。"

去不多时，杨宗流满面笑容的出来，说请上山去相见。甘凤池即忙起身，随着杨宗流，只见羊肠小道，曲曲折折蜿蜒上去走了好半天方才宽了些，甘凤池方欲抬头观看，猛听得"唿喇"一声响，甘凤池坠入一个陷马坑内，杨宗流也不见来了，两旁跑出许多水贼来，用铁钩钩起来。

可怜甘凤池的身上已受了伤，动弹不得，听凭那班水贼用牛筋绳捆缚，押上山去。原来那四飞早已设下这计，甘凤池因救妻心急，想假着入帮为由，得上山去，好动手救援；却不道竟中了他们这个毒计。

凤池已解了上山，四飞就出来相见，笑着走近前来，想解缚，甘凤池破口大骂道："我甘某是决不从贼的，要杀便杀。我是一时失足，中了你们计，你们就算立了一桩大功了。"

四飞听了并不着怒，遂将雍正密差他们南下收抚一班好汉，若能顺从，便得高官显秩，宠信有加，万岁爷素知道你是一个有本领的好汉，故起初就谕着我们四人不去伤害的；故用此计策把你捉获。

甘凤池因那时心中异常懊恼，故仍痛骂不从，四飞无奈，命暂押起来，隔日就将甘凤池夫妇二人装入囚车，押往北京去覆旨。

不说四飞用计将甘凤池捉获，更述那四燕一路往西赶去，一日傍晚，到了峨眉山，暗暗地偷上山去。直到半夜，方将吕元的住处找得在北头山坳里，前面有一个平台上，盖三间茅屋，虽矮小倒也异常清雅有致。四燕就大家蹑足走到茅屋门前，见门闭着，纸窗透出烛光，在门缝里往里偷窥。其时适值吕元、白泰官二人对奕，四燕想逞此时机闯进去，却不道吕元、白泰官已得知，推而起，搿门出来，向着四燕道："你们到此何干?"四燕齐声道："奉皇帝命来取两位的首级。"说着拔刀就向吕元、白泰官胸前刺去。

吕元、白泰官二人大骂道："好不识时务的东西，敢到这儿来放肆！"也就拔剑劈头斫去，四燕反身就走。吕元、白泰官不知好歹，狠命地赶去，忽见面前只有两人，猛听得后面有人大喝道："留心你们的脑袋！"

呼啦的一声响，白泰官、吕元的脑袋已被血滴子套去了。四燕见已得手，不敢久留，放火把茅屋烧了，取了两人首级并两把剑，下山赶回京师去了。

四飞、四燕都一齐到了北京复旨，详奏了一番，雍正非常喜悦，重重地赏赐，即记了功，忙招集一班臣子会议。雍正先说道："现今吕元、白泰官已死，甘凤池被擒，就无妨碍了，其余的人是不足虑也。俗语说：擒贼擒王。现在他们的头儿已得，他们安敢再动呢？这甘凤池很有本领，朕所深知，去掉他最是可惜，还仗你们去劝服他，多得一个英豪。"

众人都不敢允承，只有年羹尧慨然道："陛下放心，有我在内，必能劝得他从顺本朝。"雍正听了，自然欢喜。

年羹尧怎样劝服甘凤池，连我也不知道，诸君只好看下去。但是要晓得甘凤池以后很替清朝出了一般力，保护乾隆皇帝游幸江南。这都是后事，现在暂且不提。

却说雍正既贵为天子，宜无不得意事，哪知道有一件极不得意的事，不过，知道的人不很多罢了，著者缓缓道来。

雍正历尽艰辛，穷极计谋，始将皇位夺得，但是春秋虽富而尚无皇子，故心中常引以为忧，暗想好容易把皇位得了，传不到亲生儿孙也是徒然。皇后已然有孕，雍正自是欢喜，以为苍天默佑，保我皇家。哪知足月分娩，却是一位公主，一团高兴顿时冰消瓦解。

当时宰相中海宁陈阁老，出入纶扉圣眷，殊隆一时，同僚莫能望其项背。其下焉者，则更战战兢兢，咸都仰其鼻息，不敢稍忤其意。雍正每召入，必赏赉有加。雍正素性阴险，列朝诸臣鲜有得其垂盼，独阁老以老成持重为雍正所敬重，时常出入宫禁。阁老既如斯显赫，然有伯道忧年逾不惑，膝下犹虚，姬妾不下十数人，而均无所出，徒供老眼看花而已。正室夫人是忽有身娠，阁老欢喜欲狂，日夜焚香，祷告神明冀产一宁馨儿，以续宗祧而慰暮境。及诞生之日，阁老复亲自沐手进香，以祝天庭，旁及家堂诸神，虔诚叩首，状殊谨肃。已而产下，果令子也，啼声宏壮，阁老之喜可知也，非笔墨所能形容者矣。

嗣为雍正闻知，心殊不乐，叹曰："朕贵为天子，乃反不若陈某，今渠已产得宁馨矣，而朕则妃嫔满前，皆同石田无以慰暮境。"有时环行室中，喟然叹息。皇后见之不忍，微语雍正曰："陛下既爱陈氏子，妾亦有法在。"雍正笑道："御妻子意，朕已深知，殆欲将天上日星辰换作人间鸾凤耶？计虽良得，特恐乱我宗祧。"皇后道："是亦何伤，陛下当念诸王子皆虎视眈眈，思攫嗣位而得之。陛下春秋已高，一旦不讳，群起攘夺，其时天下既非我有，陛下徒费前功，反以资人，不亦在可惜乎！况若辈皆陛下之仇，谁复能念及陛下？诚勿若姑易陈氏子为嗣，盖或取之于庶人，则种必不贵，恐不能承基业。若陈氏训良其子必佳可毋忧，或陛下更有可出，则仍出黜之，他人终不敢言也；但以娇女付人于心不安耳。"

雍正道："是毋虑，陈某知系皇女，决不敢薄待也。所不妥者事，或闻于外，贻人口舌。"皇后道："陈某胆小如鼠，必不敢告人也。"

翌晨遣内监二人携物往赐陈阁老，并传谕曰："皇上闻阁老产儿亦为喜悦，拟索往一视。"阁老婉辞，谓儿产未久，恐亵圣上，当俟之异日。内监道："我等奉旨来，不挈儿以俱去，终不得复旨，阁老未免违旨，曷若亲往奏明？"阁老惧乞缓颊，容进内与内子商之。

夫人初不之肯，阁老曰："上命严急，不可或违，不得不然耳！"夫人道："陈氏宗祧只赖此一块肉，务宜慎之。"阁老诺然，亲抱儿出授之内监，并酬以重金，倍加照拂。内监称谢去，阁老犹忐忑不已。

抵暮内监来，以绣袱里儿，袱绣龙凤美丽可爱，盖大内物也。内监顾阁老曰："圣上谕若儿，美甚神采奕奕，异日当非池中物，嘱若善视之，明旦须入朝谢恩也。"言毕，即返宫去。阁老送之出，返语夫人曰："我心始安矣！"

亡何，儿溺解袄则易雄为雌矣。阁老不禁大骇，欲呼忽自抑，夫人亦深讶道："此果谁氏女耶，我儿安在？"阁老争急止勿声，关告曰："今上春秋高前，闻内监言，后怀孕殆所产女，故以易我儿，敬不慎声，达内廷则吾族赤矣。"因遍告家人以前误为公子者，实阁老喜极之言，实则非是，家人固未之深信也。翌日汤饼之会仍举贺者，已咸知道阁老产女矣。不数年，阁老复产一儿，心始大慰，遂不复忆及前儿，而爱女则较儿为尤甚，事事任其所欲，未敢稍拂其意，恐获重戾也。

阁老每入朝，雍正时询卿女慧不安乐否，且每召女入宫，时有赐赉。然彼陈氏子而立为储君者，上亦待如己出，盖颇能事父尽孝恭而好礼，即异日之乾隆帝也。

要知后事如何，且看下回分解。

第十八回

朱大同慷慨羁牢狱
吕四娘秘密进宫门

却说雍正十六年冬①，年羹尧早由川抚护理川陕总督，由护理改为署任，由署任改为实授。时煊耀赫，亦势焰熏天，拥十万貔貅，坐西南半壁了。况年督又是当今皇上布辰之文简在帝心，言听计从，真一朝大权在握，为我们汉中族是一个杰出者，非比等闲之辈。那时坐在签押房内，批阅案牍，见内有一角呈文，系陕西思恩府中解嫌疑罪犯一名朱大团。案因乡里告密，谓其朱三太子之后裔，迭经研讯，事无佐证，伤即拘解，亲审是个钦要重犯，当即援笔批示：此案仰府暂寄监禁，听候示期详讯可也。掷笔叹曰："天下嚣嚣不靖，盗贼蜂起，又复株连杀戮，草木皆兵，使彼小民不得安枕而卧者，翳谁之咎欤？"

著者考明朱三太子事，或曰"永王"，或曰"定王"，莫衷一是。而据《东华录》载：康熙四十七年，太子自供七十六岁，依年龄适与永王相符，则三太子之为永王可无疑义矣。庄烈帝有子七人，周皇后生慈烺、慈烜、慈炯；田贵妃生慈炤、慈焕，悼怀王及皇七子，慈炤即朝野哄传之三太子也。弘光南渡王之明之狱，南京士夫

---

① 本书凡有悖史实处，均系原著如此。

哗然不平，左宁南起兵救护诬为"叛逆"于家庙，遣之出宫，任其逃窜，不知所之；即修史者亦不能为凭空臆造之谈。而太子及二王之事，仅得之于稗史野乘，尚足以补其阙也。

清兵淫虐，惨无天日，逞威残杀，到处呼号，积骨成林，血流成渠，而清圣祖尤注圩太子慈烺、定王慈炯、永王慈炤，迭有明谕访拿解办，臣下逢君之恶，往往缇骑四出，捕风捉影。永王当时潜走凤阳，遇有老绅王姓者，曾任崇祯御史，询殿下何以至此，永王曰："吾自李闯围逼京城，先后将吾交于王内官，王内官不敢藏匿，将吾献于李闯，李闯又交于杜将军。将军尚知尊卑，待我有礼，软禁军中者数月，吾以为去死不远矣。未几，吴三桂借清兵入关，流寇逃窜，杜军亦纷纷奔避，贼中有毛将军者，待我甚好，挈我至河南，弃马买牛种田自给，吾以为可安于此矣；岂知清兵查捕甚紧，毛将军遂不顾而逃，吾于是流落一身矣。"

王御史闻之，执永王之手而泣曰："天下山脉瓦解，势如散沙，凡当易代之际，殿下为圣明嫡裔，必遭清廷之忌，侦骑四出，寻根究底。为今之计，只有改姓换名，韬光敛彩，免坠陷阱。"永王遂改姓王更名士元，化为读书种子，以避人耳目，旦夕偕王氏子诵读，时永王年仅十三也。

如是者数年，王御史卒，永王已二十余岁，私念久恋于斯，终非长策，不如脱却红尘，六根清净，冀他生不再生帝王家，拜禅林大士为师，削发剃度，居然一个佛门弟子矣。嗣游浙江胡子卿者，亦唯宦也，与永王谈经史，奇其才，劝令还俗。永王再拜曰："薄命之人，尘世间富贵功名早视之若敝屣矣！"胡子卿终以为可惜，再三请，永王不忍重违其意，允为蓄发，改换衣装，居以宅旁，茅屋数间，且以其女妻焉。既而，复至山东，携其眷同行，虑有他变，复改姓张名日用，设教于东平府，张潜齐家，宾主契合，殊相得也。

康熙二十二年，忽于路氏席上，与李方远遇，谈笑颇欢，有若风契。越日，永王走谒，方远赠以诗扇。方远素具相人之术，乃结为翰墨之交，因叹曰："士人如张先生之丰标才华，而令久困于泥涂，何命之厄耶？岂知其具龙凤之姿，天日之表，安可与常人一例观也。"

那时永王闻追捕明裔甚力，恐遭罗网，于是走告方远曰："近以南中有事，须附舟他适，敬来告别，承不弃叨居，眷幸赖照拂，然薪水之资，东家已为我认之，独菜蔬之需，乞助，每月千钱足矣。"方远允之，永王遂南旋焉。

初永王之来东平也，以文字糊口，既而东平缉捕紧急，则子身返南，又见南方缉捕之严远不及东平，乃尽举其眷属归南旋，复其姓仍为王，而名则为士元。从此去来缥缈，与方远不通音问者十有五年。后方远解组饶阳家居，不预外事，其夫人又物故，而永王又偕其二子至，谓方远曰："荒馑之岁，薪桂米珠，中人之家尚不堪其飞腾，而况吾辈，凭笔走天涯者，能不令人馁死乎！溯自解馆以来，十五年于兹矣，历年教授，所得业已咀嚼无遗，敬投尊府得一餐之给，倘亦苟延残喘，不为饿莩沟壑，则兄之惠赐我者深矣。"

方远曰："岁将暮矣，来年之馆，率多聘定，然交谊所在，安可坐视乎？吾有孙子数人，正宜及时教育，然以樗栎而经大匠之手，吾知先生必不屑教诲也！"永王笑曰："吾侪相知，贵相知心，奚用谦抑？但得糊口，免其冻馁于愿已足，安敢择人而施耶？"遂安居如初焉。

康熙四十七年四月，永王方与李方远布黑白之子以自娱，不料突然间有缇骑毁门而入，将方远及永王父子锁拿而去，全室惊惶，不知何因。解省后经抚军后堂审讯，左右列藩臬两司，旁无一役，关防严密，抚军先询方远曰："汝即李方远乎？闻汝曾任饶阳，然既服官，当知法律，万岁朱某，隐匿不报，即为不轨。"方远曰："治下只知读书，其余违法之事，一概不知，更不知谁为朱某。"抚军复问永王姓名，永王以实告，即令解浙候审。

浙抚据其事以上闻，清廷派少宰穆旦承审，穆抵浙偕抚军密讯，数堂不得要领，详加辩驳，恐有株连，不得已，遂以二人口供，据实奏明，候旨施行。越月余，朝旨下原谕曰："朱某虽无谋叛之迹，未尝无谋叛之心，律以春秋，诛心之论，应拟大辟，以息乱阶。李某据称虽不知情，然叛徒即彼家擒获，且住多年，不得推诿卸罪，应律以知情而不出首之条，流三千里。"旨内并云："即着穆旦多派兵卒，沿途护送，盗窃朱某解京，明正典刑。"

四十七年七月十二日，李方远起解发配宁古塔边远充军，而永王则示由穆旦同日派兵解京矣。十一月奉旨将永王凌迟处死，其子朱崔、朱任、朱在、朱坤俱立斩，当时士氏咸莫不称冤焉。

不谓越二十余年，陕西又有朱子团之案发生。当时年羹尧细察情形，知有不实不尽，意欲开脱，其罪拟以患疯报部。时有人谓朱子团曰："尔何不上书陈诉，求大帅保全，且其事未明，未能定案，鱼目混珠，往往冤沉海底。尔年华正当，当留其身以有待，何必淹忽不语，而罹此无妄之灾，至不保其首领耶？"子团慨然流涕曰："吾自束发读书以来，即知大义，自恨一身孱力，未遇知音。人患无名而死，不患不名而生，合事实尚在，茫然而坐，吾以圣明后裔，然吾何人，斯一旦得此荣幸，虽斩头沥血，吾亦无恨矣，可以追吾父母于地下矣。已矣，吾其听命于天可也，终不乞怜求活。"嗣经年羹尧以其事无确证，饬令发还原县监禁终身，以了此案也。噫。子团其亦幸而不幸哉！

明年，年羹尧以督陕多年，威望日著，政声颇好，自请入都陛见。朝廷深资倚重，着令驰驿来京，意欲授九省经略使之职，即世

157

所称为"挂九头狮子印"，赐尚方宝剑，先斩后奏，即是此时之年羹尧也。于是遵旨交卸川陕总督，交抚军暂行护理，自己率领一班将士，星夜起程入朝面圣。

那日到了朝堂，坐待天子临朝。未几，天色尚未明亮，九门阊阖，宫殿齐开，万国衣冠，威仪正肃。年羹尧忽瞧见有一个道士，鹤发童颜，年纪约有六十之外，由吏部带领引见，班次在后。年羹尧不知就里，曷胜诧异，迨查询吏部堂官，方知是浙江西湖边上，青微道院凌霄观内住持潘漱霞道士。因那年主上微服出游，寓在这个观内，游览西湖名胜，与该道士异常契合，陪从游幸，论经参典，往往至深夜不倦，竟结为方外之交。濒行时依依话别，似觉难舍难分，遂亲笔写一字条给他，并谓之曰："吾师日后云游燕京，或有意外之事，来相访问，只须向前门外琉璃厂古玩铺中掌柜一询，便见分晓，必有所遇，当不至空劳往返也。吾师记之。"

事过境迁，淡然若忘。潘道士步罡拜斗，真修悟道，心中常存一罗爷邦杰其人者，当剪烛西窗，联床共话，彼此十分情惬意洽。兹每于癙寐间，求之天涯，远阻北望，神州燕云渺渺，自己又年齿衰迈，安可仆仆风尘于道路耶？

岂知闭门家内坐，祸从天上来。一日忽有纠纠武夫二三人来观借宿，潘道士以出家之人以方便为门，当然允其所请，照常供给。哪料好心不得好报，若辈三宿即去，遗金于室，而道士未知也。突有县差等众拥入院内不问情由，将潘道士锁拿而去，邑令愦愦以为真赃实据，昭然若揭，定属窝家，不容分辩，严鞫刑讯，即令与群盗同禁监内。从此潘道士以清闲自在之身，顿变为铁索郎当之重犯，深尝铁窗中滋味而不禁冤沉海底者也。

潘道士自思势微力薄，此无妄之灾忽从天降，所谓祸福无门，唯人自召耳。即今援手无人，呼救无门，只有听之天命而已。即使一旦冤死，而垂尽年华，本当与草木同腐，亦毋庸怨天尤人者也。幸除一身之外别无牵挂，唯无端被此恶名，殊觉心有所不甘。然当时以失主未明，案悬莫结，已延宕年余，老香火每进出探望泣谈之顷，忽想起当年情事，记得罗爷吩咐如有意外之事，可至京中相访，并有字条付执，随向潘道士检取，收藏身上。越日私下徒步至京，依言访寻，果然有琉璃厂主人，迨将字条给与阅看，主人反复细认，变色而言曰："此事易了，毋庸着急。"即留老香火耽搁在彼，一连数日并无音信。

直至十余日后，乃谓老香火曰："尔可回浙去。"并赠以盘川，老香火茫然不解，只得告别，哪知进得自己道院，而潘道士安然诵经。原来老香火去后，即已释放矣，于是欣慰备至，潘道士感激老香火不已。

此事结案后两月，忽然浙江抚院遗差弁到院，敦促潘道士进京，并云："圣上想念甚殷，不得迟违。"潘道士无奈，只得驰驿进京。此时正初到与年羹尧相遇在朝堂，预备召见者也。

这日雍正朝罢，特宣潘道士于便殿见驾，温谕霁颜，并曰："漱霞，别来无恙，尔可抬起头来，看朕之面，犹记当年谈论否？"潘道士战栗之余，叩头不已，自称该死，雍正即令好好回浙潜修玄化。当时遗存赏赐物件不少，敦封为"道妙真人"，潘道士谢恩下来，感谢异常，回至浙江始知昔年之罗邦杰即是当今之圣上也。随即将该院重加修葺一新，正殿之上供奉雍正皇帝万岁牌位，以便日日朝拜，并闻得邑令已因此案撤参解任去矣。

雍正自临朝以来，事事精明，臣下不能隐瞒，而独对于女子一方面，有时反甚糊涂，盖人情唯爱欲多生魔障耳！万岁之暇，往往声色自娱，此古来圣君亦甚难免，而况雍正为迹近霸主者哉！其除

159

正宫之外，而宠擅专房者，实乏其人，每每以为憾事，尝于深夜批阅各路本章，左右给使之人，不过几个阉宦小臣，殊觉无聊。某夜正在偏殿留鉴奏折，左右循例，进上点心，看至中间，忽触眼帘，幽闭院女子侠龙跪奏一本，龙颜不觉一怔，恍惚当年情事，一一潮上心来。连忙揭开一看，略谓蒙圣上隆厚，横加青睐，使蒲柳之质得以接近龙体，此生难报殊恩，乃雨露方施而霜华即降，寤思梦想积疾成症，主宫者以为不祥，驱遣出宫。奴婢不得已，即就院侧大士庵内为尼，借空门做待罪之地。兹具表上闻，不敢烦渎睿虑，唯冀鉴此，微贱则虽死之日，犹生之年也。谨奏等语。

雍正阅毕，觉得当年情事，虽属片刻之欢娱，而媚态柔情历历如在目。前且此女品格温和、容颜娇丽足称后宫之选，何竟忘怀至十余年之久乎？此女能无伤心？越想越觉抱惭，乃一夜未得安眠。

翌日，密令近侍用飞凤辇将幽闭院女子，现为大士庵之尼侠龙接进宫来，并附赐同心宝盒、珠冠玉佩以为谢罪之意。侠龙女子奉到圣谕，盛妆宫服，采曳生姿，乘辇进宫，即于灯下谒见。三呼拜舞，口称贱妾，蒙圣上不弃，得见天日，备位掖庭，长承雨露，愿吾主万岁、万万岁。

雍正大悦，听其娇音如呖呖莺声花外啭，不容细审芳容，遂命宫婢扶起，赐宴侍酒，席间不胜欢畅。当夜本宫心腹太监知之，而余人均不知其秘密有如此。雍正饮醇酒，对名花，不禁酩酊大醉。近侍扶上龙榻，已鼻息如雷，放下绣帏，退出而寝宫中，仅剩侠龙一人侍寝。可想见"六宫粉黛无颜色，宠爱三千在一身"也。

不料三更时分，宫内忽然大乱起来，传说龙驭上殡了。原来皇家规矩，无夜寝宫门外，派大巨轮流值宿，每一个更次须派人至寝宫巡察报时，所以防奸宄，是以晓得皇上已死于龙榻之上，而侍寝女子则不知去向。顿时本宫鼎沸，人乱如麻。

天将黎明，外面各大臣都来朝堂候参，得着这个噩耗，将信将疑。果然，是日辍朝。候至午时光景，而大行皇帝遗诏已颁下，随即传位于太子之牌，亦同时发出矣。然究未知圣上什么病症，连太医院亦不知晓，当时议论纷纷，莫衷一是。幸管宫太监一力维持，吩咐本宫内监们不许妄言，将这绝大一段事情隐没得一字不提，所以并无人晓得侠龙侍寝，只说主上酒后气涌，急病薨逝，其实亦怕担这个罪名不小。哪里晓得到便宜了侠龙女子，从容不迫，见首不见尾，真如一条神龙，脱然破壁飞去也。

其时年羹尧出京巡阅去了，而太子又在冲龄，其余各大臣均在外供职，不知内府消息，亦不敢妄加异议。即日奉大行皇帝遗诏，拥立太子即位于皇极殿，百官朝贺，改国号"乾隆"，颁诏京内外，咸使闻知，红白两诏，同时颁至年羹尧处。年羹尧遵诏办理，一面感先帝知遇之恩，不胜悲伤，于是上折条陈，许多国家大事采择施行，而血滴子队暮气已深，云中燕老病颓唐，莫可振作，支持乏人，是以不比从前雷厉风行了；然天下亦晏然无事矣。综大行皇帝在位十三年，其所恃政策，喜急切近利，操之太蹙，专与南中八大剑侠作对，收集亡命以为羽翼，重杀伐征诛，以鞭笞天下，豪杰而卒之，真豪杰亦并未服从也。即如伏虎山昙空和尚，我虽不杀伯仁，伯仁由我而死，因此物议沸胜，讥其无师弟之情。是可忍，孰不可忍，遂酿成幽闭院女子之惨剧。

然则幽闭院女子果何人哉？阅书诸君谅能记忆侠龙女子，因一度怀胎仰药身亡，已由主宫太监私下掘埋，未尝声张，岂至今日忽有两个侠龙哉！噫？奇矣，著者不敢弄巧以瞒阅者诸君之目，当直截了当演说出来，实则即是浙江吕晚先生之女公子吕四娘也。

四娘当雍正游西湖之时，早经暗中跟随，每想乘隙下手不得其便。她的功夫与十三妹相仿，飞檐走壁，十八般武艺，拳棒剑术，均天然无敌，确是脂粉队中之健将也。她愤然于雍正之为人，寡恩嗜杀，精刻严明，为一代之魔主，即汉族之劲敌也。四娘以为任你剑法高超，我一个女子亦可玩尔于股掌之上。故用计智取，乘势进宫，以色字动人，怕不入我牢笼？唯幽闭院一节事情，并无旁人知晓，亏吕四娘如何得知，详细行此美人计，人不知鬼不觉，取人主之命于俄顷，岂非有绝大之智谋哉！此吕四娘之所以为吕四娘也。

　　欲知后事如何，且看下回分解。

第十九回

乾隆帝初下江南
年羹尧归田削职

却说清廷自入关以来至乾隆登极，计已八九十载。此八九十载中，天下忧攘，兵戈未定，旋起旋灭，朝廷用法太严，而草野乱源更甚。年羹尧威震一时，立功阃外，其能名垂清史勋书、竹帛，此不世出之英俊也。

云中燕、嵩山毕五助雍正，统率血滴子以收交效于残杀，虽似用心太酷，然亦不得谓非一时之豪也。溯自三镇逼反，自取灭亡之后，清廷鉴于前车定制，嗣后不行封建，不立储贰之，条著为令典，亦所以弭乱之政策也。故至乾隆时代，宇内已稍稍肃清，并无什么军兴之事，总算升平气象。内有一二贤臣辅佐，外而封疆大吏均得才识兼优去充任，此时他们满族中亦有几个俊才杰出者，出而支撑大局，是以圣主当阳虽不能垂拱，无为而治天下，盖亦颇觉政简刑清矣。

那时苏州府有一家巨绅，姓汪名琬，书香望族，诗礼传家，科名不绝，伊父名源，是个御史，致仕林下，萧然自得。当康熙南巡时代，汪源年已六十余岁，那年听得圣上于某日由京中起跸，向江南一带游幸而来，汪源即协同本省巡抚预备迎銮，所有一切行宫铺张已先期由藩库提款，布置齐备；阖省臣民引项北望，以为可亲瞻天颜咫尺也。

忽一日，有前站近侍太监数人到来，口传圣旨，谓銮舆已抵镇江，不日南下，命前御史汪源泪本少巡抚迎至行在，以备召见问话，并私下问汪源道："圣上闻尔有爱女两人，貌极娉婷，幽娴贞静，足称后宫之选。现因行宫寂寥，命尔即日亲送行在，圣上要当面觇视也。"汪源听了吓得汗流浃背，不敢违逆圣旨，只得将亲生爱女盛妆艳裹，装饰一新，送至镇江。

召见时，天颜甚喜，温谕慰劳，一面即将两人接进宫内去了。翌晨，汪源至宫门请安，并欲面奏起銮日期。不料步入朝房，房内无人，静悄悄的，汪源不解其故，放胆走进宫门，但见一路鸟语花香，庭可罗雀，径至后宫，仍然静悄，不胜骇异之至。只见耳房内有一个驿卒模样在彼扫地，汪源走至面前，询其情由。据云前日由上流来了一群人众在此担搁，昨晚三更时，分趁大号官船数艘，驶向瓜州方面而去，遗下仪仗不少，我在此收拾。及再问他详细，却称不知。

汪源吓得面无人色，连忙飞报巡抚前来察看，然亦无可如何，只得垂头丧气回苏。因恐官声有碍，传说不确，并戒饬手下人不得提起此事，隐忍吞声。却是汪源赔去亲女二人，不知骗至何处，心中郁郁不乐，思想成病，况又年纪高大，借此因由，一病竟归道山去也。

原来这时候草泽英雄，绿林豪侠所在多有，唯是邪正不一，良莠不齐，其忠义奋发者有之；奸淫肆掠者有之。究其原离鼎革不远，即有这负气不服，扰乱世界，真亦剿不胜剿，抚不胜抚也。

今这个假皇帝究属何人所扮？是瓜州口子沿海地方一上山岛内大盗奚狻吼，打听江苏汪源是富绅，家有二位小姐，都具十二分姿色。他起了淫心，趁康熙巡幸之消息，先期施此狡狯手段，竟被他轻轻地骗去；此亦两位小姐命运中所注定者也。是以此次，汪琬鉴于乃父之失，凡遇事情，总是慎重小心，不肯疏略，须打听确实，方肯听信，否则无论何人何事，他终一味地寂然，无动于衷也。

那时海晏河平，四方澄清。乾隆即位已届多年，渐入升平景象，静则思动，亦欲仿圣祖时故，事托言巡方出狩，实则闻得江南人物富饶，风景繁华，起了游玩之兴趣。当时命礼部选择吉期，督造龙舟及修整一切，经过地方道路桥梁发币建筑，所费浩大，咄嗟之间已是堆金积玉，不知化去几千万万。真所谓皇家做事，固不费一举手之劳耳。

即日预备南下，京报传至吴中，阖省官吏却兴高采烈，莫不想承揽办此皇差矣。朝廷发驾期近，各大臣庭议，扈从之臣暨御前差使，均一一派定，又任命在京摄行政事之亲士贵戚，迨至论及护驾之人，一时实难其选。左班中走出体仁阁大学士董亮，先执笏奏道："现有新科武状元甘凤池，才艺出众，智勇兼备，足当其任。可否乞圣上派充头等侍卫，令其在御前保驾，必可尽职。如有不力，微臣甘受其罪。"于是乾隆允之，其余纪晓岚、洪守范、毕元一班文臣，均随扈起行，以备召对。

于二月中旬，由京起跸，浩浩荡荡，威仪肃穆，由山东大道向南而来，真是一路帝星，万家生佛，为自古以来绝无仅有之盛举也。乘舆每日缓缓而行，逢旱御轿，逢水御舟，沿途供应，差官奔走，不遑络绎于道。各处地方官员伏地跪迎跪送，不敢仰头瞻视，至经过御道，一律肃清，人民躲避，六辔不惊，设行宫停留驻跸。是以直至三月，尚未至镇江耳。噫，懿欤休哉！汪琬得到准信，即协同本省抚臣办理，行宫设在狮子园，为苏垣极有名胜之区，而拙政园为各大臣办公宴息之所，两处均铺张得花团锦簇，天上人间，莫与比拟，专候圣驾到来，自己乃与巡抚离城三十里候驾。

不一日，探听御舟已离浒墅关不远，望去一片旌旄，山川生色。两岸春光明媚，风物清和，圣上顾而乐之，远见"浒墅关"三字，竟误认为"许墅关"。故至今苏地人民有称"浒墅关"为"许墅关"者，以当时纶音之所误也。是日舍舟登陆，仪仗之盛，车骑千乘，御前侍卫及随扈百官都拥护着乘舆进城。抚臣及本省官吏汪琬等道旁跪接，俟驾已过，然后由别道进城，先至行宫，预备召见。

圣上进了狮子园行宫，概令一律免参，只传谕令纪晓岚陪从游幸一周。汪琬召见，帝询以苏州全省形势并山川名胜，各处风俗，汪琬一一奏对，颇称圣意。是以乾隆在苏省似皆熟悉，举凡北寺塔、虎丘山、金阊门外、姑苏台畔、胥江、蓻水都游历殆遍。嗣复赴光福、元墓、邓尉、常熟、虞山，圣躬莫不亲临其地，均有记载。其间颇有足称述者，著者略述一二，聊醒阅者之睡魔。

在行宫时最发噱者，莫如有一日天气炎酷，大臣入什南书房办公，烦躁殊甚。纪晓岚先将袍褂脱卸，尚嫌不舒，须将内衣一并卸下，直至赤膊方觉得意。正在闵爽，忽报驾到，纪不及穿衣，慌不择路，即将身子暂藏坐炕之底。皇上坐在上面与左右臣工谈话，片刻绝无音响，纪认为帝已去，遂探头问道："老头子去么？"连问两声，帝不胜怪异，饬令近侍牵出，一认乃是纪晓岚，帝本甚爱其才，试之曰："尔谓老头子，作何解说，从实奏来。"

纪伏地请罪，叩头不已，奏道："老者，天下之大老也；头者，头儿、脑儿之谓也；子者，天子万年也。"帝称善，并不加罪，笑令起去。

狮子园假山层峦叠嶂，天下知名，至楼台亭阁，结构精微幽深，曲折其中。有一堂，帝长居宴息之所，中间并无匾额，帝忽动兴，题以"有趣堂"三字，后被纪晓岚改为"真有趣堂"，每饮酒辄吟诗。

166

一日帝吟雪诗，随吟随饮，口占道："一片一片复一片，二片三片四五片；六片七片八九片……"沉思有顷，颇苦结句。立召纪晓岚续成。遂应声曰："飞入芦花都不见。"其宰相之才有如此者。

　　帝逢大雨初霁，在池旁赏荷，看见红莲绿叶，亭亭净植，摇曳生风。中有一叶，叶上伏一大龟，而荷梗并不倾倚，一若无物也者。帝大异之，即召纪晓岚询问其故，纪奏对以书有之，千年龟，轻如灰，彼亦知陛下在此，前来迎驾。帝笑颔之，遂将手中翡翠鼻烟壶赏之，以旌其博学。其至光福、邓尉、虎丘、虞山均有雅事可记载者，著者厌其烦冗，姑不深改。唯幸苏以来，遇险境几，蹈危机者只有一次。

　　帝正从郊外间行眺，鉴野景别饶风味，兴颇自豪，遂将身倚在一棵大树之上，远看对面山景。忽然间，一支羽箭疾如鹰隼，劈面飞来，幸甘凤池在侧保驾，听得箭风已到不及转瞬，忙将帝袖一扯，远离数步；该箭端端正正已射在树上，刚刚正值帝之咽喉。只见对面土墙外，隐隐有一人影一闪不见了。

　　甘凤池已知有高手刺客，乘势行刺。一面连忙跪地请罪，并即请驾回宫，帝许之。回宫后，圣心犹觉凛凛焉。此次御驾亲临南中，其志并不在游玩山水，实则欲寻觅父母之遗坟也。无如不能明白宣布，只得托故暗访。是以日后有二次三次及七次之巡幸，均经甘凤池保护，可见一代帝王莫不以孝治天下，亦莫不以孝教天下也。故各处乘舆所经之地，国帑用去，浩繁不惜，以金钱作代价，而易我心之所安也。

　　此日之乾隆，明明为我汉族之子孙，非胡满之嫡种，唯宫禁森严，妄言者诛，当时无人敢昌言其出处，即如海宁陈氏亦讳莫如深，不肯自认为发祥之地也。迨回銮时，已届秋初，御道田浦口一带北上，而年羹尧巡察在外，统领全军在彼迎驾，并请阅秋操。圣上允准，盖其心实欲炫其军容之肃耳。

那日御教场中，静悄悄的，天甫黎明，军门画角之声不绝。鸣炮开营，忽有两匹马，骑两个少年将官，手执令旗，缓缓而行，清道之后，土不扬尘。至辰牌时分，全军陆续到齐，将台上鼓声渊渊，杏黄旗展动排齐，队伍鹄立以待。未几，年将军顶盔贯甲而至，簇拥着一班将官、马弁为先锋，各营兵士以军礼见，擎枪示敬，大将军颔之。直至演武厅下，内中设御座，全用黄绸铺陈，兵符令箭，分列左右，威仪肃穆，气象严厉。旁设大将军座位，近滴水檐前。

大将军既入座，正在展看兵册，忽报御驾已到，大将军起身趋至营门跪接。待乘舆过后，然后跟至演武厅上，跪请降舆。各队兵士各分队伍，齐齐朝演武厅排立。迨圣上御宾座，大将军率令，一班将官行朝参礼。一声令下，三军皆半跪见驾，起立整肃，并无参差。年大将军随将兵册呈上龙案，请旨开操。鸣炮二十一门，迨旨意下，将台上五色旗飘扬，鼓角齐鸣，马步队、炮队、辎重队、技击队、前队、后队、左队、右队、中队一时按序操演。

圣上举目观看，果然步伐整齐，进退有法，周旋中矩，不弱于当年汉代之细柳营中之气概也。圣心大悦，操至午时，三军身穿重甲，天尚秋热，汗出如雨。圣上仁慈，颇觉不忍，传令卸甲，宣谕官连喝数声，而全军仍然不动。年大将军在身上取出小小尖角令旗一面向下一挥，片时即卸甲如山矣。此所谓将在外，君命有所不受，然圣心不觉骇然，默默不语，目视大将军，即传令停操起驾，回行宫去也。

于是乾隆帝以出巡日久，择日起跸回京。进入宫中，百官朝贺奏事，圣心怏怏不乐。自念贵为天子，富有四海，今见江南民物富庶，风俗敦厚，百姓贴服，较北方强悍之风，动辄斗殴，奚啻霄壤，即不加以压制，亦易就我范围，设官分职，往往以贫苦之员，外放

168

江浙两省，作为调剂之地也。至北方一带，今有年羹尧兵力所及，亦不敢有不轨之徒妄逞强梁，其实均自圣祖以来，严征穷伐，诛戮殆尽，是以死灰不能复燃也。无如年羹尧，功高资深，威震人主，未免恃宠而骄。自谓先帝之老臣，凡有设施，每不俟奏请，辄擅自举行，其藐视朕躬，即于全军卸甲一节已可见其一斑矣！孰能忍之？若不加以严惩，彼不知感奋，必谓朕之易欺也。从此君臣之间意见顿生，承平之世兵戈可息，渐开轻武之风。

夫物必自腐而后虫生之，左右窥圣上震怒，向与羹尧有私怨者乘机报复，积毁销骨，离间之计，即起于闱宫之间而不觉也。

年羹尧自知圣眷渐替，办事并不十分认真。手下将官窥测主将意旨，亦渐渐懈怠起来，虽循例巡幸，未免奉行故事耳。唯年羹尧性素暴厉，傲才嗜杀，军令严明，待属下尚能宽严并用，刚柔兼施，近于和易，一方面故人多乐为之用。当时年营之中，人才颇济济，其军营所带厨役，最不容易伺候，一菜一饭烹煮极须当心，稍有疵戾，即行杀戮，十无一免。

一日酒后高兴，幕友冷铎香齐同桌而食，借以谈心。此君本为年之莫逆，又为同学之一也。嗣食饭时，忽从饭中拣出几粒糠米来，为羹尧所最忌，忽得变了颜色，立传厨役到来，跪伏阶下，不即发落，觳觫之状，不忍卒睹。冷香齐自恃交深，言曰："此区区小事，幸推不才之情，乞大将军恕之。"岂知年羹尧另有作用，非唯不听，反责其不应多言，阻挠军心，坐以应得之罪，发边远充军，实则岭南即其家乡也。后来闻人传说这冷香齐先生，在半途恨年羹尧无香火之情，商之解官随将刑具一并卸下抛入江中。岂知这刑具全部用黄金造成，外加黑鬃，似精铁一般无二。年羹尧明知自己失败，在即暗中弄此玄妙，酬其数十年知己之交，冷铎果无福享受哉！

于是年大将军以消极主义对付朝廷，拜折陈情，乞派贤员代领，其众圣恩高厚，赐骸骨归乡里，臣不胜幸甚。朝廷不许，自此凡有条陈请饷、请兵，辄不报，年羹尧心甚忧之。蓦然间想到初放川督时候，顾先生肯堂原遗书规劝，嘱我急流勇退，无恋恋于功名，致遭屏弃，是我不听他言，感先帝一番待遇之恩，出死力以肃清宇内，削叛逆以巩邦基。岂知今上忽生疑忌之心，听信谗言，疏远忠良。我欲提兵向内，以清君侧，然后再出镇雄疆，自古未有内多邪佞而大将能立功于阃外者也。复上书，自请来京陛见。

朝廷疑忌更甚，非唯不许来京，并有旨云："年羹尧身为大将，不知振作，妄欲借述职为炫功之地，乞休为挟胄之心，实负先帝知遇之恩。且不念朕倚托之重，擅离职守，干渎妄请，年羹尧着降三级调用，其大将军印绶，即着该地抚臣暂行兼署，听候简放，钦此！"

年羹尧奉到旨意，不敢不遵，当将大将军印交卸，军粮册籍亦一并交割清楚，带了随身行李及眷属仆役人等，回至乡里去了。优游林下，绝口不谈政事，此清朝年羹尧之结局也。

自雍正死后，乾隆即位，四海升平，人民安居乐业，外夷亦敬服中原康庄，咸来朝拜，引为蔽护，自此成泱泱大国。乾隆亦成一贤德明君，四方豪杰，感于世道平和，遂磨消了斗志，刀枪入库，放马南山，优游林泉，过着神仙般的日子，不复奔走争斗之苦矣。

由此，著者一部《龙虎春秋》亦演绎完毕。

平江不肖生年表

徐斯年　向晓光　杨　锐

说明：

1. 本表曾于2010年递交平江不肖生国际学术研讨会交流。2012年11月刊于《西南大学学报（社会科学版)》第38卷第6期。2013年4月又刊于《品报》第22期。杨锐近据新见资料做了补充和订正，现将杨之补充稿与原稿加以合并，以飨同人。

2. 表内所记年月，阳历均用阿拉伯数字记载，阴历及不能确认阴、阳历者均不用阿拉伯数字。年龄均为虚岁。

3. 部分著作尚未查明初版时间，附录于表后备查；其中部分著作未见原书，有待辨别真伪并考证写作、初版时间。

1890年（清光绪十六年庚寅）1岁

是年赵焕亭约7岁（约生于光绪四年）。

阴历二月十六日戌时，向恺然生于湖南省湘潭县油榨巷向隆泰伞厂。原名泰阶，册名逵，字恺元。原籍湖南省平江县。祖父贵柏，祖母杨氏。父国宾，册名莹，字碧泉，太学生；母王氏。

按：此据民国三十三年（1944）六修《向氏族谱》[1]。向氏1951年所撰《自传》[2]称"六十二年前出生于湖南湘潭油榨巷向隆泰伞店内"。1951年为62岁，是为虚岁。向隆泰伞厂原为黄正兴伞厂，店主黄正兴暮年以占阄方式将伞厂平分，无偿赠予向、王二店员，向姓店员即恺然祖父贵柏。向氏姻亲郭澍霖自幼与黄家为邻，

173

有遗稿述其经过甚详。

1893 年（清光绪十九年癸巳）4 岁

姚民哀生于是年。

向恺然在湘潭。

1894 年（清光绪二十年甲午）5 岁

是年 8 月中日甲午战争爆发。次年 4 月，日本强迫清廷签订《马关条约》。

向恺然开蒙入学。祖父贵柏公卒。

1897 年（清光绪廿三年丁酉）8 岁

顾明道生于是年。

向恺然在湘潭。

1900 年（清光绪廿六年庚子）11 岁

向隆泰伞店歇业，向恺然全家搬回平江。

按：此据《自传》[3]。后迁居长沙东乡，具体时间未详。

1902 年（清光绪二十八年壬寅）13 岁

还珠楼主李寿民生于是年。

向恺然或已在长沙。

按：黄曾甫谓："他的父亲虽曾在平江县长庚毛瑕置过薄户，但后来迁到长沙县清泰都（今开慧乡）竹衫铺樊家神，置有田租 220 石和瓦房一栋。"[4]黄与向有"通家之谊"，20 世纪 30 年代曾任《长沙戏报》社长。

174

1903 年（清光绪廿九年癸卯）14 岁

湖南巡抚赵尔巽奏准成立"省垣实业学堂"，光绪三十四年（1908）更名"湖南省官立高等实业学堂"。

向恺然考入湖南实业学堂。是年秋，识王志群于长沙。王为之谈拳术理法，促深入研究并作撰述。

按：《自传》云："就在十四岁这年考进了高等实业学堂。但是只读了一年书，便因闹公葬陈天华风潮被开除了学籍……因此只得要求父亲变卖了田产，自费去日本留学。"对照陈天华自尽、公葬时间，考入高等实业学堂时间当在是年年末。凌辉整理之《向恺然简历》[5]谓"考入长沙高等实业学堂学土木建筑"。所记校名与正式校名略有出入，该校初设矿、路两科，"土木建筑"或指路科。

中华书局 1916 年版《拳术》序言："癸卯秋，识王子志群于长沙，为余竟日谈"拳术理法，并谓："吾非计夫身后之名也，吾悲夫斯道之将沦胥以亡也。欲求遗真以启后学，若盍成吾志焉！"[6]王志群（1880—1941），号润生，长沙县白沙东毛坡人，著名拳术家，以精于"八拳"及"五阳功"、"五阴功"闻名。

1904 年（清光绪三十年甲辰）15 岁

向恺然在读于湖南实业学堂。

1905 年（清光绪三十一年乙巳）16 岁

12 月 8 日（阴历十一月十二），陈天华在日本东京大森湾蹈海自尽，以死报国。

向恺然在读于湖南实业学堂。

1906 年（清光绪三十二年丙午）17 岁

5 月 23 日（阴历闰四月初一），陈天华灵柩经黄兴、禹之谟倡议筹办，运回长沙。各界不顾官方阻挠，议决公葬岳麓山，5 月 29 日举行葬仪。

向恺然参与公葬陈天华，因而遭实业学堂挂牌除名。父亲变卖部分田产，筹集赴日留学经费。向恺然从上海乘"大阪丸"海轮，赴日留学。

按：关于首次赴日留学时间，有 1905、1906、1907、1909 四说。对照陈天华蹈海、公葬时间，1905 年说可排除。湖南省文史馆藏《向恺然简历》（凌辉整理件）记为 1906 年，与向恺然《我失败的经验》中"前清光绪三十二年，我第一次到日本留学"的自述一致。《国技大观·拳术传薪录》说"吾年十七渡日本"，可知他习惯以虚岁记年龄。《留东外史》第一章谓"不肖生自明治四十年即来此地"（明治四十年即 1907 年），当指定居东京时间。《湖南文史馆馆员简历》所收《向恺然传略》谓"于 1909 年东渡日本留学"，经查宏文学院结束于 1909 年，是知"1909"当系"1906"之误。赴日留学经费来源，向一学《回忆父亲一生》云："这田产的来由，是曾祖父逝世后，祖父将向隆泰伞厂收束，在祖籍平江长庚年毛坡城隍土地买了四十石租和房屋一幢，又在长沙东乡苦竹坳板仓（开慧乡）竹山铺樊家神买下良田二百二十石租和房屋一幢。留日的学费就是从这些田产中，拿出一百二十石租变卖而来。"

1907 年（清光绪三十三年丁未）18 岁

祖母杨氏太夫人卒于是年。

向恺然当于是年考入宏文学院并加入同盟会，与湘籍武术名家杜心武、王润生（志群）等过从甚密，并从王润生学"八拳"。

176

按：或谓向氏先入东京华侨中学，后入宏文学院。《简历》称在宏文"学法政"。经日本早稻田大学中村翠女士查实，宏文学院并无法政科。

王志群于光绪三十一年（1905）赴日留学，在宏文学院兼习柔道，并加入同盟会。民国元年（1912）回国，在长沙授拳。次年得黄兴资助再次赴日。民国四年（1915）回国后继续从事拳术传授，后任湖南大学体育教授。向恺然在《国技大观·拳术传薪录》中叙述在日本从王学拳经过颇详。

中村翠 2010 年 11 月 22 日致徐斯年函谓："弘文学院的校名于1906 年改称为'宏文学院'，因此向恺然就读的是宏文学院。根据现存的史料，该学院好像没有设置'法政'科（设置普通科、速成普通科、速成师范科、夜学速成理化科、夜学速成警务科、夜学日语科）。该学院于 1906 年废止'速成科'。如果向恺然入普通科（三年），他主要学日语，其他科目还有算术、体操、理化、地理历史、世界大势、修身、英语和图画等等。"

1911 年（清宣统三年辛亥）22 岁

4 月 27 日（阴历三月廿九），黄兴、赵声指挥八百壮士攻入两广总督衙门，与清军激战一昼夜，兵败而退。起义军牺牲百余人，后收敛遗骸 72 具葬黄花岗，称"黄花岗七十二烈士"。黄兴于 29 日（阴历四月一日）脱险，返回香港。10 月 10 日，武昌起义爆发，清政府被推翻。

7 月，赵焕亭发表小说《胭脂雪》。

是年阴历二月向恺然从日本返湘，于长沙创办"拳术研究所"。三月，与友人程作民往平江高桥看做茶。十一月，借住长沙《大汉报》馆，与同住之新宁刘蜕公相识，常围炉听刘谈鬼说怪。

按：向氏在《我研究拳脚之实地练习》[7]中称：宣统三年"二月，从日本回家"；"三月，我和同练拳脚的程作民到平江县属的高桥地方去看做茶。"程作民即《近代侠义英雄传》第66回所写陈长策之原型。《国技大观·拳术传薪录》："宣统三年，主办拳术研究所于长沙，遭革命之变，所址侵于兵，遂为无形的破产。"向晓光2010年4月11日致徐斯年函云："据我伯父的儿子向犹兴回忆，五六年八月从华中工学院因病休学回长沙住在我祖父家南村十号，祖父经常与他聊起祖父以前的经历，谈到一件事，黄花岗七十二烈士、当年祖父也参入（与），要不是跑得快就是七十三烈士了。"向犹兴2010年8月15日所撰《忆我的祖父平江不肖生》谓："祖父说参加了黄兴率领革命党先锋队百多人在广州举行的起义，从下午激战到深夜，因寡不敌众伤亡惨重。我祖父也身受重伤而未致命才免遭一劫。"此段经历在已掌握的向恺然著述中均未见记载，由于缺乏旁证，暂不载入系年正文。

章士钊《赵伯先事略》云："议以广东为发难地，分东西两军，取道北伐。西军经广东，入湖南，会师武汉，黄兴主之。东军贯江西，出湖口，直下江南，则伯先为帅也。"后因邓明德被捕，"凤计不得不变"，改分数队分攻各处，"队员皆同人自充之"。"期四月一日一举而取广州，黄兴为总司令，先率同仁入粤。伯先与胡汉民留守香港，至期会合。于是吴、楚、闽、粤、滇、桂、洛、蜀、越、皖、赣十一省才士乐赴国难，无所图利者，相继来集。"以此推测，向恺然若参与其事，或与黄兴有关，当于高桥归后即赴广州。

向恺然《蓝法师捉鬼》："辛亥年十一月，我住在长沙大汉报馆里，我并没有担任这报馆里何项职务，只因这报馆的经理和我有些儿交情，就留我住在里面。当时和我一般住在里面的人，还有一个新宁的刘蜕公。这位刘蜕公的年龄虽是很轻，学问道德却都不错，他有一种最不可及的本领，就是善于清谈种种的奇闻怪事，也不知他脑海里怎么记忆的那么多。那时天气严寒，我和他既没担任甚么职务，每到夜间同馆的人都各人忙着各人的事，唯我和他两人总是靠近一个火炉，坐着东扯西拉的瞎说。"

1912 年（民国元年壬子）23 岁

1 月 1 日，中华民国成立，孙中山就任临时大总统。2 月 12 日，清帝退位。4 月 1 日，孙中山解职，让位于袁世凯。8 月，同盟会等团体联合改组为中国国民党。

9 月（阴历八月），向恺然撰成《拳术》（即《拳术讲义》）一卷，署名"向逵"，刊于《长沙日报》。随即返回日本。

长子振雄生于 11 月 28 日，字庾山，号为雨。生母为杨氏夫人。

按：1928 年 5 月 1 日《电影月报》第 2 期载宋痴萍《火烧红莲寺之预测》云："壬子予佐屯艮治《长沙日报》，一夕恺然来访，携所著《拳术讲义》一卷授予曰：'行且东渡，绌于资，此吾近作，愿易金以壮行色。'"向氏《国技大观·解星科（三）》后记有"壬子年遇曹邑周君子汉于日本"语，是知当年返日。《拳术·叙言》末署"民国元年壬子八月"，是知返日时间或在九月间。

向氏长子振雄，毕业于中央军官学校，抗战期间曾参与长沙、衡阳保卫战等，卒于民国三十五年丙戌六月十八日（1946 年 7 月 16日）。母杨氏夫人生于清光绪十五年阴历六月初三，有子二：振雄、振宇。据至亲回忆，还有一子夭折；又有一女，名善初，生卒年均未详，故皆未列入系年。向恺然后来又在上海纳继配夫人孙氏，名克芬，卒于民国十七年。有一领养子，名振熙，8 岁夭亡，时在"长沙火灾"前后，亦未列入系年。

1913 年（民国二年癸丑）24 岁

3 月，袁世凯指使凶手暗杀宋教仁，二次革命随后爆发。湖南督军谭延闿在谭人凤、程子楷等推动下宣布独立，7 月 25 日组成湖南讨袁军，程任第一军司令（后任总司令），与湘鄂联军第三军（军长邹永成）同驻岳州。8 月初，与拥袁之鄂军在两省边境鏖战，终因兵力不足退守城陵矶。8 月 13 日，谭延闿宣布取消独立，程子楷遭袁世凯通缉，流亡日本。

向恺然任岳阳制革厂书记，并在长沙与王润生共创"国技学会"。曾遇李存义之弟子叶云表、郝海鹏，初识形意拳、八卦拳。湖南独立后，出任讨袁第一军军法官，曾驻岳州所属之云溪。事败，随该军总司令程子楷再赴日本，就读于东京中央大学。

按：向恺然在《回头是岸》中曾说："民国壬子年，不肖生在岳州干一点小小的差事，那时的中华民国才成立不久，由革命党改组的国民党，在湖南的气焰，正是炙手可热，不肖生虽不是真正的老牌革命党，然因辛亥以前在日本留学，无意中混熟了好几个革命党，想不到革命一成功，我也就跟着那些真正的老牌革命党，得了些好处。得的是甚么好处？第一是得着了出入官衙的资格，可以带护兵马弁，戴墨晶眼镜……"对照相关文献、史实，可知文中"壬子"当系"癸丑"之误——《拳术见闻录·蒋焕棠》亦谓："癸丑七月，余创办国技学会于长沙，焕棠诺助余教授。今别数载，不知其焉往也。"《猎人偶记》第六章则谓："民国癸丑年七月，余从讨袁第一军驻岳属之云溪"。"时前线司令为赵恒惕，正与北军剧战于羊楼。余方旁午于后方勤务，无暇事游猎也。迨停战令下，日有余闲，（居停主人）徐乃请余偕猎。"

《湖南省文史馆馆员传略》[8]谓向氏在制革厂所任职务为"书记长"。

"国技学会"即"国技会",前身为1911年之"拳术研究所"。《国技大观·解星科》:民国二年"复宏"拳术研究所之旧观,"创办国技学会,得湘政府补助金三千元,延纳三湘七泽富于国技知识者近七十人"。遇叶云表、郝海鹏事,见《练太极拳的经验》。

1914年(民国三年甲寅)25岁

4月,《民权素》创刊于上海,编者蒋箸超、刘铁冷。7月,孙中山组成中华革命党,再发起反袁运动。

向恺然在日本撰写长篇小说《留东外史》,始用笔名"平江不肖生"。

是年十月向恺然当已归国,曾由平江至上海小住。

按:《猎人偶记》第一章云:"及余年二十五,曾略习拳棒,相从出猎之念,仍不少衰于时,家父母亦略事宽假,遂得与黄(九如)数数出猎焉";"十月中旬","持购自日本之特制猎枪",随黄于平江"白石岭"猎麂。所述年龄若为虚岁,则于是年即已归国。

又,《好奇欤好色欤》谓:"甲寅年十月,我到上海来,在卡德路庆安里,租了一所房子住下"就《自传》称1915年(乙卯)归国,疑记忆有误。

1915年(民国四年乙卯)26岁

1月,《小说海》创刊于上海,编者黄山民。12月12日,袁世凯宣布实行帝制,改元"洪宪"。12月25日,蔡锷在云南发动"护国运动",各省纷纷响应。

向恺然加入中华革命党江西支部,继续从事反袁活动。

7月至12月,所著《拳术(附图)》(无附录)连载于《中华小说界》第2卷第7期至第12期,署"向恺然"。

1916 年（民国五年丙辰）27 岁

是年初，袁世凯任命之广东都督龙济光先后镇压广州、惠州反袁起义；4 月 6 日，迫于形势，宣布广东"独立"；4 月 12 日，以召开广东独立善后会议为名，诱杀护国军代表汤觉顿、谭学夔等，史称"海珠惨案"。

约于是年初，向恺然受中华革命军江西省司令长官董福开委派，赴韶关游说龙济光属下之南、韶、连镇守使朱福全起义反袁，恰遇海珠之变，身陷险境。当于六月下旬脱险。随后即应友人电召至沪，与王新命（无为）、成舍我赁屋南阳路，专事写作，卖文为生。

3 月，《变色谈》发表于《民权素》第 16 集（未完），署"恺然"。

3 至 4 月，《拳术见闻录》发表于《中华小说界》第 3 卷第 3—4 期，署"向恺然"。

5 月，《留东外史》正集一至五卷由民权出版部陆续初版发行。

8 月，《无来禅师》发表于《小说海》第 2 卷第 8 号，署"恺然"。

10 月，《朱三公子》发表于《小说海》第 2 卷第 10 号，署"恺然"。

11 月，《丹墀血》（与半侬合撰）发表于《小说海》第 2 卷第 11 号，署"恺然"。

12 月，《皖罗》发表于《小说海》第 2 卷第 12 号，署"恺然"。

同月，《拳术》由中华书局初版发行（后附《拳术见闻录》），署"平江向逵"。

按：是年 6 月 19 日，云南护国军张开儒部攻克韶关，朱福全弃城逃遁，向恺然因而脱险，与《拳术传薪录》谓："民国五年友人电招返沪"在时间上基本切合。《我个人对于提倡拳术之意见》中亦称："民国五年，友人电招返沪，复创中华拳术研究会于新闸新康里，未几因有粤东之行，事又中止。"《自传》："遇海珠事变，几遭龙济光毒手。"或谓即海珠事变后遭朱福全囚禁。

王新命叙与向恺然、成舍我共同"卖文"等事颇详,包括向恺然为稿酬问题与恽铁樵"决裂",当时与向同居之女友为"章石屏"等[10]。关于与与恽铁樵"决裂"事,经查 1916—1918 年《小说月报》目录,未见有"向逵"、"恺然"或"不肖生"作品,而署名"无为"者亦仅两篇。

《留东外史》正集卷数据董炳月《"国民作家"的立场:中日现代文学关系研究》;又见范烟桥《最近十五年之小说》。《变色谈》等篇刊载月份均为阴历。按:林鸥自编《旧派小说家作品知见书目》著录有《变色谈》一种,署"向恺然著",不知出版时间及单位,详情待查。

1917 年（民国六年丁巳）28 岁

是年沈知方于上海创办世界书局。1 月,《寸心杂志》在北京创刊,主编:衡阳何海鸣。

向恺然在沪。

1 月,中华书局印行《拳术》第 12 版。2 月,"奇情小说"《寇婚》发表于《寸心杂志》第 3 期,署"不肖生"。《中华新报》或于是年连载向恺然所撰《技击余闻》。

11 月 1 日,《申报·自由谈》刊载《留东外史》"第四集"出版广告（按:这里的"第四集"当指后来称为"正集"的第四卷,下同）。

是年又曾返乡暇居,一度出任湖南东路清乡军军职,驻长沙东乡。随后当即返沪。

按:《猎人偶记》第三章云:"民国六年里居多暇,辄荷枪入山,为单人之猎";第六章:"丁巳八月余任湖南东路清乡军,率直隶军一连驻长沙东乡。"返沪时间当在下半年。黄曾甫云:"民国初年军阀混战时期,地方不宁,向恺然曾一度被乡人推任为清泰都保

183

卫团团正（团副为李春琦，石牯牛人）。余幼年读小学时，曾亲见向恺然来我家作客，跨高头骏马，来往于清泰桥、福临铺之间。"王新命《新闻圈里四十年》称向恺然《技击余闻》于《中华新报》刊出后"尤脍炙人口"。据其所述时间，当在民国六年。待核该报。

1918 年（民国七年戊午）29 岁

向恺然在沪。

3 月 1 日，《申报·自由谈》刊载《留东外史》"第五集"（当指正集第五卷）出版广告。

次子振宇生于是年 2 月 25 日，字一学，号为霖。生母为杨氏夫人。

按：《江湖异人传》谓："戊午年十一月，我从汉口到上海来，寄居在新重庆路一个姓黄的朋友家里。"

向振宇，黄埔军校第 15 期毕业，1937 年入空军官校为第 12 期飞行生。1941 年 11 月赴美受训，次年归国，编入空军第四大队。曾驾机参与鄂西、常德、衡阳等七大战役，先后击落日机两架。1991 年 7 月卒于长沙。

1919 年（民国八年己未）30 岁

是年向恺然曾一度自沪返湘，与王志群创办国技俱乐部于长沙，不久返沪。

2 月，《拳术见闻录》由上海泰东图书局出版单行本，署"向逵恺然"。

4 月 1 日，长篇武侠小说《龙虎春秋》由上海交通图书馆出版，署"向逵恺然"。

按：创办国技俱乐部事，见《我个人对于提倡拳术之意见》等。《龙虎春秋》共 20 回，叙年羹尧及"江南八侠"故事。

1920 年（民国九年庚申）31 岁

向恺然在沪。《半夜飞头记》或作于是年。

按：《半夜飞头记》第一回述及友人于"四年前"曾读《无来禅师》，问是否知其故事，因而引起作者撰写本书之意向（见时还书局民国十七年第八版）。据此可推知写作时间；初版时间或即在同年，当由上海时还书局印刷发行。学界多将《双雏记》、《艳塔记》与《半夜飞头记》并列为向氏作品，实则《双雏记》为《半夜飞头记》之一续（二集，书名已在《半夜飞头记》结尾作过预告），《艳塔记》为二续（三集），另有《江湖铁血记》为三续（四集），分别出版于民国十五年（1926）10 月、十七年（1928）7 月、十八年（1929）2 月，均由上海时还书局印行。续作者为"泗水渔隐"，即俞印民（1985—1949），浙江上虞人，曾就读于绍兴府中学堂、上海吴淞中国大学；曾任武汉《大汉报》副刊助理编辑，抗战爆发后任国民政府西安行营少将参议，第一、第十战区少将秘书。《艳塔记》自序略谓："不肖生著《半夜飞头记》，久而未续，时还书局主人访余于吴下，具言不肖生事繁无间，将嘱余以蒇其事。余不治小说久矣，昔年主汉口《大汉报》时，以论政之余，间作杂稿以实篇。旋以主人之请，遂为续《双雏记》以应。兹事距今，忽忽两年矣。"

1921 年（民国十年辛酉）32 岁

世界书局改为股份公司，先后设编辑所、发行所、印刷厂，并于各大城市设分局达三十余处。

向恺然当在沪。

1922 年（民国十一年壬戌）33 岁

3 月，《星期》周刊创办于上海，编者包天笑。8 月 11 日，《红杂志》周刊创刊于上海，编者严独鹤、施济群。

顾明道《啼鹃录》、姚民哀《山东响马传》分别出版、发表于是年。赵焕亭始撰《奇侠精忠传》。

向恺然在沪。

8 月 3 日，包天笑主编之《星期》周刊第 27 号始载笔记小说《猎人偶记》第一章，署"向恺然"；9 月 10 日第 28 号载第二章；9 月 17 日第 29 号载第三章；9 月 24 日第 30 号载第四章；10 月 15 日第 32 号载第五章；10 月 29 日第 35 号载第六章。同刊 10 月 22 日第 34 号、11 月 5 日第 36 号连载《蓝法师记》（含《蓝法师捉鬼》《蓝法师打虎》两篇）。

10 月 1 日，《留东外史》续集（六至十集）由上海民权出版部出版发行。

10 月 8 日，《星期》周刊第 32 号开始连载《留东外史补》，署"不肖生"，"天笑评眉"。

是年，《聪明误用的青年》连载于《快活》杂志第 24、26、27 期，署"不肖生"。

是年向氏曾为中国晚报社编辑《小晚报》，其间初会刘百川。

按：《留东外史》续集出版时间据董炳月《"国民作家"的立场：中日现代文学关系研究》。向恺然《杨登云》（上）："记得是壬戌年的冬季。那时在下在中国晚报馆编辑小晚报，有时也做些谈论拳棒的文字，在小晚报上刊载……而刘百川也就在这时候，因汪禹丞君的绍介，与我会面的。"《小晚报》详情待查。

1923 年（民国十二年癸亥）34 岁

6 月，《侦探世界》半月刊创刊于上海，编者先后为程小青、严独鹤、陆澹安。第6期始刊姚民哀《山东响马传》。赵焕亭始撰《奇侠精忠传》。

向恺然在沪。

1月5日，《红杂志》第22期开始连载《江湖奇侠传》。

1月21日，《留东外史补》于《星期》第47号载毕，共计13章。

3月4日，《星期》周刊第50号刊载《我研究拳脚之实地练习》。

3月6日，《红杂志》第34期、第50期分别刊载短篇《岳麓书院之狐疑》《三个猴儿的故事》。

5月11日，《三十年前巴陵之大盗窟》发表于《小说世界》第2卷第6期，署"不肖生"。

6月1日（？）《侦探世界》第1期开始连载《近代侠义英雄传》，署"不肖生"。6月21日（？）第3期、7月5日（？）第4期、7月19日（？）第5期分别刊载短篇小说《好奇欤好色欤》上、下及《半付牙牌》，10月24日第10期、11月8日第11期刊载《纪杨少伯师徒遇剑客事》上、下，十一月朔日第13期、十一月望日第14期刊载《纪林齐青师徒逸事》上、下，均署"向恺然"。

7月6日，《陈雅田》发表于《小说世界》第3卷第1期，署"不肖生"。

9月14日，袁寒云发起"中国文艺协会"，向恺然参会并在同乡张冥飞介绍下与袁寒云相识。

按：《北洋画报》第8卷第355期袁寒云《记不肖生》一文云："予客海上时，曾因友人张冥飞之介识之；且与倚虹、天笑、南陔、芥尘、大雄、东吴诸子，共创文艺协会。"另据郑逸梅《"皇二子"袁寒云的一生》云："克文来沪，和文艺界人士，颇多往还。民国十二年他发起中国文艺协会，九月十四日，开成立大会于大世界之寿石山房，到者六十人，均一时名流，推克文为主席。十一月十五日又开会选举，当然克文仍为主席，余大雄、周南陔为书记，审查九人，为包天笑、周瘦鹃、陈栩园、黄叶翁、伊峻斋、陈飞公、王钝根、孙东吴及袁克文。干事二十人，为严独鹤、钱芥尘、丁慕琴、祁凝卿、戈公振、张碧梧、江红蕉、毕倚虹、刘山农、谢介子、张光宇、胡寄尘、张冥飞、余大雄、周南陔、张舍我、赵苕狂、徐卓呆等。但不久，克文北上，会事也就停止，没有什么活动了。"

9月，与姜侠魂、陈铁生等编订《国技大观》，内收向恺然所撰《我个人对于提倡拳术之意见》（见"名论类"）、《拳术传薪录》（见"名著类"）及《述大刀王五》、《解星科》（三篇）、《窑师傅》、《赵玉堂》（见"杂俎类"之"拳师言行录"）。同月，上海振民编辑社出版、交通图书馆印行《拳师言行录》单行本，列入"武备丛书"；署"杨尘因批眉，娄天权评点，向恺然订正，姜侠魂编辑"。严独鹤主编之上海《新闻报》约于是年下半年开始连载《留东新史》。

是年8月，世界书局出版《江湖怪异传》（前有张冥飞序）。

是年，世界书局出版《绘图江湖奇侠传》第一集（1—10回）、第二集（11—20回）及《近代侠义英雄传》第一集（1—10回）、第二集（11—20回）。

是年由合肥黄健六介绍，向恺然在上海居士林皈依"谛老和尚"，听讲《慈悲永谶》。

按：《侦探世界》第1至8期封面、封底均无出版月日，文中所注时间出自推算。叶洪生《近代中国武侠小说名著大系·平江不肖生小传及分卷说明》谓美国斯坦福大学胡佛图书馆藏有民国十二年世界书局原刊本《绘图江湖奇侠传》。国内曾见此版，似用刊物连载之纸型直接付印，分册装订。《国技大观》扉页署"向恺然 陈铁生 唐豪 卢炜昌著"；"名著类"中除《拳术传薪录》外又收"向恺然注释"之《子母三十六棍》，该篇原出《纪效新书》，作者为明代俞庐江（大猷）。

《新闻报》1924年3月19日始载《留东新史》第26章，由此推测初载当在1923年（待核始载之确切时间）。或称不肖生又撰有《留东艳史》，写作、出版时间未详。

皈依"谛老和尚"事据向氏《我投入佛门的经过》。按："谛老和尚"当即天台宗名僧谛闲法师（1853—1932），俗姓朱，法名古虚，字谛闲。光绪十二年（1886）由上海龙华寺方丈、天台宗四十二代祖师迹瑞法师授为传持天台教观四十三世祖，叶恭绰、蒋维乔、徐蔚如等均为其居士弟子。

《近代侠义英雄传》第一集有沈禹钟序，署"癸亥秋月"。第三至八集初版时间待查。《江湖奇侠传》第三集以后之初版时间有待核查、考证，暂不列入本表系年；参见顾臻《〈江湖奇侠传〉版本研究》[11]。

1924年（民国十三年甲子）35岁

7月18日，《红杂志》出至2卷50期（总100期）停刊；8月2日，《红玫瑰》出版第1卷第1期，编者严独鹤、赵苕狂。

向恺然在沪。

1月，《变色谈》连载于《社会之花》第1—4期，署名"不肖生"。

《侦探世界》续载《近代侠义英雄传》。又，元旦第17期载短篇小说《天宁寺的和尚》，三月朔日第21期载《吴六剃头》，四月朔日第23期载《江阴包师父轶事》，四月望日第24期载《拳术家李存义的死》。四月末，《侦探世界》终刊，共出24期，第24期刊载《近代侠义英雄传》4回，其他各期每期刊出2回，共计50回。

《红杂志》续载《江湖奇侠传》。又，2 月 29 日 2 卷 30 期、3 月 7 日 31 期、3 月 28 日 34 期、5 月 16 日 41 期、5 月 25 日 42 期、6 月 6 日 44 期、6 月 13 日 45 期分别刊载短篇小说《熊与虎》《虾蟆妖》《皋兰城上的白猿》《喜鹊曹三》《两矿工》《一个三十年前的死强盗》《无锡老二》。

《红玫瑰》续载《江湖奇侠传》。又，8 月 9 日 1 卷 2 号刊短篇小说《名人之子》，9 月 6 日 6 号刊《李存义殉技讹传》（为《拳术家李存义的死》正讹），10 月 11 日 11 号、10 月 18 日 12 号、11 月 15 日 16 号、11 月 22 日 17 号、12 月 6 日 19 号、12 月 20 日 21 号分别刊载短篇小说《神针》《快婿断指》《孙禄堂》《黥福生》《没脚和尚》《黑猫与奇案》。

6 月 26 日，《新闻报》连载《留东新史》结束；30 日始载《玉玦金环录》。

7 月，世界书局出版《留东新史》3 册，共 36 章。

按：《名人之子》为短篇社会小说，正文署"向恺然"，题下有赵苕狂按语云："向君别署不肖生，素以武侠小说著称于世，兹乃别开生面，以此社会短篇见贶。绘影绘声，惟妙惟肖，绝妙一回官场现形记也。读者幸细一咀嚼之。苕狂附识。"《留东新史》出版时间据董炳月《"国民作家"的立场：中日现代文学关系研究》。

1925 年（民国十四年乙丑）36 岁

向恺然在沪。

《江湖小侠传》由世界书局出版发行。

《红玫瑰》1 月 17 日 1 卷 25 号、2 月 7 日 28 号、2 月 28 日 31 号、3 月 28 日 35 号、4 月 4 日 36 号、4 月 11 日 37 号、4 月 18 日 38 号、5 月 23 日 43 号、6 月 6 日 45 号分别刊载短篇小说《恨海沉冤

录》、《傅良佐之魔》、《侠盗大肚皮》、《无名之英雄》、《秦鹤岐》、《绿林之雄》（上下）、《三掌皈依记》、《何包子》)。

5月1日，《新上海》第1期开始连载《回头是岸》，署"不肖生"，至1926年第3期共载七章半。

5月，陈微明设"致柔拳社"于上海，向恺然从之习练杨氏太极拳数月；适王志群来沪，又从之习吴氏太极拳。

按：《江湖小侠传》有初版广告见《红玫瑰》2卷1期。《练太极拳之经验》："到乙丑年五月，幸有一位陈微明先生从北京来到上海"，设立致柔拳社教授太极拳，乃得初习数月。而《近代中国武侠小说名著大系》所收《我研究推手的经过》则谓"一九二三年在上海从陈微明先生初学太极拳"，"一九二三"当为"一九二五"之误。陈微明（1881—1958)，湖北蕲水人，曾举孝廉，任清史馆编纂。先从孙禄堂习形意拳、八卦掌，后从杨澄甫习太极拳。著有《海云楼文集》《太极拳讲义》等。

1926年（民国十五年丙寅）37岁

是年7月，国民革命军分三路从广东正式开始北伐。9月10日，国民革命军第八军（军长唐生智）所部刘兴第四师占领湖北孝感，廖磊时为该师第三团团长。

向恺然在沪。

6月1日，《江湖奇侠传》第86回在《红玫瑰》2卷32号载完，编者在"编余琐语"中宣告：不肖生之《江湖奇侠传》共86回，本期业已登完。现请其接撰《近代侠义英雄传》，以备本刊第3卷之用。但3卷1号所载为《江湖奇侠传》之87回，仍系向恺然手笔。6月，世界书局印行之《江湖奇侠传》或已出至第九集（79—86回）。

6月6日，《上海画报》第118期发表《郴州老妇》，署"向恺然"。其"后记"为"炯"所撰识语,云:"向恺然先生别署不肖生,技击之术,为小说才名所揜。兹篇(系)愚丐张冥飞先生转求得之者,所述又为武侠佚闻,弥足珍焉。"

同年,上海《新闻报》连载《玉玦金环录》结束(该书连载稿酬为千字4.5元),后由中央书店印行,改名《江湖大侠传》。

《红玫瑰》2月14日2卷17号、3月13日21号、7月7日37号、7月14日38号、7月21日39号、8月5日41号、8月12日42号分别刊载短篇小说《癞福生》、《梁懒禅》、《至人与神蟒》(上下)、《甲鱼顾问》、《杨登云》(上下)。

是年大东书局出版《留东外史补》。

是年撰成《近代侠义英雄传》第51回至第65回。

按:刘兴部占领孝感之后又曾出击广水、武胜关、汀泗桥,占领汉口;10月奉命留两湖整训。

1927年1月之《新闻报》已无《玉玦金环录》,是知连载结束于1926年。稿酬据向晓光所藏新闻报馆民国十五年二月六日致向恺然函原件。

大东书局出版《留东外史补》之时间据董炳月《"国民作家"的立场:中日现代文学关系研究》,待查此版是否初版。

《红玫瑰》所载《江湖奇侠传》回序、回目与后来印行之各种单行本回序、回目不尽相同,参见顾臻《〈江湖奇侠传〉版本研究》。《红玫瑰》3卷1号所载第87回开头有"因此重整精神,拿八十七回以下的《奇侠传》与诸位看官们相见"之语,正文文风亦与前相似,故论者多认为此回与88回仍属向氏手笔。世界书局所印《江湖奇侠传》第十至十一集,版权页所标印行时间与第九集同为是年6月,由于此二集涉及"伪作纠纷",所署时间是否真实待考。参见顾臻《〈江湖奇侠传〉版本研究》。

《近代侠义英雄传》第51回末陆澹庵评语："著者前撰此书，仅五十回，即已戛然而止，读者每以未睹全豹为憾，今乘暇续成之。"同书第66回开头正文则谓："这部侠义英雄传，在民国十五年的时候，才写到第六十五回。"均指51回至65回写于《侦探世界》终刊之后。

1927年（民国十六年丁卯）38岁

2月3日，唐生智第八军扩编为第四集团军，原第四师扩编为第三十六军，军长刘兴；下辖第一师师长为廖磊。4月12日，上海发生反革命政变，国共、宁汉正式分裂。4月18日，武汉国民政府誓师继续北伐，三十六军挺进豫、皖。8月，唐生智通电讨蒋；9月，三十六军沿长江南岸进至芜湖，进驻东西梁山。10月，南京政府决定讨伐唐生智，唐退守湖南，三十六军失利西撤。11月，唐生智下野，三十六军退守湖南长沙、平江、浏阳、金井一线。

向恺然当于2、3月间离沪，就任三十六军军部中校秘书，随军驻湖北孝感。曾建议第一师师长廖磊在天后宫设立军民俱乐部，开展文体活动，敦进军民情谊。8月以后当随军往返于鄂、皖、湘。

是年二月二日（阳历3月5日），《红玫瑰》第3卷第7号续载《江湖奇侠传》第88回毕。编者在"编余琐话"中宣告："不肖生到湖南做官去了，一时间没有工夫撰稿。《江湖奇侠传》只得暂停数期。"此后该刊续载者当皆系伪作。九月，中央书店印行《玉玦金环录》。

按：向恺然在孝感事迹据《向恺然逸事》[12]，然该文所述时间及部分细节与史实不符。本《年表》所记刘兴部进驻孝感时间、番号变动情况等，均以其他历史文献为依据。又《孝感市志·大事记》：是年5月6日，中共孝感县特别支部发起举行"倒蒋演讲大会"，"国民革命军第四师十七团宣传队"曾与会并发表演讲（按：

"第四师"或指刘兴部队旧番号，时已扩编为三十六军，该师或即指廖磊师）；6月30日，国民党极右分子会同土劣进入县城，勒缴农民自卫军枪支，驻军第三十六军第一师及教导团占领县党部、农协、妇协及总工会驻所，史称"湖北'马日事变'"[13]。可知廖磊部（或包括三十六军其他部队、机构）在此期间确仍驻扎于孝感，撤离时间或在8月。

1928 年（民国十七年戊辰）39 岁

是年初，刘兴率三十六军撤至溆浦。在李宗仁压力之下，刘兴辞去军职，闲居上海，廖磊接任三十六军军长，部队受桂系节制。4月5日，蒋介石誓师"二次北伐"，白崇禧率三十六军再沿京汉路进军豫、冀，9月10日攻占唐山、开平。11月19日第四集团军缩编，三十六军缩编为第十师，廖磊为师长，仍驻开平。

向恺然随军进驻天津附近之开平。其间或曾挂职于天津特一区区署及市政府。

据《江湖奇侠传》相关内容改编，由张石川执导、明星公司发行之电影《火烧红莲寺》在沪上映；其后连续拍摄至18集，掀起武侠影片摄制热潮及武侠文艺热潮。

7月17日，《红玫瑰画报》第6期（非卖品）刊出《江湖小侠传》《侠义英雄传》《江湖奇侠传》广告。

9月4日，《红玫瑰画报》第8期刊出《留东外史》广告。

按：向氏挂职天津政府机关一事，当与时任天津特别市政府参事之黄一欧（黄兴之子）有关。详见1929年《北洋画报》8月6日所载亦强《不肖生生死问题》及8月8日所载袁寒云《记不肖生》二文。电影《火烧红莲寺》又有第19集，为香港所摄制。

1929 年（民国十八年己巳）40 岁

是年初，廖磊部或已进驻北平。3 月，唐生智与蒋介石合作倒桂，刘兴潜回旧部，逼走白崇禧，率部参与蒋桂战争。

顾明道《荒江女侠》开始连载。

向恺然当于是年初随廖磊部进驻北平，随即辞去军职。8 月间，随黄一欧赴津。同年夏秋间，受聘为沈阳《辽宁新报》特约撰述员，为该报撰长篇武侠小说《新剑侠传》。在北平时，曾从许禹生、刘思绶研习太极推手；又曾会见太极拳发源地河南陈家沟陈氏太极第四代传人陈积甫，考察陈、杨两派拳术异同。

同年，《现代奇人传》一册由世界书局出版发行。

3 月 24 日，《上海画报》第 450 期所载《小报告》（署名"网"）称："小说名家向恺然先生，近年在湘中任军法官，昨世界书局得讯，先生已归道山矣。"4 月 3 日，上海《晶报》亦刊出不肖生"物故"消息。包天笑化名"曼奴"在该报发表《追忆不肖生》，其他报章亦有追挽文字跟进。7 月 21 日，《晶报》载张冥飞文，称不肖生在津沽。随后《琼报》《滩报》发表谴责赵苕狂冒名续写《江湖奇侠传》之文字，而平、津报章亦因《辽宁新报》预告刊载《新剑侠传》而发生不肖生存殁之争。8 月 3 日、6 日、8 日，《北洋画报》发表亦强《不肖生生死问题》《关于不肖生之又数种消息》及袁寒云《记不肖生》三文，证实向恺然确实曾在天津。

8 月 15 日，《北洋画报》刊出向恺然致该社社长冯武越函及近照一张，谣言遂息。

8 月 18 日，《上海画报》第 498 期，刊出署名"耳食"的《不肖生不死》一文，说"前年盛传向君已作古人，兹据北平友人函称，则向君目前确在北平头发胡同甲一号第十三师办公处，已投笔从戎矣！"同期所载《重理书业之不肖生》（署名"悄然"）则云："不肖生向恺然君，自游幕湘南后，沪上曾一度传其已死，实则向已随李品仙部至北平，向寓在西城头发胡同甲一号，唯以随军关系，既不大与外间通问，且不愿以真相示人耳。近闻向已辞去军队生活，而重整理笔墨生涯，其第一步即为沈阳《辽宁新报》撰《新剑侠传》。"

另据《平襟亚函聘不肖生》（刊于 1929 年 8 月 21 日《上海画报》第 499 期，署名"俞俞"）云："前此途中为匪戕害云云，特东坡海外之谣耳［张其锽（子午）杨毓瓒（瑟君）皆死于匪，向先生被戕之谣，殆即由此传误）。向先生尝致《新闻报》严独鹤先生一书，声明死耗之不确，又询《江湖奇侠传》九集以后之续稿，并谓可以继续为《快活林》撰著，平襟亚先生闻讯，急函约向先生到沪，为中央书店撰小说。每月交□万字（原稿漏字）］，致酬五百金，订约一年，款存银行保证，暂时不得更为它家作何种小说云。"其间还涉及向恺然与世界书局、时还书局的版权纠纷。

父国宾公卒于是年。

按：向恺然在《练太极拳的经验》中曾说："戊辰七月，我跟着湖南的军队到了北京，当时北京已改名北平。"戊辰七月即 1928 年 8 月 16 日至 9 月 14 日，而三十六军 9 月 10 日方攻占开平，故文中"戊辰"疑为"己巳"之误，月份是否有误待考。练习、考察太极拳事，见《我研究推手的经过》等文。是年，《红玫瑰》第 5 卷第 20 号刊出《江湖奇侠传》十一集本及《现代奇人传》出版广告。《江湖奇侠传》第十集与第十一集均系伪作，涉嫌侵犯向恺然著作权。关于"物故"谣言及上述著作权纠纷，向为霖在《我的父亲平江不肖生》中亦曾叙及。下述资料较清晰地勾勒出了相关细节：

据《世界书局迎向记》（刊于 1929 年 9 月 12 日《上海画报》第506 期，署名"耳食"）短讯称："听说向恺然先生从北平写信到上海世界书局，提出一个小小交涉，就是《江湖奇侠传》要从第十集重新做过，沈老板大为赞成，赶忙托李春荣君亲自赴平，答应向君的要求，并且要请他结束全书。"又，短讯《快活林将刊不肖生著作》（刊于 1929 年 9 月 27 日《上海画报》第 511 期，署名"重耳"）则谓："向现仍拟在沪重理笔墨生涯，其开宗明义之第一声，将在《新闻报》上之《快活林》露脸，以《快活林》编者严独鹤君，与向素有交谊，且甚钦佩向君之笔墨也。惟《快活林》之长篇小说，俟《荒江女侠》登完后，尚有徐卓呆和张恨水二君之小说，预计在本年度内，无再登他人小说之可能，故向君现特先撰《学习太极拳之经过》短文一篇，约五六千字，其中关于太极拳之派别及效用，均详述靡遗，极富趣味，不日即将刊载。"11 月，《上海画报》第 524 期（1929 年 11 月 6 日）所刊《向恺然返湘省亲记》（"振振"自北平寄）称："其尊人忽抱沉疴，得电忽忽，即行就道。"另，《上海画报》528 期（1929 年 11 月 18 日）所刊《向恺然起诉时还书局》（署名"平平"）称："世界书局以八千元了结《江湖奇侠传》版权纠纷事宜；向恺然就《半夜飞头记》署名问题起诉时还书局。"起诉时还书局之结果未详。

1930 年（民国十九年庚午）41 岁

是年 3、4 月间，电影《火烧红莲寺》第十一集"因取材偶不经心，致召上海市党部电影检查委员会取缔"（明星公司《普告国内外之欢迎〈红莲寺〉者》）。5 月 14 日，"片经特别市检查会检许"，恢复公映。

向恺然约于 3、4 月间自北平返沪，继续其写作生涯。

3 月 18 日，上海《新闻报》副刊《快活林》始载向恺然《练习太极拳的经验》，4 月 20 日载完。此文主要总结在北平习研太极拳之心得、见闻，后收入陈微明所编《太极正宗》，列为第七章，题目改为《向恺然先生练习太极拳的经验》。

按：据 4 月 24 日《上海画报》第 579 期所刊《不肖生来沪》（记者）称："小说界巨子平江向恺然先生，著作等身，文名藉甚，近已偕其眷属来沪，暂寓爱多亚路普益公报关行，刻方卜居适宜之地。"

又据是年 3 月 28 日《新闻报·快活林》刊载陈微明《一封书证明事实·陈微明致向恺然》云："数年未见，每于友人中探兄踪迹，近始知在北平研究太极拳"，"闻兄仍作文字生涯，其境况可知，何不仍南来一游乎？"可知向氏返沪当在 3、4 月间。

关于《火烧红莲寺》第十一集遭取缔的时间，据明星公司《普告国内外之欢迎〈红莲寺〉者》文（附载于中央大戏院为该片第十二集上映而在是年 7 月 5 日《新闻报》上刊发的广告）推定。文中又说："（遭取缔后）嗣经本公司略具呈文，陈明中国影业风雨飘摇之苦况及《红莲寺》关系国片存亡之实情……差幸检会体恤商艰，业已准如所请。"经查，该片第十集上映于同年 2 月 20 日前后，第十一集既已于 5 月 14 日经"检会"允许公映，可知知遭禁当在 3、4 月间。

1931 年（民国二十年辛未）42 岁

7 月 15 日，国民政府"内、教二部电影检查委员会"依据反对"提倡迷信邪说"之宗旨，在第十一次委员会议上又决议禁止播映《火烧红莲寺》，并吊销已换发之该片第十三至十八各集执照。

向恺然当于是年撰成《近代侠义英雄传》第 66 至 84 回。

按：《近代侠义英雄传》第 66 回："这部侠义英雄传，在民国十五年的时候，才写到第六十五回，不肖生便因事离开了上海，不能继续写下去；直到现在整整五年，已打算就此中止了。""不料近五年来，天假其便居然在内地谋了一桩四业不居的差使；可以不做小说也不致挨饿，就乐得将这支不健全的笔搁起来。……想不到竟有许多阅者，直接或间接写信来诘问，并加以劝勉完成这部小说的话。不肖生因这几年在河南直隶各省走动，耳闻目见的又得了些与前八集书中性质相类似的材料；恰好那四业不居的差使又掉了，正用得着重理旧业。""四业不居的差使"当指所任军职。亦不排除上年业已开始续撰之可能。

关于本年以及 1932 年、1937 年、1938 年《火烧红莲寺》禁映或开禁的情况，均据顾倩《国民政府电影管理体制（1927—1937）》一书第十四章第四节。"内、教二部电检会"为中央级的电影管理机构，正式成立于是年 3 月，由内政部（含警务系统）和教育部联合组成。

1932 年（民国二十一年壬申）43 岁

2 月，湖南省政府主席何键于长沙创办湖南国术训练所，所址设于皇仓湾武圣宫内，首任所长万籁声；5 月，万籁声离任，何键亲自兼任所长。10 月 1 日至 5 日，湖南省第二届国术考试在长沙举行。

7 月，天津《天风报》开始连载还珠楼主（李寿民）所撰《蜀山剑侠传》。

8 月，明星公司呈文内、教二部"电检会"，列述摄制《火烧红莲寺》本意不在提倡迷信邪说诸情，请求重捡、弛禁。获准，遵命改名《红莲寺》，修改不妥内容，重领执照。然而，随之又接警字137 号令，谓据《出版法》，小说《江湖奇侠传》业已查禁，《红莲寺》执照仍应吊销。虽经公司再次力辩该片仅前二集取材于小说，其他各集皆与小说无干云云，陈情仍被驳回。

是年向恺然离沪返湘，居长沙学宫街希圣园，于何键兼任国术训练所所长后出任该所秘书，主管所务。取得友人吴鉴泉、杜心五、王润生、柳惕怡等支持，以顾如章为总教官，刘清武为教务主任，加聘范庆熙、王荣标、范志良、纪授卿、常冬生、白振东等为教官；以李肖聘为国文教员，柳午亭为生理卫生教员。所内南北之争消弭，全所面貌一新。10月派出学员参加省第二届国术考试，取得优异成绩。

是年3月，世界书局出版《近代侠义英雄传》第九至十二集（66—84回）。

按：国术训练所创办时间据《湖南武术史》[14]。向恺然《自传》："民国二十一年回湖南办国术训练所及国术俱乐部，两次参加全国运动会，湖南省皆夺得国术总锦标。"（《长沙文史》第14辑所载肖英杰《湖南省国术馆始末——解放前的湖南武术界》一文谓国术训练所创办于1931年。互联网所载《湖南国术训练所掌故》一文跟帖或谓1929年冬万籁声即应聘入湘就任所长；关于万氏离湘时间，又有1932年7月、1933年7月诸说，似均不确。）湖南省第二次国术考试时间据《湖南武术史》（第一次为1931年9月27—29日）。

岳麓书社版《近代侠义英雄传》之底本即世界书局1932年本，然被删去第15至第19回及第65回、第67、68回共计9回文字，导致文献残缺，殊为可惜。

1933年（民国二十二年癸酉）44岁

10月20日至30日，中央国术馆于南京公共体育场举办全国第二届国术考试。

向恺然在国术训练所任秘书。10月，派出选手多人参加全国国术考试，获得优异成绩。

《湖南省第二届国术考试汇刊》出版，内收向恺然《提倡国术之贡献》《妇女界应积极提倡国术》《写在国术考试以后》《我失败的经验》四文。

是年秋,《金刚钻月刊》第 2 期以《论单鞭》为题,刊载 1924 年(甲子)春季陈志进与向恺然来往书信三通。

按:第一次全国国术考试举办于 1928 年 10 月。《金刚钻月刊》编者施济群在《论单鞭》之前加有按语云:"甲子春,余方为世界书局辑《红杂志》,陈君志进以书抵余,嘱转向君恺然,讨论太极拳中之单鞭一手。盖当是时有某书贾者,发行《国技大观》一书,贸然列向君名,丑诋单鞭无实用,陈君乃作不平鸣。迨鱼雁数往返,始悉《国技大观》一书,非向君所辑,然则向君之受此夹气,非向君始料所及也。岂不冤哉!癸酉仲秋编者识。"文末复按:"陈、向二君,素昧平生,因此一度之笔战,乃成莫逆交。语云:'不打不成相识。'信然。今陈、向二君俱在湖南主持国术分馆教授事,倘重读当年讨论单鞭数书,悻悻之色,溢于言表,必哑然自笑也。"

1934 年(民国二十三年甲戌)45 岁

1 月,竺永华出任国术训练所所长,建议何键于长沙又一村成立国术俱乐部。何自任董事长,竺任总干事长,下设总务、宣传、游艺、教务四股。

向恺然兼任国术俱乐部秘书,同时兼任高级班太极拳教员。端午节前,太极名家吴公仪、公藻兄弟应邀抵湘,就任国术俱乐部教员。向恺然主持欢迎仪式,有合影留存,题曰摄于"蒲节前一日"。

是年秋,王志群返湘,向恺然与之相聚三月,晨夕探讨太极拳。

在向恺然主持、筹划下,国术俱乐部之建设以及活动之开展颇见成效,拥有礼堂、演武厅、国术大操场、射箭场、摔跤场、弹子房、民众剧院等设施,组织、推广文体活动,贡献颇多。

是年,向氏撰《赵老同与尤四喇嘛》,连载于《山西国术体育旬刊》第 1 卷第 1、2 期;《三晋武侠传》,连载于同刊第 1 卷第 3、4、5 期(前两期署"肖肖生",第 5 期署"不肖生");《国术名家李富东传》,载于第 1 卷第 7、8 期合刊;《霍元甲传》,连载于第 6 期及 7、8 期合刊。

母王氏太夫人卒于是年阳历 2 月 28 日。

按:与王志群重聚事,见《太极径中径》。《赵老同与尤四喇嘛》等篇多与《近代侠义英雄传》互文。

1935 年(民国二十四年乙亥)46 岁

10 月 10 日至 20 日,第六届全国运动会在上海举行。

向恺然在国术训练所、国术俱乐部任秘书职。以国术训练所学员为主之湖南省国术队女子组荣获全国运动会总分第一名。

6 月,长沙裕伦纸业印刷局印行吴公藻《太极拳讲义》,向恺然为之作序,以答客问方式阐释太极拳精义。

按:《太极拳讲义》序末署"民国二十四年六月平江向恺然序于湖南国术训练所"。

1936 年(民国二十五年丙子)47 岁

何键改湖南省国术训练所为湖南省国术馆。10 月,第六届华中运动会在长沙举行。

向恺然受何键之命,与竺永华专任国术俱乐部事务。湖南省男、女武术队分别荣获第六届华中运动会武术总分第一名。

原配杨氏夫人卒于是年 8 月 25 日。

按:专任国术俱乐部事等据《湖南武术史》。

1937 年(民国二十六年丁丑)48 岁

7 月 7 日卢沟桥事变,抗日战争全面爆发。7 月 18 日,长沙市政府、国术俱乐部等九团体于又一村国术俱乐部召开会议，决定成立"长沙人民抗敌后援会"，24 日改称"湖南人民抗敌后援会"，后又改称"湖南人民抗敌总会"。廖磊率部驻皖，9、10 月间，以陆军上将衔出任第十一集团军总司令兼第七军团军团长。11 月 12 日，上海沦陷。11 月 27 日，新任湖南省主席张治中宣誓就职，何键调任内政部长。

向恺然任国术俱乐部秘书，积极参与抗敌后援等爱国活动。

电影《火烧红莲寺》在"孤岛时期"之上海经"中央电检会"办事处重检，获通过，但又在工部局电检会受阻。

按：向一学《回忆父亲一生》[9] 称：向恺然时曾接待、安排田汉、熊佛西率领之抗日宣传队演出及徐悲鸿绘画展览等活动。

上海沦陷之后，城市中心为公共租界中区、西区和法租界，日军未能进入，因而形成四周都是沦陷区的独立区域，史称"孤岛"。国民政府在"孤岛"仍拥有治权，当时内、教二部电检会已被"中央电检会"取代，该会在沪留有办事处。

1938 年（民国二十七年戊寅）49 岁

1 月 23 日，张治中改组省国术馆，原副馆长李丽久升任馆长，任郑岳为副馆长。2 月，日机开始轰炸长沙等地。5 月，湖南各县成立抗日自卫团。6 月 7 日，第五战区司令官兼安徽省主席李宗仁迁省会于大别山区立煌县（今金寨县）。廖磊奉令驻守大别山，以第二十一集团军总司令身份兼任第五战区豫鄂皖边区游击总指挥，9 月 27 日出任安徽省主席，10 月 8 日兼任省保安司令。11 月，日军攻长沙，国军撤退时放火烧城。

向恺然当于是年受廖磊之邀，往安徽立煌县出任第二十一集团军总办公厅主任兼省府秘书；同往之武术界人士包括白振东、粟永礼、时漱石、黄楚生、刘杞荣等。不久，嘱侄孙向次平于返湘时接成佩琼到立煌。是年秋，与成佩琼在立煌结婚，婚礼由第二十一集团军政治部主任胡行健操办。

是年中央书局印刷发行《玉玦金环录》之改名本《江湖大侠传》，署"襟霞阁主人精印""大字足本"，列入"通俗小说文库"，前有范烟桥序及陈子京校勘后序。

上海工部局电检会亦对《火烧红莲寺》开禁，第十八集终于在"孤岛"正式上映。

按：廖磊就任安徽省主席时间据《中华民国史事日志》[15]等，《金寨县志·大事记》作 10 月 24 日[16]。向恺然所任职务据《湖南省文史馆馆员传略》，此外又有"顾问""参议"诸说。成佩琼，婚后改名"仪则"，原籍湖南宁乡，生于民国八年（1919）1 月 6 日。初中毕业后考入国术训练所女子师范班，主学太极拳；毕业后任益阳信义中学体育教师。向斯来 2010 年 12 月 2 日致徐斯年函云："1937 年卢沟桥事变，母亲回到国术训练所。不久，父亲应二十一集团军总司令廖磊的邀请，前往安徽任职总办公厅主任。父亲去安徽时，从国术训练所带了一些男学员随同前往，在廖磊部任职。后来又派他侄孙向次平（曾在行政院任过职）来长沙，说向主任派他来接母亲前往安徽安排工作。当时母亲与父亲只是师生关系，兵荒马乱的年代，工作不好找，有这样的机会，就跟向次平去了。到安徽后，父亲托人向母亲求婚（父亲元配杨氏已于 1936 年去世），母亲考虑父亲比她大 20 多岁，开始没有同意。父亲先后派了唐生智内侄凌梦南、参谋长徐启明、副官处长罗敏、政治部主任胡行健等人，轮番给母亲说媒，做工作，母亲终于同意了。1938 年秋，由政治部主任胡行健操办婚筵，为我父母举行了结婚仪式。"向一学《回忆父亲一生》称："因日机轰炸长沙，全家搬回老家东乡苦竹坳樊家神。

父亲在福临铺抗日自卫团当副团长……后来随桂系廖磊去安徽。"黄曾甫《平江不肖生为何许人》称："1938 年长沙大火前，敌机时来侵扰，向恺然携眷下乡，住在长沙县竹衫铺樊家神（在麻分嘴附近）老家。在乡人士组织福临乡自卫团，又推举向恺然任副团长，他招来一批国术训练所的学生，在乡下训练。"经查《湖南抗日战争日志》[17]，"湖南民众抗日自卫总团"由张治中兼任团长，下设区团部，由各区保安司令兼任团长；县设县团部，由县长兼任团长；乡（镇）设大队部，由乡（镇）长任大队长。福临铺为镇，向恺然若任该职，当为福临铺抗日自卫团之副大队长。向斯来 2010 年 12 月 2 日函则云："母亲回忆，抗战爆发后，父亲即随廖磊去了安徽，并没有在长沙出任过长沙县抗日自卫团副团长，一直从事文字和武术工作。此事母亲记得很清楚，因为卢沟桥事变后，她就从益阳回到了长沙（的）省国术训练所。对父亲行止比较清楚。"上述两说，以向一学、黄曾甫说为是。

1939 年（民国二十八年己卯）50 岁

10 月 23 日，廖磊因脑溢血逝世，追赠陆军上将，葬立煌县响山寺。

向恺然在立煌。殆于是年（或上年？）访刘百川并初识觉亮和尚（"胖和尚"）于六安，又识画僧懒悟（"懒和尚"）于立煌。

女斯来生于是年 12 月某日，生母为三配夫人成仪则。

按：向恺然《我投入佛门的经过》："我学佛得力于一位活菩萨，那位活菩萨是谁？是六安大悲庵的胖老和尚。这和尚在大悲庵住了五六十年，七八十岁的六安人，都说在做小孩的时候便看见这胖老和尚，形貌举动就和现在一样。凡是安徽的佛教徒恐怕没有不知道他的。他的法名叫觉亮，但是少有人知道，他在大悲庵几十年的行持活动，写出来又是一部好神话小说。不过他是一个顶怕麻烦的人，我不敢无故替他惹麻烦。"向氏与此僧交往之确切时间、过程待考。成仪则《忆恺然先生》："住在六安县的刘百川老师，是全国著名的武术家。此时困住家乡，一筹莫展。恺然先生访知后，和二十一集团军总司令廖磊乘视察军情之机，途经六安，会见了刘百川老师。老友相逢，倍加欢喜。刘百川对恺然先生的事业深表赞同，于是便同来立煌，住在我家。恺然先生向廖磊详细介绍刘的武术及为人，建议安排他的职务。廖磊当时是总司令兼安徽省主席，欣然接受了这一建议，将刘安排在安徽省政府任参议一职。"[18] 姑将访刘百川及初会胖和尚均志于本年。朱益华《五档坡的大玩家》："抗日战争时期懒悟应弘伞法师邀请到金寨（当时叫'立煌'）小灵山。这时候曾经以写《江湖奇侠传》而轰动一时的向恺然，应安徽省主席的邀请来到金寨。向恺然与懒悟一见如故，并写了一副对联送给懒悟。联文是'书成焦叶文犹绿，睡起东窗日已红。'懒悟很喜欢，抗战胜利后携回迎江寺，挂在他的画室里。"[19] 按：懒悟即懒和尚，河南潢川人，俗姓李。生年未详，辛于1969年。以书画闻名于世，属新安画派，称"汪采石、黄宾虹后第一人"。迎江寺在安庆（当时已沦陷）。向恺然初会懒悟之时间待考，亦姑志于本年。向斯来，谱名振来。

1940 年（民国二十九年庚辰）51 岁

1 月 11 日，李品仙继任安徽省长。

向恺然在立煌。

1941 年（民国三十年辛巳）52 岁

向恺然在立煌。

女斯立当生于是年。生母为三配夫人成仪则。

按：向斯立，谱名振立。其身份证生日为 1942 年 2 月 14 日，向晓光谓实际出生时间早于是年。而向斯行身份证上生年亦为 1942 年，可知斯立当生于 1941 年。

1942 年（民国三十一年壬午）53 岁

是年春，经教育部批准，安徽省临时政治学院改建为安徽省师范专科学校。12 月底，日军突袭并占领立煌，大肆烧杀，于次年初撤退。

向恺然在立煌。

12 月，广益书局出版《龙门鲤大侠》一册，署"向恺然著"。

子斯行生于是年 8 月 21 日。生母为成仪则夫人。

按：向斯行，谱名振行，卒于 2008 年。《龙门鲤大侠》未见原书，书目所录出版时间为"康德八年"即 1942 年，疑印行于东北沦陷区。

1943 年（民国三十二年癸未）54 岁

安徽师范专科学校升格为安徽学院。

向恺然以省府秘书兼任安徽学院文科教授当始于是年。

女斯和生于是年 12 月 27 日。生母为成仪则夫人。

按：安徽学院后与原安徽大学合并重组，重建安徽大学（时在 1949 年 10 月）。向斯来 2010 年 12 月 2 日函称："父亲在立煌县任二十一集团军总办公厅主任时，兼任安徽大学（按：对照《自传》及相关文献当为安徽学院）教授，教古典文学，每周去授课一天，上午两节课，下午两节课。持续时间大约一年多。"向斯和，谱名振和。

1944 年（民国三十三年甲申）55 岁

向恺然在立煌。奉派以省府秘书身份会同定慧禅师领修被日寇焚毁之响山古寺。《太极径中径》或撰于是年。

按：金寨县政府网 2009 年 4 月 28 日发布《响山寺》简介云："1943 年元旦，日寇犯境，寺被焚毁，荡然无存。1944 年安徽省府为恢复寺庙，派秘书向恺然会同禅师定慧领修，历时 8 个月，于 1945 年建成。"《太极径中径》写作时间据该篇内文推测。此文见于刘杞荣《太空拳》一书（湖南省新华印刷厂 1997 年印行），此前曾否公开发表待查。又，同书另收向恺然《湖南武术代有传人》一文，当作于 1949 之后，未知确切时间。

1945 年（民国三十四年乙酉）56 岁

抗战胜利。安徽省政府由立煌迁至合肥。

向恺然督修之响山寺完工，计重建瓦屋 30 间，分为一宅三院。其左后方为廖公祠、墓（祀廖磊），右为忠烈祠（祀桂系阵亡将士）。

按：响山寺完工资料据金寨县政府网。1947 年 12 月 10 日《纪事报》所载《名小说家平江不肖生匪窟脱险经过》谓：向氏督修之三大工程为"廖公祠、昭忠祠、胜利纪念塔"，而 1947 年 9 月尚"未竣"。《纪事报》所载文当据传闻而写，所叙督修时间及事实或有不确之处。成仪则《忆恺然先生》亦曾说及抗战胜利后督修响山寺及胜利纪念塔，而胜利纪念塔不见载于金寨县志及政府网。

1946 年（民国三十五年丙戌）57 岁

华中军政长官白崇禧在合肥宣布撤销第十战区，于蚌埠设立第八绥靖区，夏威任司令长官。

向恺然应夏威之邀，赴蚌埠佐其戎幕，出任少将参议，主办

《军声报》。2月，安徽省政府教育厅编印之《新学风》创刊号刊载向恺然所撰《宋教仁、杨度同以文字见之于袁世凯——〈革命野史〉材料之一》；该刊第2期列向恺然为特约编撰。是知其时已开始构思、撰写《革命野史》。

6月，上海广益书局出版《太湖女侠传》一册，署"向恺然、许慕羲合作"。

按：任少将参议等事据《湖南省文史馆馆员传略》。《军声报》，民国三十五年（1946）由第八绥靖区政训部创办，社址设于蚌埠华丰街10号，日出对开一大张，次年停办。叶洪生编《近代中国武侠小说名著大系》之《近代侠义英雄传》《江湖奇侠传》卷首《平江不肖生小传及分卷说明》谓：《革命野史》"原称《无名英雄》"，曾以《铁血英雄》之名"发表于上海《明星日报》"。待核实。《太湖女侠传》未见原书。

1947年（民国三十六年丁亥）58岁

9月2日，中国人民解放军晋冀鲁豫野战军（即二野）三纵八旅占领立煌县城。

向恺然时在立煌，因即被俘。审查期间二野民运部长史子云曾建议向恺然赴佳木斯高校任教，向因"家庭观念太重"而未允。解放军遂礼遇而释放之，并开具通行证，乃携眷经六安转赴蚌埠。

按：是年12月间，国民党军与二野二纵在立煌展开拉锯战。次年2月下旬，二野主力转移。直至1949年9月6日，中国人民解放军二十四军七十一师二一三团占领金家寨后，立煌县方正式宣告解放。1947年12月10日《纪事报》所刊《名小说家平江不肖生匪窟脱险经过》谓：向氏于9月3日被俘，在"古碑冲的司令部中"接受审查，"八天"之后获释。所述其他情节与下文所引向氏自述、向

209

斯来函所述基本一致，"史子云"则误作"史子荣"，"民运部长"误作"行政部长"。湖南省文史馆所藏向恺然1953年致"李部长"（当为时任湖南省委宣传部长之李锐）函云："1947年在安徽遇二野民运部长史子云和八纵队政治部许主任，他们都是读过我所作小说的。他们对我说，我的小说思想与他们接近，一贯的同情无产阶级，不歌颂政府，不歌颂资产阶级，并说希望我到佳木斯去当大学教授。我自恨家庭观念太重，那时已有五个小儿女，离开我便不能生活，不愿接受他的希望，于今再想那样认识我的人便不易得了。"向斯来2010年12月2日函谓："经我与母亲及妹妹们回忆"，父亲被俘"是1947年秋天的事，刘邓大军进军大别山后发生的。当时父亲被带走了一个星期，回来后告诉我母亲，新四军对他很好。说他很坦白，有什么说什么；思想先进，和共产党能够合拍；又是文化人，共产党队伍里很需要他这样的人，动员他加入共产党，随部队到东北佳木斯去。父亲一生没参加过任何党派，虽然在廖磊部做事，也并没有加入国民党。父亲对新四军说，他可以随部队去东北，但是，家有妻室儿女大小六人，而且子女年龄都很小，要去得带家属一起去。新四军答复说，战争年代，家属不能随军，但是，蚌埠设有留守处，家属可以留在蚌埠。父亲回复说，此前他之所以没有随二十一集团军去蚌埠，留在立煌没走，自己讨点事做（负责建胜利纪念塔），就是因为孩子都小，走不了。如果家属不能随军，他一个人去东北会放心不下。因此只能答应新四军说，他回湖南后，将来贵军解放长沙，他一定出城三十里迎接。1949年，父亲与程潜等国民党高级将领一起，在长沙签名起义，迎接解放军。在审查父亲的那七天时间里，新四军要父亲帮他们做了一些文字工作，比如写小册子、宣传品等。闲聊中，他们问父亲对共产党有什么看法，父亲说，担心他们挺进大别山离后方太远，怕给养供不上。冬天马上来了，天冷了怎么办？通过审查，父亲一无血债，二无劣迹，而且在当地民众中口碑很好，七天后，新四军把父亲放回来了。临回家前，还请父亲吃了餐饭，一位叫'史团长'的（按：当即向恺然致'李部长'函中所说之史子云）陪同父亲一起用餐。回家后，父亲继续为部队做了一些文字工作。后来新四军给我们家开了豫、鄂、皖三省通行证（路条），我们就离开了立煌县，到六安去了。我们在六安过完春节就从六安去了蚌埠。淮海战役开始前，形势十分紧张，我们又随父亲从蚌埠撤到南京。1948 年冬天，二哥向一学给全家搞来了免费机票，于是，我们全家和二哥一起，坐免费飞机从南京飞到汉口，再从汉口坐火车回长沙。"按：当时"中国人民解放军"虽已定名，但当地仍习惯使用"新四军"这一称呼；"蚌埠设有留守处"之说或属误记，因为当时该市并未解放。又，向一学在《回忆父亲一生》中称其父被解放军"释放"后暂居于"合肥"的"一个庙里"，《纪事报》所刊文亦称向氏"脱险"后"依于合肥城内东大街皖中唯一古刹的明教寺"。是则赴蚌埠前后曾否逗留于合肥，尚待考证核实。《湖南省文史馆馆员传略》仅云："一年后辞（参议）职，任蚌埠实验小学校长。"按：向斯来曾向徐斯年口述父亲被停经过甚详，略谓：解放军进入家中，父亲先交出佩枪，他们接着入室搜查，但对钱物、字画等分毫不动，这一点给我们留下的印象特别深刻。又按，香港《华侨日报》1947 年 10 月 18 日刊有《不肖生突告失踪》特讯，谓"上海息：小说家向恺然（即不肖生），在抗战时，任廿一集团军总部少将机要秘书，胜利后辞退，隐居立煌山中，研讨印度哲学，遥领省府高参名义。讵在前次立煌被匪窜陷后失踪，至今音信杳然，遍觅无着，合肥文化界，对之异常关怀，刻在设法访查中。"

1948 年（民国三十七年戊子）59 岁

12 月，淮海战役接近尾声，蚌埠即将解放。

是年春，向恺然就任蚌埠市中正小学校长。冬，携妻女等赴南京，由次子为霖护送，乘空运署专机飞汉口，再转火车返回长沙，出任程潜主持之湖南省政府参议。

8 月，于佛学刊物《觉有情》月刊第 208 期发表《我投入佛门的经过》。

女斯道生于是年 6 月 6 日。生母为成仪则夫人。

按：中正小学，解放后改名"实验小学"。《上海滩》1996 年第 2 期所载夏侯叙五《平江不肖生身世补缀》："到了 1947 年的元月份，《军声报》忽然停刊了。不久，夏威受命接任安徽省主席，因为省会在合肥，第八绥靖区机关也随之迁往合肥。可是向恺然却不愿意跟随，似另有所谋。果然他通过新任蚌埠市长李品和（湖南人，李品仙的弟弟）的力荐，出任中正小学校长……向恺然上任后，很少过问校务，把校内大小一切事务全部推给了教导主任，他自己则每日读书写作（《革命野史》即在此时动笔）。"按：此文所述时间较含混，经核《蚌埠市志·蚌埠大事记》，第八绥靖区迁合肥时间为民国三十七年（1948）10 月；李品和原任蚌埠市政筹备处主任，确于 1947 年正式设市后出任市长；向恺然任中正小学校长则在 1948 年春。向为霖《回忆父亲一生》："大约是淮海战役后，父亲由安徽来到南京"，随后又"回安徽将家小接来南京"，一同返湘。向斯道，谱名振道。

1949 年（己丑）60 岁

向恺然在长沙随程潜、陈明仁将军和平起义。时居长沙南门外青山祠。

1950 年（庚寅）61 岁

自是年 9 月起，向恺然每月受领军政委员会津贴食米一市担。

4 月，上海元昌印书馆出版《侠义英雄》三册，署"向恺然著"。

5 月，所著《革命野史》由岳南铸字印刷厂印行，署"平江不肖生"。因销量过少而未续写。

按：津贴数额后来略有增加，但因子女众多，生活仍颇窘迫。《侠义英雄》未见原书。

1951 年至 1953 年（辛卯至癸巳）62 至 64 岁

向恺然在长沙。

1954 年（甲午）65 岁

2 月，向恺然应湖南省人民政府之聘，任省文史馆馆员，月薪 50 元。

1955 年（乙未）66 岁

向恺然在长沙。

1956 年（丙申）67 岁

11 月，向恺然于北京参加全国第一次武术观摩表演大会，任裁判委员，受到国家体委主任贺龙元帅接见。

1957 年（丁酉）68 岁

7 月 12 日，香港《大公报》刊出《陈公哲返港谈北游，乐道政府重视无数，参观全国武术观摩并游各城市，在长沙与平江不肖生见面欢技》特讯，谓"武术界名宿陈公哲前日自北京返抵港……于长沙又和六十八岁的武侠小说作家不肖生（向恺然）会面，对发展武术方面，交换意见"云云。

是年向恺然撰《丹凤朝阳》，刊于湖南省文联刊物《新苗》第 7 期。又应贺龙元帅之请，准备撰写百余万字之《中国武术史话》，因"反右运动"开始而未果，并于运动中被划为"右派分子"。同年 12 月 27 日逝世。

附：确切写作、出版（刊载）时间未详之作品目录及部分辨疑

《变色谈》（此为林鸥《旧派小说家作品知见书目》手稿所录书目，原书未见，版别未详）；

《乾坤弩》（有大众图书社版，未见原书，出版时间未详）；

《绿林血》（有大众图书社版，未见原书，出版时间未详）；

《烟花女侠》（未见原书，版别未详）；

《铁血大侠》（未见原书，版别未详）；

《荒山游侠传》（有艺光书店版，未见原书，出版时间未详）；

《情恨满天》（有天津古籍出版社 1987 年重印本上、下二册，署名"不肖生"，收入"近代通俗文学研究资料丛书"），按：该书实为王度庐所撰《鹤惊昆仑》，系托名之伪作；

《玉镯金环镖》（未见原书，版别未详）；

《小侠万人敌》，署名"不肖生"，上海书局出版，二册全，按：疑为冯玉奇同名之作，待核实；

《雍正奇侠血滴子正传》，署名"不肖生"，中中图书出版社版，二册全，按：该书实为陆士谔《七剑三奇》，当系托名伪作；

《贤孝剑侠传》，署名"不肖生"，奉天中央书店康德六年四月一日再版，待考；

《江湖异侠传》，署名"不肖生"，益新书社版，待考；

《神童小剑侠》，署名"平江不肖生"，全三册，上海小说会民国廿二年十月出版，待考；

《风尘三剑客》，署名"平江不肖生"，全三册，民国二十四年五月香港五桂堂书局出版，待考；

《奇人杜心五》（叶洪生称原载沪上《香海画报》，今上海图书馆残存之该画报中未见此篇）；

《武术源流》《太极推手的研究》《我研究推手的经验》（后二文均见录于叶洪生主编之《近代中国武侠名著大系》所收向氏作品卷首，《经验》一文末有"民族形式体育运动""文化遗产"等语，殆作于解放后）；

《湖南武术代有传人》《太极拳名称的解释》（此二文均作于解放后）。

本年表蒙湖南省文史馆、图书馆及向斯来女士，中村翠女士（日本），张元卿、顾臻、林鸥先生，李文倩、石娟、禹玲博士，毛佳小姐等提供相关资料，特此致谢。

参考文献：

［1］《向氏族谱》，民国三十三年（1944）六修版。

［2］向恺然《自传》，平江不肖生《江湖奇侠传》卷首，岳麓书社，2009，长沙。

［3］向恺然《自传》，湖南省文史馆藏原稿抄件。

［4］黄曾甫《平江不肖生为何许人》，《长沙文史资料》（增

刊），1990。

[5] 凌辉《向恺然简历》，湖南省文史馆所藏原稿抄件。

[6] 向恺然《拳术》，中华书局，民国五年（1916），上海。

[7] 向恺然《我研究拳脚之实地练习》，《星期周刊》，民国十二年（1923）3月4日第50号。

[8]《湖南省文史馆馆员传略》，湖南师范大学印刷厂，2000，长沙。

[9] 王新命（无生）《新闻圈里四十年》，龙文出版有限公司，1993，台北。

[10] 向一学《回忆父亲一生》，平江不肖生《江湖奇侠传》附录，岳麓书社，2009，长沙。

[11] 顾臻《〈江湖奇侠传〉版本研究》，《2010·中国平江·平江不肖生国际学术研讨会论文集》，2010，平江。

[12] 魏鋆《向恺然逸事》，《平江文史资料》第1辑，平江政协文史资料研究委员会，1988，平江。

[13]《孝感市志》，红旗出版社，1995，北京。

[14] 湖南省体委武术挖整组《湖南武术史》，湖南日报第二印刷厂，1999，长沙。

[15] 郭廷以《中华民国史事日志》，中央研究院近代史研究所，1988，台北。

[16]《金寨县志》，上海人民出版社，1992，上海。

[17] 钟启河、刘松茂《湖南抗日战争日志》，国防科技大学出版社，2005，长沙。

[18] 成仪则《忆恺然先生》，平江不肖生《江湖奇侠传》附录，岳麓书社，2009，长沙。

[19] 朱益华《五档坡的大玩家》，《安徽商报》，2008－07－04。

图书在版编目（CIP）数据

龙虎春秋 / 平江不肖生著. — 北京：中国文史出版社，2020.3

（民国武侠小说典藏文库·平江不肖生卷）

ISBN 978 - 7 - 5205 - 1665 - 5

Ⅰ．①龙… Ⅱ．①平… Ⅲ．①侠义小说 - 中国 - 现代 Ⅳ．①I246.5

中国版本图书馆 CIP 数据核字（2019）第 264388 号

整　　理：杨　锐
责任编辑：薛媛媛

出版发行：**中国文史出版社**

社　　址：北京市海淀区西八里庄 69 号院　邮编：100142

电　　话：010 - 81136606　81136602　81136603（发行部）

传　　真：010 - 81136655

印　　装：廊坊市海涛印刷有限公司

经　　销：全国新华书店

开　　本：720 × 1020　1/16

印　　张：14.5　　　　字数：182 千字

版　　次：2020 年 3 月第 1 版

印　　次：2020 年 3 月第 1 次印刷

定　　价：52.00 元